Jack Vance
De lokkende verte

De lokkende verte

verte

Jack Vance

VERZAMELD WERK 60

Havens in de nacht

BOEK 2

Uitgegeven door Spatterlight, Amstelveen 2025
Oorspronkelijk verschenen als *Lurulu*, Tor, New York 2004
De eerdere versie van deze vertaling verscheen
bij Uitgeverij M, Amsterdam 2004
Deze herziene vertaling is conform de gerestaureerde tekst van de
Vance Integral Edition © 2025 Spatterlight

ISBN 978-1-61947-290-7

www.spatterlight.nl

Jack Vance
De lokkende verte

INTRODUCTIE,

of meer accuraat, een korte inhoud van het voorafgaande boek:
De wilde vaart.

ALS JONGEN WAS Myron Tany diep gedoken in verhalen over de verkenning van de ruimte. In zijn verbeelding zwierf hij langs de verste oorden van het Gaiaanse Bereik; met rode konen genoot hij van de verrichtingen van sterrenstuivers en plaatsbepalers, piraten en slavenhalers en de IPCC en zijn dappere agenten.

Zijn thuis in het rustieke dorpje Lilling op de vriendelijke wereld Vermazen leek, in tegenstelling daarmee, alles te omvatten wat sloom, bedaagd en slaapverwekkend was. Ondanks zijn dagdromen hadden Myrons ouders niet afgelaten de nadruk te leggen op praktische zaken. "Het allerbelangrijkste is een goede opleiding, als je financieel deskundige wilt worden, net als je vader," kreeg Myron te horen. "Als je eenmaal je studie aan het Instituut hebt afgerond, dan is er best gelegenheid voor enig gepierewaai, voordat je een betrekking krijgt bij de Beurs."

Myron, die mild en plichtsgetrouw van temperament was, verdrong de opwindende beelden en schreef zich in aan het College voor Omschrijfbare Voortreffelijkheden van het Varley Instituut, in Salou Sain, aan de andere kant van het vasteland. Zijn ouders, die een goed inzicht hadden in zijn nonchalante instelling, bonden hem allerlei strikte richtlijnen op het hart voor zijn vertrek. Hij moest zich met noeste ijver op zijn studie werpen. Universitaire prestaties waren van het hoogste belang als voorbereiding op een loopbaan.

Myron beloofde zijn best te zullen doen, maar zijn eigen besluiteloosheid zette hem de voet dwars toen het erop aan kwam een vakkenpakket te kiezen. Zijn beste voornemens ten spijt, kon hij die beelden maar niet uit zijn hoofd zetten — beelden van majestueuze ruimteschepen die door de leegte zeilden, van steden bezwangerd van vreemde geuren, van taveernes waar de warme bries doorheen speelde en waar barrevoetse maagden kruiken Mango Slemp en Blauw Verderf serveerden.

Uiteindelijk koos Myron voor een reeks vakken die in zijn ogen een compromis vormden. Op zijn lijst stonden wiskundige statistiek, economische patronen van het Gaiaanse Bereik, algemene kosmologie, basistheorie van de ruimteaandrijving en Gaiaanse antropologie. Dit programma, verzekerde hij zijn ouders, stond bekend als 'Economische Stromingen' en verschafte een gedegen ondergrond voor een goede en brede opleiding. Myrons ouders waren niet overtuigd. Ze wisten dat er achter Myrons hoffelijke, zij het soms wat verstrooide manier van doen een onredelijk, halsstarrig kantje schuilging, waartegen alle argumenten het moesten afleggen. Ze zouden er geen woord meer over zeggen. Myron moest zelf maar merken hoezeer hij het bij het verkeerde eind had.

Myron kon zich niet bevrijden van de kwade voorgevoelens die door de sombere voorspellingen van zijn vader waren opgewekt. Als gevolg daarvan stortte hij zich des te energieker op zijn werk en kon hij ten slotte zijn opleiding afronden met goede cijfers, waarna hem een plaats aan de Beurs wachtte. Maar op dat ogenblik verstoorde een onvoorziene factor de stroom van Myrons bestaan. Die storende invloed bestond uit Myrons oudtante, joffer Hester Lajoie, die van haar eerste echtgenoot een groot fortuin had geërfd. Joffer Hester leefde op een schitterend landgoed, Huize Sarbiter geheten, op het Dingleterras aan de zuidkant van Salou Sain. Gedurende Myrons laatste semester aan het Varley Instituut had joffer Hester gemerkt dat Myron niet langer een tengere jongen was met een vage en, zoals zij het uitdrukte, 'halfzachte' uitdrukking op zijn gezicht, maar dat hij een bepaald knappe jongeman was geworden, nog steeds slank maar goedgebouwd, met sluik blond haar en zeeblauwe ogen. Joffer Hester beleefde genoegen aan de aanwezigheid van knappe jongemannen; ze verbeeldde zich dat die een goed contrast vormden of misschien nog beter: een vatting, voor het kostbare juweel dat zij was. Hoe dan ook, gedurende zijn laatste semester kwam Myron op Huize Sarbiter te wonen, bij zijn oudtante — een leerzame ervaring op zich, naar bleek.

Joffer Hester paste in geen van de vertrouwde categorieën van Gaiaanse vrouwelijkheid. Ze was lang en schonkig, hoewel ze zelf hechtte aan de uitdrukking 'rijzig'. Ze liep met grote stappen, haar hoofd naar voren gestoken als een roofdier op zoek naar prooi. Een wilde massa mahonierood haar omgaf een bleek gezicht met holle wangen. Haar zwarte ogen werden omringd door rimpeltjes en huidplooien, als de ogen van een papegaai, en haar lange scherpe neus kromde zich tot een duidelijke haak. Het was een gezicht dat opviel, met de trekkebekkende mond, de felle blikken uit haar papegaaienoogjes en haar gelaatsuitdrukking die voortdurend veranderde, meegevoerd op de stroom van haar gevoelsbewegingen. Haar stormachtige stemmingen, opwellingen, kuren en modegrillen waren berucht. Op een tuinfeest had een heer van stand er, zonder enige bijbedoeling, bij haar op aangedrongen dat ze haar memoires zou schrijven. De felheid van haar reactie had hem geschokt en ontzet. "Bespottelijk! Schandalig! Stompzinnig! Wat een beestachtig denkbeeld! Hoe kan ik nu memoires schrijven terwijl ik nog maar net met leven ben begonnen?"

Het was waar dat joffer Hester niet altijd even discreet was. Ze zag zichzelf als een schepsel vol wulpse bekoring voor wie tijd van geen betekenis was. Ontegenzeggelijk bood ze een prachtige aanblik wanneer ze als een wervelwind door de *haut monde* ging, gehuld in opzienbarende gewaden — paarsblauw, pruimrood, limoengroen, vermiljoen en zwart.

Kortelings had joffer Hester een geding wegens laster en smaad gewonnen tegen Gower Hatchkey, een welvarend lid van de vereniging Gadroon. De haar toegewezen schadevergoeding had ze in natura aanvaard, in de vorm van zijn ruimtejacht *Glodwyn*.

Aanvankelijk zag joffer Hester de *Glodwyn* uitsluitend als het aanschouwelijk bewijs dat eenieder, die haar voor 'een kale oude feeks met een knalrode pruikenbol' wenste uit te maken, flink voor dat voorrecht diende te betalen. Ze koesterde geen belangstelling voor het vaartuig, tot Myrons grote verbazing. Pinnig voegde ze hem toe: "Ik heb niet de aanvechting om door de ruimte te suizen in een overmaatse doodskist.

Dat is klinkklare waanzin en een aanslag op lichaam en geest. Ik zal het jacht waarschijnlijk te koop zetten."

Myron kreunde en sloeg zijn handen in zijn sluike blonde haar, maar was te zeer geschokt om te protesteren.

Joffer Hester keek hem onderzoekend aan met haar felle papegaaienoogjes. "Ik zie dat je versteld staat; je meent dat ik schuchter en orthodox ben. Dat is niet juist! Ik sla geen acht op de conventies, en waarom niet? Omdat mijn jeugdige geest de tijd weerstaat! En dus doe je mij af als een excentrieke dolle zottin! Maar wat doet het ertoe? Dat is de prijs die ik betaal voor het behoud van de verve van mijn jeugd en dat is het geheim van mijn zinderende schoonheid!"

"O, ja, dat natuurlijk," zei Myron. Nadenkend voegde hij eraan toe: "Maar het blijft zonde van dat mooie schip."

Dat ergerde joffer Hester. "Wees toch praktisch, Myron! Waarom zou ik door de lege ruimte fliereflanten of door smerige achterafstraatjes sjokken om vreemde geuren te beproeven? Bespottelijk!"

Myron verliet haar in een matte, verdoofde stemming en dook in een boek: TRANSCENDENTE LEVENS: *De Plaatsbepalers en hun Model 11-B Lenzers.*

Op een zeldzaam ogenblik dat joffer Hester eens niets omhanden had, zag ze toevallig een artikel van een zekere 'Serena', dat verhaalde van haar ervaringen op de wereld Kodaira, waar ze had deelgenomen aan een verbazend doeltreffend verjongingsprogramma. Joffer Hester werd erdoor geïnspireerd. Na informatie te hebben ingewonnen, wijzigde ze haar opstelling ten aanzien van ruimtereizen en besloot Kodaira te bezoeken, aan boord van de *Glodwyn.*

Voor joffer Hester stond het krijgen van een idee gelijk aan de onmiddellijke uitvoering ervan. Ze ontbood Myron en gebood hem achter de precieze locatie van Kodaira te komen. Ze stelde haar dierbare intieme vriend Dauncy Covarth aan als kapitein van de *Glodwyn,* maar hij bleek haar vertrouwen niet waard te zijn en dus viel die positie aan Myron toe.

De *Glodwyn* vertrok van de ruimtehaven bij Salou Sain en Myron zette de koers uit naar Naharius, zoals Kodaira in werkelijkheid was geheten. Vooreerst ging de reis gesmeerd. Joffer Hester genoot van de rust, de afwezigheid van spanningen en het volstrekte ontbreken van aanspraken die op haar tijd werden gemaakt. Ze sliep lang uit, deed lang over haar maaltijden en las een aantal boeken. "Deze reis," zo zei ze tegen Myron, "is op zichzelf al een verjongingskuur."

Na verloop van tijd begon joffer Hester aan geestdrift in te boeten. Ze werd steeds rustelozer en liet ten slotte Myron bij zich komen.

"Ja, tante Hester?"

"Hoe ver zijn we nu intussen?"

"Ongeveer halverwege, vermoed ik."

"Niet verder? Ik heb nu al het gevoel dat we een eeuwigheid op reis zijn."

"Naharius is een heel eind weg, dat is waar," beaamde Myron. "Maar er is toch genoeg te genieten onderweg: ongestoorde rust, kalmte, diepe meditatie, de pure vreugde die men ervaart wanneer men moeiteloos langs de sterren glipt."

"Bah!" beet joffer Hester hem toe.

Myron wees naar het uitkijkraam. "Zie dan hoe de sterren voorbijdrijven. Dat is het meest romantische schouwspel dat er is!"

"Mijn wens zou het zijn eens aan te leggen bij een plezierige pleisterplaats, waar het volkje de oude gebruiken nog in ere houdt, waar we een andere lucht kunnen inademen en kunnen genieten van de bekoring van vreemde landschappen en pittoreske dorpjes."

"Dat is allemaal goed en wel," zei Myron, "die pittoreske plaatsjes bestaan ongetwijfeld, maar als we van onze uitgestippelde koers afwijken, komen we misschien niet zo makkelijk meer in de richting van onze bestemming, te weten Naharius."

Joffer Hester leek het niet te hebben gehoord. "Ik heb gelezen over inheemse markten waar men unieke waren kan bekomen: fetisjen en maskers, vruchtbaarheidssymbolen en exotische stoffen. Men kan daar echte koopjes opdoen, mits men bereid is ietwat af te dingen."

"Ja, ja, uiteraard! Dergelijke werelden zijn echter niet overal te vinden."

Joffer Hester die op de sofa lag, kwam met een ruk overeind. "Myron! Alsjeblieft! Ik heb mijn wensen kenbaar gemaakt! Wees zo goed er uitvoer aan te geven!"

Met geprangd geduld sprak Myron: "Lieve tante Hester, als ik zo'n wereld vol verrukkelijke romantiek uit mijn mouw kon schudden om u te plezieren, dan deed ik het ogenblikkelijk. Maar dat zou dan echt een wonder zijn!"

Joffer Hester sprak op ijzige toon: "Voltrek me dat wonder dan. Is mijn geestesgesteldheid nu eindelijk tot je doorgedrongen?"

"Ja," zei Myron. "Het is me duidelijk."

"Mooi zo." Joffer Hester hernam haar pose op de sofa.

Myron boog en vertrok om zijn naslagwerken te raadplegen.

Na een poosje keerde hij terug naar de salon. "Ik heb het *Handboek der Planeten* uitvoerig bestudeerd," zei hij tegen joffer Hester. "De wereld die wij het makkelijkst kunnen bereiken is Dimmick, in een baan rond een witte dwerg, te weten Maudwell's Ster. Het lijkt me een merkwaardige wereld, apart genoeg om aan de meest gespitste smaak tegemoet te komen.

"De opmerkingen zijn ietwat tweeduidig, maar leggen nergens de nadruk op de verleidelijkheid van deze wereld. Laat mij u voorlezen uit het *Handboek*: 'Dimmick is geen wereld van opperste schoonheid, ofschoon de topografie dikwijls voor een vertoon van ruige grandeur zorgdraagt. Het oppervlak bestaat voor het overgrote deel uit woest gebergte en gletsjers. Een aantal kleine, cirkelvormig vlakten die verdiept onder het oppervlak liggen, zijn in werkelijkheid meteoorkraters. Op dergelijke plekken wordt de lucht tot leefbare temperaturen opgewarmd door middel van geothermie. De stad Flajaret en de ruimtehaven zijn in een van dit soort kraters gelegen.

" 'Dimmick en zijn bevolking zijn op zijn minst ongebruikelijk te noemen, al zal de overgevoelige bezoeker er mogelijk niet door worden bekoord. De uitvloei van de hete bronnen vormt tunnels door de gletsjers die onderdak bieden aan een minderwaardige kaste van hondenfokkers die als 'spockows' bekendstaan. De bovenste kasten houden honden aan huis en kleden ze in fantasiekostuumpjes. Er bestaat een onderstroom van vijandigheid tussen de kasten onderling, aangezien de ene groep de dieren verorbert, terwijl de andere de schepsels vertroetelt en lekkerbeetjes geeft van de eigen eettafel.

" 'Het voornaamste tijdverdrijf is het hondengevecht, een sport van zeer groot belang, aangezien deze de maatschappelijke toon zet. Gokken is er een verslaving. Zelfs kleine kindertjes kruipen naar de arena om muntjes in te zetten op hun favoriete beest. Een ander onderwerp voor de goklust is het strafstelsel. Vlakbij Flajaret bevindt zich een groot meer, bekorst met dikke matten aangekoekte algen. Op dit oppervlak worden strafoefeningen uitgevoerd, onder grote belangstelling van het gemene volk.

" 'Dimmick staat niet bekend om zijn verfijnde cuisine, aangezien er slechts weinig tot geen natuurlijk voedsel wordt verorberd. De gebruikelijke gerechten bestaan uit een dikke synthetische papsoep, verlevendigd door kunstmatige smaakstoffen en daarna gebakken, gestoofd, gekookt of geklutst, met weinig verschil in smaakresultaat.' "

Myron zweeg even. "Zal ik verdergaan? Het *Handboek* verstrekt hier diverse recepten voor gekookte hond, die u misschien zullen interesseren."

"Nee, dank je."

Myron nam joffer Hester van terzijde op en probeerde haar stemming te peilen. Ze kon dikwijls dwars zijn, alleen om een situatie wat dramatische kleur te verlenen. Hij waagde het zijn mening te geven: "Ik stel voor dat we Dimmick links laten liggen. We naderen al Tanjeehaven op Taubry, dat vast veel aardiger zal zijn."

Joffer Hester sprak op besliste toon: "Wij landen te Flajaret en zullen deze achterlijke wereld beknopt bezichtigen. Daarna zullen we tevens Tanjeehaven aandoen. Op die wijze zullen we het goede en het kwalijke beter met elkaar kunnen vergelijken."

Myron maakte een energieke buiging. "Net wat u wilt."

In Flajaret ontmoette joffer Hester een buitenwerelder, genaamd Marko Fassig, een charmante jonge schavuit met forse schouders, een borstelsnor en zachte, bruine kijkers. Zijn grapjes en zijn galantheid in het algemeen maakten dusdanig indruk op joffer Hester dat ze hem in dienst nam als purser op de *Glodwyn*, ondanks Myrons heftige bezwaren.

Toen de *Glodwyn* in Tanjeehaven landde, ontsloeg Myron Fassig en beval hem binnen het uur het schip te verlaten. Maar een halfuur later was het Myron zelf die, in een sombere stemming, het schip verliet met zijn koffertje, terwijl de laatste opmerkingen die joffer Hester hem had toegevoegd nog in zijn oren schalden.

✳

Myron slenterde de stad in en vond nachtlogies bij pension Reizigers-rust. Die avond bracht hij een bezoek aan de taveerne Uilswyck, waar hij de bemanning van het vrachtschip *Glicca* ontmoette, bestaande uit kapitein Adair Maloof, eerste steward Isel Wingo, eerste machinist Fay Schwatzendale en de administrateur Hilmar Krim. Elk van de vier was in doen en laten opvallend verschillend van zijn kameraden, maar Krim nog het allermeest. Hij was lang en mager met een hoog voorhoofd, een vreemd matje van zwart haar, een lange kin en half geloken zwarte ogen. Krim had nogal de neiging dogmatische meningen te verkondigen en zijn kameraden namen nooit de moeite die te weerleggen. Myron vernam dat Krim toegewijd jurisprudentie bestudeerde en zelfs bezig was met een analyse van de Gaiaanse wetgeving, die drie delen zou beslaan.

Op deze avond was Krim in een goede bui en werkte een aantal pullen Oude Gaboon naar binnen. Toen het dansen begon sprong Krim de vloer op en begon een energieke parade waarbij hij zijn benen liet zwabberen. Een gezette goedgeklede heer met een fraaie rode snor begaf zich eveneens op de vloer voor een uitvoering van de 'Kippendiefdraf' — een springdans met lange glijpassen waarbij het lichaam ver achterover helt en de benen hoog worden opgeworpen. Deze twee raakten met elkander in contact. Gedurende de woorden-wisseling die hierop volgde, beging Krim diverse vergrijpen tegen de plaatselijke verordening en toen de dienstdoende koddebeier hem in hechtenis wilde nemen, verergerde hij zijn overtredingen door de man met de rode snor tegen de schenen te schoppen. Deze heer bleek echter toevallig de Magistraat van het district te zijn.

De Magistraat strompelde naar een zetel op de verhoging en zette zich, terwijl de sergeant van de wacht naar voren trad en de hele ceel van Krims vergrijpen opdreunde. Dwaas genoeg trachtte Krim jurisprudentie in stelling te brengen, onder het bezigen van termen als 'vette lomperik' en 'klutskop': alweer een overtreding, en wel van de plaatse-lijke wetgeving op kwaadsprekerij. Hij werd ter plekke berecht. De magistraat zette zijn rechtershoed op en nam Krims zaak in beschou-wing. Nu kwam hij volstrekt koel en onpartijdig over, zoals het iemand in zijn positie betaamde, en wees vonnis over Krim op gelijkmatige toon: "Mijnheer, u hebt een aantal interessante juridische puntjes aangevoerd, maar zij slaan de plank ietwat mis. Het is mijn taak zowel uw inzicht in het recht te corrigeren, als wel de onschuldige bevolking van deze stad te beschermen tegen daden van hersenloze gewelddadigheid. Ik veroordeel u daarom tot vier maanden, elf dagen en negentien uur opvoedkundige oefeningen in de steengroeve."

Krim trachtte nog verdere legaliteiten op te werpen en passende precedenten in te brengen, maar hij werd afgevoerd uit de taveerne en gezwind naar de steengroeve gebracht.

Na uit hoffelijkheid even te hebben gewacht, solliciteerde Myron bij kapitein Maloof naar Krims post op de *Glicca*. Kapitein Maloof bleef een ogenblik peinzen. "Het is niet zo'n eenvoudige betrekking," zei hij. "Het vergt alle capaciteiten van een bekwaam kandidaat."

"Ik meen dat ik die kandidaat ben," verklaarde Myron koen.

"Dat zullen we dan eens zien," zei kapitein Maloof. "Laat ik je om te beginnen vragen: ben je vertrouwd met de eerste tien cijfers van het tallig stelsel?"

"Welzeker, kapitein. Dat ben ik!"

"En heb je inzicht in hoe deze in het dagelijks gebruik gebezigd worden?"

"Jazeker, kapitein."

"Je bent in staat geschreven documenten te lezen en te vertolken in gesproken taal?"

"Jazeker, kapitein."

"Als ik je in dienst zou nemen, zou je dan bezwaar aantekenen tegen de verplichting de boekhouding kloppend te maken, min of meer?"

"In het geheel niet, kapitein."

Kapitein Maloof slaakte een zucht van verlichting. "Je kwalificaties lijken me voortreffelijk. Je bent aangenomen."

"Dank u, kapitein."

"Geen dank," zei kapitein Maloof. "Ik wil de arme Krim weliswaar geen onnodige ontberingen bezorgen, maar het zal toch in zekere zin een opluchting zijn dat hij nu met rotsblokken stoeit in plaats van met de cijfers in mijn boekhouding. Je voornaamste uitdaging, althans in mijn optiek, zal zijn je aan te passen aan Krims intuïtieve boekhoudmethoden. Je kunt je morgenochtend bij de *Glicca* melden."

De volgende ochtend vertrok Myron uit Reizigersrust en ontbeet op een caféterrasje op de plaza. Toen wandelde hij onder de wolken-bomen naar de ruimtehaven, ging het stationsgebouw binnen en zag de *Glicca* honderd meter verder op de landingsbaan staan. Het was een lomp aftands kavalje voorzien van drie vrachtruimen en ruimte voor een variabel aantal passagiers. De scheepshuid, die ooit eens blauw-grijs gelakt was geweest, met donkerrode belijningen, stond nu in een doffe, grijswitte grondlaag met her en der plekken oranje menie waar het nodig was geacht krassen, schuurplekken en meteoordeuken af te dichten. Myron liep naar het schip, beklom de korte loopplank en stapte door de openstaande deur de salon binnen. Daar trof hij kapi-tein Maloof en Schwatzendale aan, die achter de laatste restjes van hun ontbijt zaten.

"Ga zitten," zei Maloof. "Heb je al ontbeten?"

"Ik heb twee viskoekjes in rode saus gegeten met een pot peper-thee," zei Myron. "In die zin heb ik dus wel ontbeten, ja."

Wingo, die vanuit de kombuis het gesprek had gehoord, kwam ogenblikkelijk aanzetten met een kom bonen met spek voor Myron en twee geroosterde scones. "De etenswaar die men in afgelegen oorden aantreft is dikwijls ver beneden de maat," zei Wingo streng. "We zijn geen kieskauwers, hier op de *Glicca*, maar fanatiek zijn we evenmin; we voelen ons niet gedrongen alle bijzonderheden van de plaatselijke cuisine te verkennen."

"Wingo treedt in dergelijke gevallen op als scheidsrechter," zei Schwatzendale tegen Myron. "Als hij op de markt iets aantreft wat hem nieuwsgierig maakt, dan krijgen wij het voorgezet bij het avondeten. Wingo houdt ons nauwlettend in de gaten en als het ernaar uitziet dat het gerecht ons bevalt, dan probeert hij het zelf misschien ook nog eens."

Wingo grijnsde breed. "Ik krijg weinig klachten," zei hij tegen Myron. "Als je even meeloopt, laat ik je je verblijf zien. Schwatzendale en ik hebben de bezittingen van die arme Krim al in de transportkluis opgeslagen. De hut is gelucht en het beddengoed is schoon. Ik denk dat je je er prettig zult voelen."

Myron bracht zijn koffer naar de hut en ging toen terug naar de salon. Maloof was nu alleen.

"Je onderkomen is naar genoegen, hoop ik?" vroeg hij.

"Jazeker. Ik ben klaar om aan het werk te gaan."

"In dat geval zal ik je de omvang van je taken uiteenzetten. Ze zijn van een grotere verscheidenheid dan je misschien verwacht had." Maloof keek bedachtzaam naar het plafond. "Mogelijk ondervind je enige moeilijkheden als je tracht Krims werkmethoden verstandelijk te verklaren. Zijn vele goede eigenschappen niet te na, was Krim zoals men zegt enig in zijn soort."

Myron knikte. "Dat verbaast me niet."

"Dikwijls was Krim kortaf tegen de passagiers, waardoor hij onnodige wrijving teweegbracht. Op een verzoek dat hem niet redelijk voorkwam placht hij, in plaats van er vijf minuutjes voor uit te trekken om aan de behoeften van de passagier tegemoet te komen, uiteen te zetten waarom de passagier het anders diende in te zien. Dan weer schreef hij in geval van indigestie, in plaats van het tablet uit te reiken waarom was verzocht, een holistische geneeswijze voor en ging dan urenlang met de passagier in debat, totdat deze, overweldigd door inwendige krampen, gedwongen was inderhaast de latrine op te zoeken. Wanneer ik trachtte tussenbeide te komen, verklaarde Krim dat hij een principieel mens was en gaf hij mij het gevoel een beunhaas te zijn."

Myron knikte en schreef in een aantekenboekje: "Stelregel een: passagiers zoet houden; medicamenten uitreiken op aanvraag."

"Precies. Welnu, wat de administratie en de boekhouding betreft, moet ik opnieuw aanmerkingen maken op Krims werkwijze. Hij ging zo op in zijn monumentale samenvatting van de jurisprudentie, dat hij het saaie bijhouden van de boeken meed. Wanneer hij op zijn tekortkoming werd gewezen, beweerde hij dat hij de betrokken cijfers in zijn geheugen had geprent en dat ze in goede orde in zijn geest berustten. Op een dag vroeg ik hem: 'stel nu eens dat je door een gril van het lot gedwongen wordt van de *Glicca* te scheiden, bijvoorbeeld doordat je werd gedood door een bandiet, of doordat je een hersenkramp kreeg, wat dan?' 'Onzin! Louter kletsika!' verklaarde Krim met grote nadruk. 'Maar stel nu,' hield ik aan, 'dat je werd opgepakt door de politie en in het gevang werd gegooid. Wie moet dan je cryptische aantekeningen duiden?' Krim werd nogal kribbig. Het was een vergezochte gedachte, verklaarde hij. Politiebeambten zouden er niet over denken zich aan iemand met zijn strafrechtelijke vaardigheden te vergrijpen. Maar Krim had het bij het verkeerde eind; hij is afgevoerd naar het gevang en zijn omvangrijke bestand aan mentale administratie is voor ons verloren. Deze episode spreekt voor zich, naar ik meen."

Myron schreef in zijn aantekenboekje: "Stelregel twee: houd de boeken naar behoren bij. Mijd de politie."

"Precies." Maloof omschreef vervolgens Myrons verdere taken. Hij moest bijhouden wat er geladen en gelost werd. Hij moest connossementen klaarmaken en indien nodig invoer- en uitvoervergunningen in orde maken. Hij moest toezicht houden op de stuwadoors en moest in elke aanleghaven ervoor zorgen dat de juiste colli werden uitgeladen, al moest hij ze hoogstpersoonlijk naar het laadperron dragen.

Myron schreef in zijn boekje: "Stelregel drie: zorgen dat vracht aan en van boord komt; colli tot in bijzonderheden registreren."

Maloof vervolgde: "De administrateur moet zich ervan vergewissen dat de vrachtkosten voldaan zijn, alvorens de goederen te laden; zo niet, dan bestaat de kans dat wij vrachten vervoeren met verlies, aangezien de ontvanger dikwijls weigert de vervoersnota te betalen en ons met een mogelijk waardeloze lading laat zitten, hetgeen vele moeilijkheden tot gevolg heeft."

Myron schreef: "Stelregel vier: voor alles vrachtkosten en vergoedingen innen."

"Zoals je ziet," zei Maloof, "is de ideale administrateur iemand met een ijzeren wil en een verbeten inborst. Hij heeft een geheugen als een pot en laat zich geen vrijpostigheden welgevallen van de kant van de pakhuisknechten, hoe strijdlustig ze zich ook opstellen."

"Ik zal mijn best doen," zei Myron berustend.

"Dat is het wel, alles bij elkaar," zei Maloof. "We hebben altijd mankracht te kort op de *Glicca*. Ieder dient veelzijdig te zijn, en vooral de administrateur. Je bent je daarvan bewust?"

"Nu wel."

Later die dag meldden zich elf pelgrims bij kapitein Maloof, die vervoer wensten naar Impy's Aanleg op de planeet Kyril, waar ze een vijf jaar in beslag nemende wandeling rond de wereld zouden ondernemen. Kapitein Maloof legde uit dat de *Glicca* hen naar Coro-coro op Fluter kon brengen, maar dat ze zelf aansluitend vervoer naar Kyril moesten zien te vinden. Na enige discussie legden de pelgrims zich met tegenzin bij kapitein Maloofs bepalingen neer.

Verdere tegenwerpingen betroffen de overtochtskosten. Kalash, de Perrumptorius van het groepje, wilde per se een religieuze korting op de prijs bedingen. Kapitein Maloof reageerde met een bedroefd hoofdschudden. "Als uw forum van goden u een snelle en geriefelijke overtocht naar Kyril had willen schenken, dan hadden ze dat immers wel met een goddelijke pennenstreek geregeld."

Kalash deed een laatste poging de ogenschijnlijke paradox te verklaren. "De wegen der goden zijn ondoorgrondelijk."

Maloof knikte wijs. "Geheel mee eens. Maar ofwel uzelf, ofwel de goden zullen de geldende passagetarieven dienen te voldoen."

De Perrumptorius had niets meer in te brengen. De pelgrims dromden aan boord en werden door Wingo en Myron naar hun verblijf gebracht.

Met zonsondergang vertrok de *Glicca* op een koers die haar van de ene wereld naar de andere zou voeren, door obscure en afgelegen streken, die slechts werden aangedaan door de schepen van de wilde vaart, zoals de *Glicca*. De pelgrims namen al snel vaste dagelijkse gewoonten aan: theedrinken, kritiek leveren op de keuken, riten voltrekken, gokken, en de wereld Kyril bespreken die ze voornemens waren te voet te omgorden.

Myron schikte zich snel in zijn dagelijkse werkzaamheden. Hij had ietwat meer moeilijkheden met Hilmar Krims administratie en diens ongewone boekhoudmethoden. Krim had zich bediend van een stelsel van afkortingen en neergekrabbelde aantekeningen in een ondoorgrondelijk soort steno, alsmede een reeks onduidelijke hiëroglyfen die Myrons begripsvermogen tartten. Bovendien had Krim talloze financiële bijzonderheden, zoals daar zijn: havengelden, sjouwersloon, voorschotten aan bemanningsleden en diverse onkosten, nooit opgetekend. Hij hield liever de lopende rekening bij in zijn geheugen, tot het ogenblik daar was dat hij zich wel genegen voelde het eindtotaal in de boeken op te nemen. Die ogenblikken leken te hebben afgehangen van hoe hem de muts stond en hij had zelden de moeite genomen de bedragen te specificeren.

Uiteindelijk bedacht Myron een eigen boekhoudmethode die hij

'creatief middelen' noemde. Het was een methode die zowel onge-
compliceerd was als afdoende, hoewel men zou kunnen zeggen dat ze
gegrondvest was op intuïtie of zelfs willekeur. Om te beginnen verving
Myron Krims hiëroglyfen door min of meer denkbeeldige waarden,
die hij net zolang bijstelde tot hij een passend eindresultaat had. Op
deze manier bracht hij de administratie weer in ordelijke staat, hoewel
hij geen ogenblikkelijke precisie wilde garanderen. Maloof bekeek de
boekhouding en was dik tevreden met Myrons resultaten.

Naarmate de tijd verstreek leerde Myron zijn scheepsmakkers beter
kennen. Schwatzendale was, zo ontdekte hij, spontaan en opvliegend
en bezat een dichterlijke verbeelding vol wonderen en verrassingen.
Wingo daarentegen was bezadigd, methodisch en een diep denker.
Op het oog leek Schwatzendale een charmante schelm, met een knap
uiterlijk en een wispelturige, schuinse inslag. Zijn hartvormige gezicht
met de glanzende ogen en het zwarte haar, dat vanaf een punt op zijn
voorhoofd naar achteren groeide, brachten vreemden er dikwijls toe
hem aan te zien voor een kwijnende jonge estheet of zelfs een verwijfd
jongmens. Niets sloeg de plank verder mis. Schwatzendale was in werkelijkheid onstuimig, ongedurig en buitensporig in zijn stemmingen en
standpunten. Hij huppelde en dartelde als een kind zonder zich merkbaar te bekreunen om wat anderen ervan dachten. Van zijn werk kweet
hij zich hooghartig alsof hij, als persoon van goede smaak, het beneden
zijn waardigheid achtte zijn arbeid serieus te nemen. In dat opzicht was
Schwatzendale zowel romantisch als ijdel; hij beschouwde zichzelf als
een kruising tussen een gokker en een avonturier van stand.

Wingo gewaagde nu en dan van Schwatzendale's wapenfeiten in een
mengeling van ontzag, onwillige bewondering en misprijzen. Volledig
in tegenstelling tot Schwatzendale was Wingo kort en mollig, met
blauwe ogen en maar een paar sliertjes blond haar dwars over zijn roze
schedel. Wingo was mild, minzaam en meelevend. Hij was een gretig
verzamelaar van curiosa, kleine snuisterijen en merkwaardige raritei-
ten, die hij niet zozeer op prijs stelde om hun geldswaarde maar om het
vakmanschap en de knappe makelij. Wingo was tevens een gedreven
fotograaf en was bezig een verzameling op te bouwen van wat hij 'stemmingsimpressies' noemde, die hij ooit eens hoopte te publiceren in een
portfolio, getiteld *Parade der Gaiaanse Mensheid*.

Hij stelde veel belang in de vergelijkende metafysica; de sektes, bijgeloven, godsdiensten en transcendentale filosofieën die hij onvermijdelijk tegenkwam, op de tocht van de *Glicca* van wereld tot wereld, boeiden hem mateloos. Altijd als hij zich in vreemde oorden bevond, besteedde hij nauwlettend aandacht aan de plaatselijk spirituele leerstellingen — een tijdverdrijf dat Schwatzendale's afkeuring gaande maakte.

"Je verdoet je tijd! Er zijn honderdduizend van deze waandenkbeelden; ze kramen allemaal dezelfde onzin uit en willen je alleen maar je geld afhandig maken. Waarom maak je je daar toch druk over? Godsdienstig gezwijmel is de grootste kletskoek die er bestaat!"

"Daar zit veel in, in wat je zegt," gaf Wingo toe. "Maar zou het niet mogelijk zijn dat een van die honderdduizend leerstellingen het bij het rechte eind heeft en precies de Kosmische Weg beschrijft? En als we er nu aan voorbijgaan, komen we de Waarheid misschien nooit meer tegen."

"In theorie wel," mopperde Schwatzendale. "In de praktijk heb je een kans van nul komma nul."

Wingo hief vermanend zijn roze wijsvinger. "Tut-tut! Men kan daar nooit zeker van zijn. Misschien heb je de kansen verkeerd berekend."

"Daar heb ik geen behoorlijk antwoord op," gromde Schwatzendale. "Een kans van nul op de duizend komt op hetzelfde neer als een kans van nul op de miljoen."

Wingo reageerde met een weemoedig lachje. "Ik zal je formules nazien. Mogelijkerwijs heb je het mis."

Schwatzendale beaamde dat die mogelijkheid bestond en daar bleef het verder bij.

Voor Myron vormde Schwatzendale een constante bron van vermaak en verwondering. Schwatzendale was knap om te zien, een feit dat hij zelf wel erkende, maar waar hij geen acht op sloeg. In de machinekamer verrichtte hij zijn taken met snelheid, precisie, volstrekte trefzekerheid en zijn karakteristieke verve. Hij klaarde iedere klus met een zwierig gebaar en een blik van dreigende minachting naar het gerepareerde onderdeel, als om het te waarschuwen dergelijk falen nimmer te herhalen. Myron keek al snel door de lome schoonheid van Schwatzendale's uiterlijk heen en ontdekte een innerlijke hardheid, die door en door mannelijk was. Myron bestudeerde verdekt maar diep geboeid de uitingen van Schwatzendale's inslag. Die openbaarde zich in allerlei eigenaardigheden en gewoonten, sarcastische grappen en schuinse invallen; de manier waarop hij zijn hoofd scheefhield, de hoekige stand van zijn ellebogen, zijn lange verende passen. Myron verbeeldde zich soms dat Schwatzendale uit allemaal schots en scheve delen bestond die alleen maar schuins konden worden samengevoegd. Alles aan hem was asymmetrisch, grillig, diagonaal. Schwatzendale was als het paard uit het schaakspel, dat alleen maar om een hoekje mag springen.

De *Glicca* voer van wereld tot wereld, gestuurd door connossementen en vrachtbestemmingen. In Girandole op de planeet Fiametta, streek de *Glicca* neer naast de *Fontenoy* — een groot ruimtejacht, bijna even fraai als de *Glodwyn*. Kapitein van de *Fontenoy* was Joss Garwig, direc-teur aankoopbeleid van het Totaalmuseum voor Schone Kunsten te Duvray op Alcydon. Garwig werd vergezeld door zijn vrouw Vermyra, zijn zoon Mirl en zijn schrandere dochter Tibbet.

In Zoetfleur voegde de bemanning van de *Glicca* zich bij Garwig en zijn familie voor de 'Lalapaloeza', een kermis met vele dimensies. Ze zagen daar hoe Moncrief de Muizenruiter en zijn troep het publiek besjoemelden met ijver en finesse. Schwatzendale stelde er meer dan gewoon belang in, aangezien het dezelfde Moncrief was, die hem ooit eens bijna vijftig sol afhandig had gemaakt bij een spelletje Cagliostro. Schwatzendale had nooit afgelaten te haken naar wraak.

Myron en Tibbet ontglipten Vermyra om de Tunnel der Liefde te bezoeken en werden pas laat op de avond weer gesignaleerd. Ze had-den besloten dat ze van elkaar hielden en het afscheid was bitterzoet, want het Gaiaanse Bereik was lang en breed en ze konden er niet naar raden wanneer ze elkaar weer zouden zien. Tibbet instrueerde Myron om haar thuis nabij Duvray te schrijven. "Als ik niets meer van je hoor, zal ik weten dat je me vergeten bent."

Aan het einde van de kermis nam Moncrief kapitein Maloof ter zijde en regelde vervoer voor hemzelf en zijn troep naar Cax op de wereld Blenkinsop. De volgende morgen kwamen de nieuwkomers aan boord van de *Glicca*: een gezelschap van zes, onder wie Froek, Poek en Sjoek, drie aanvallige jonge maagden met een levendige inborst; de Kluten, Siglaf en Hunzel, een koppel bitse krijgeressen uit de Schele Heuvels van Numoy; en Moncrief zelf: alles bij elkaar een pittoresk gezelschap.

De *Glicca* verliet Fiametta en vervolgde haar weg. Ze stopte bij de vier sombere ruimtehavens van Mariah die ze overijld achter zich liet. Voor haar lag de lange tocht naar Fluter en het legendarische Coro-coro, en dan verder naar Cax.

HOOFDSTUK I

Uittreksel uit het artikel 'Fluter, wereld vol bekoring', verschenen in het tijdschrift *Toeristische Tips*.

Het heeft geen zin het klimaat van Fluter te beschrijven: het is volmaakt en als zodanig maakt men zich daar verder geen zorgen over, evenmin als om de meeste andere aspecten van deze schitterende wereld. De landschappen zijn net zo zonnig en groen als een panorama op het verloren Arcadië.

De bewoners van Fluter hebben deel aan de eigenschappen van hun prachtige wereld. Ze lijken door het leven te dansen op de maat van muziek die zij alleen kunnen horen: vrouwen met velerlei talenten, nobele filosofen, alleengaande vagebonden die door eenzame streken zwerven. Over het geheel genomen zijn ze vriendelijk en monter, vol verlangend mooi te zijn in de ogen van de buitenwerelders, die ze misschien tot in het onredelijke vereren. Over het algemeen zijn ze verslaafd aan de genietingen van muziek en feestmaal, het benoemen van sterren, varen over de wilde zeeën en het bedrijven van de liefde op de wijze die men 'het tot zich nemen der geurende bloesems' noemt.

NOOT: *De intelligente lezer zal al snel opmerken dat het bovenstaande artikel een meesterwerkje van overdrijving is; de schrijver is ongetwijfeld nooit verder van huis geweest dan de plaatselijke kermis. Alleen de meest naïeve lezer zal, na te zijn blootgesteld aan een dergelijk artikel, halsoverkop naar Fluter afreizen in de hoop*

daar 'onzegbare bekoring' aan te treffen, alsmede 'dagelijkse eroti-
sche hoogstandjes'.

    Men houde de volgende feiten in het oog. Het landschap van
Fluter oogt aangenaam. Het beste hotel in Coro-coro is het O-Shar-
Shan, maar stromend warm water heeft men daar niet. De meisjes
zijn noch verleidelijk, noch bijzonder vriendelijk. Wie op de ruimte-
haven aankomt wordt een bezoekersvergunning verleend voor de
duur van dertig dagen.

1

DE GEOGRAFISCHE AANBLIK van Fluter vanuit de ruimte was buitengewoon en misschien zelfs uniek te noemen — zeker binnen de
grenzen van het Gaiaanse Bereik. Toen ze na een poos in gesmolten
oertoestand te hebben verkeerd eenmaal begon af te koelen, was de
wereld gekrompen, zodat de korst in negen geweldige plooien werd
opgestuwd, die van noord naar zuid liepen en die samen een geheel
halfrond besloegen, terwijl het tegenoverliggende halfrond zo vlak was
als een biljartlaken.

    In de loop der tijd steeg de zeespiegel en vormden de rotsplooien
negen smalle continenten, met ondiepe zeeën daartussen. Het tegenoverliggende halfrond verdween onder het water van een uitgestrekte,
ononderbroken oceaan.

    Tijd verstreek. Het klimaat was zacht van aard; leven ontstond op
Fluter en overtoog het land met groen in ontelbare variaties. Er arriveerde een groep Gaiaanse pioniers van de overbevolkte wereld Ergard,
die zich op alle negen continenten vestigden. Vijf jaar later legden ze
zich, tijdens hun Eerste Conclaaf, vast op een geheel van strenge over-
eenkomsten, tot doel hebbende de bevolkingsgroei in te perken, zodat
Fluter nimmer zou verworden tot het oerwoud van betonnen torens,
ondergrondse holenstelsels, geurtjes, stank, en vervuiling, propvolle
straten en bekrompen leefruimte, dat ze achter zich gelaten hadden op
Ergard. De tijd mocht verstrijken — honderd jaar, duizend jaar — maar
nimmer, zo zwoeren zij, zouden ze toestaan dat hun prachtige nieuwe
wereld dusdanig zou worden ontheiligd. De Flauts, zoals ze zich noem-
den, maten de negen continenten zorgvuldig op en verdeelden het voor

landbouw geschikte land in secties, waarna elke sectie een inwonerstal kreeg toegewezen dat, toen noch later, mocht worden overschreden.

Duizend jaar later woonde de bevolking van Fluter in honderd-zevenenveertig dorpjes die lukraak over de negen continenten waren verspreid, met een bijzondere regio rond de Coro-coro ruimtehaven.

De inheemse flora bestond op voet van vriendschap naast tientallen exotische soorten, geïmporteerd van de Oude Aarde of van elders. De alomtegenwoordige kokospalm boog zich over duizenden stranden; exotische hardhoutsoorten, pijnbomen, bloeiende heesters en wijn-ranken tierden welig in de wouden van Fluter en op de berghellingen. De fauna bestond uit een paar hagedissen en insecten op het land, en een verscheidenheid aan levensvormen in zee, die het water heel boei-end maar ook onveilig maakten.

In Coro-coro op Continent Vijf bevond zich het beroemde O-Shar-Shan Hotel en nog een tiental andere toeristenhotels die meer of minder in de mode waren. Ofschoon de berekeningen erg ingewikkeld werden, was Coro-coro onderworpen aan dezelfde grenzen aan de bevolkingsgroei als de rest van Fluter en zou dus nooit groter worden dan een uit de kluiten gewassen dorp.

2

De *Glicca* landde op de ruimtehaven van Coro-coro en er kwam een ploeg plaatselijke functionarissen aan boord. Ze gingen bijzonder grondig te werk. Een tweetal medisch assistenten controleerden schip, bemanning en passagiers op kwalijke kwalen, terwijl een andere analist monsters lucht filtreerde op jacht naar ongewenste virussen, stuif-meel, sporen of proteïnen. Na niets van belang te hebben aangetroffen verliet de ploeg het schip. Intussen noteerde een immigratiefunctio-naris naam, leeftijd, wereld van afkomst, bezoeksreden en strafblad, indien van toepassing, van eenieder aan boord van het schip, waarbij hij meteen inreisvergunningen uitschreef. Toen richtte hij het woord tot het gezelschap.

"Luister met aandacht, alstublieft! Ik ben Civiel Agent Uther Taun; ik vertegenwoordig het bestuur van Coro-coro en in feite van heel Fluter. Civiel Agenten hebben vele taken maar de allerbelangrijkste is het beschermen van de schoonheid van onze geliefde wereld. Strenge straffen zullen worden opgelegd aan elkeen die zo ontaard mocht zijn rommel rond te strooien of andere vervuilingen te bedrijven. Ik behoef over deze wetten niet uit te weiden, en wil slechts stellen dat ze met noeste ijver worden gehandhaafd door een speciaal korps van Civiel Agenten en al evenzeer waakzame Landelijk Agenten. Mocht het zo gevallen, dan zullen bestraffingen van orde een, twee en drie worden toegepast. Landelijk Agenten zowel als Civiel Agenten aanvaarden generlei verontschuldigingen! Afvalstoffen dienen te worden gedeponeerd in gewaarmerkte afvalbakken. Naar willekeur wateren of onverschillig waar uw gevoeg doen wordt nimmer aangemoedigd, om redenen die hier niet behoeven te worden uiteengezet. Desniettemin moogt u, in plaats van uw voorhoofd te fronsen of uw gezicht te vertrekken, uzelf liever gelukkig prijzen met het voorrecht van de verrukkingen van Fluter te mogen genieten! Een Bezoekersvergunning heeft een geldigheid van dertig dagen, doch kan worden verlengd bij tijdig verzoek daartoe. Ik vermeld tevens, dat voor hen die tijdelijke tewerkstelling verlangen hier vlakbij een arbeidsbeurs gelegen is, aan de Pomare-allee.

"Een laatste woord nog: mocht u tijdens een uitstapje op een dorpje stoten, dan zou het van voorzichtigheid getuigen op uw schreden terug te keren en elders heen te gaan. Maar mocht u mijn raad naast u neerleggen en het dorpje binnengaan, neem dan de opperste discretie in acht! De doorsnee Flaut zal niet de indruk bij u wekken een gulle gastheer te zijn; integendeel, hij zal u zowel ongevoelig als nors toeschijnen. Bezoekt u een dorpstaveerne, gedraag u dan met het opperste decorum. Komt u een vrouwspersoon tegen, ongeacht haar leeftijd, onthoud u dan van gemeenzaamheid, aangezien de Flauts er geen been in zien een hinderlijke toerist af te rossen. Als u voorzichtig bent en met ruime hand betaalt, zal u op Fluter geen narigheid overkomen.

"Een andere zaak van gewicht: de landmassa's van Fluter zijn verstoken van gevaarlijke beesten en roofvogels; de wet verbiedt dan ook de import en het bezit van krachtpistolen of ander dergelijk wapentuig. Dit is een oude wet, die in voege kwam tijdens de IJselijke Tijden. Men vond dat de krijgers van toen reeds voldoende gruweldaden aanrichtten met hun messen en strijdbijlen, zonder de noodzaak van additionele hulpmiddelen. Op de naleving van deze wet wordt nog steeds toegezien door de Civiel Agenten en hij is van toepassing op alle energiewapens, groot en klein. Excuses zijn zinloos, en bestraffing is van orde drie. Welnu, zijn er vragen?"

De onmogelijke Cooner trad naar voren terwijl zijn mollige gezicht blonk van gretige onschuld. Hij stak zijn hand op en wapperde met zijn vingers. De Civiel Agent keek op hem neer. "U hebt een vraag?"

"Ja, mijnheer! Waarom zijn er zowel Civiel Agenten als Landelijk Agenten?"

De Agent trok een kille rimpel in zijn voorhoofd. "De verschillen zijn wezenlijk maar blijken soms voor het grote publiek onduidelijk. In het algemeen doen de Civiel Agenten dienst in Coro-coro terwijl de Landelijk Agenten waakzaam toezicht houden op het gedrag van kampeerders en dagjesmensen."

"En welke van de twee is het strengst?"

"Ze zijn geen van beiden streng. Beiden handhaven ze de vigerende wetten tot de laatste tittel en jota."

"Ha!" kreet Cooner met ongepaste jovialiteit. "En wat is, als ik vragen mag, de aard van de drie orden van bestraffing? Wat duiden die precies aan?"

De Agent, die niet blij was met Cooners luchthartige gedrag, antwoordde kortaf: "Dergelijke aangelegenheden beschouwt men als onbeschaafd. Heren en dames besteden hier liever geen aandacht aan."

"Aha!" monkelde Cooner. "Maar u hebt uw gehoor verkeerd ingeschat! Aan boord van de *Glicca* zijn we allemaal filosofen; u zult in de hele groep geen dame of heer vinden! Spreek vrijuit verder, zonder gewetensbezwaar."

De stem van de Agent klonk nog norser dan tevoren. "Zoals u wenst. Luister dan!

"Een bestraffing van de eerste orde is een openbare tuchtiging. Een bestraffing van de tweede orde omvat eerverlies, inbeslagname van alle bezittingen en verwijdering van Fluter, gehuld in slechts een doorntak. Een bestraffing van de derde orde brengt de dood met zich mede, ten gevolge van onderdompeling in de Sharlervijver."

"Hm," zei Cooner, wat stemmiger dan daareven. "Ik zie wel dat u uw juridische aangelegenheden ernstig opvat. Misschien is het wel zo verstandig binnen de perken van de wet te blijven."

"Dat is immer het geval," zei de functionaris.

"Een laatste vraag!" kreet Cooner. "Waaraan kan ik een Civiel Agent herkennen, of een Landelijk Agent, wanneer er een in de buurt mocht zijn? Waardoor onderscheiden ze zich?"

"Die vragen zijn van nul en gener waarde. Het voorzichtigste zou zijn ervan uit te gaan dat u de gehele tijd door de een, dan wel de ander, in het oog wordt gehouden. Om uw vragen wijdlopiger te beantwoorden: de Civiel Agent valt nimmer op, ook al draagt hij een keurig uniform. Hij is hoffelijk, zelfs wanneer hij u in hechtenis neemt. De traditie gebiedt dat hij een korte, vierkante baard draagt. Hij is van rijpere leeftijd, doch niet gebrekkig en onderscheidt zich door zijn stipte beleefdheid. De Landelijk Agent draagt een groene sjerp en heeft een ceremoniële mepper bij zich, maar verschilt verder niet veel van de Civiel Agent. Maar nu ter zake." Uit zijn buidel haalde Uther Taun foldertjes tevoorschijn met titels als: *Het Rechtsstelsel: Alledaagse Verordeningen, Plichten van de Bezoeker*, en *Advies van een Civiel Agent.*

"Iedereen dient dit compendium met zorg te bestuderen," verklaarde de Agent. "Dan is er geen enkel excuus meer voor misdragingen."

Cooner mompelde: "Wees maar niet bang: we zullen onze aangelegenheden op onze tenen afdoen."

De Agent wendde voor dat hij het niet gehoord had. Hij deelde de pamfletten uit en verliet toen het schip.

3

Perrumptorius Kalash deed een laatste poging om kapitein Maloof te vermurwen. Hij benaderde hem, zijn gezicht overtogen door een weifelige glimlach. "Mijnheer, ik heb net met mijn collegae gesproken en wij zijn eensgezind in onze bewondering voor de helderheid van uw wijsheid."

"Dank u," zei Maloof. "Dat is prettig te horen."

"Maar wij hebben tevens het gevoel dat uw standpunten zo abstract zijn, dat het leed der mensheid niet meer tot u doordringt. Wij hopen oprecht dat u onze onfortuinlijke omstandigheden nog eens in beschouwing hebt genomen, dat u wellicht tot een beter inzicht bent gekomen zodat u nu een golf van medeleven hebt voelen opwellen voor ons in onze nood. Zie ik dit goed?"

"U zit er volkomen naast. Mijn aanbevelingen blijven staan."

Kalash wierp verslagen zijn armen in de lucht en ging heen. De pelgrims kwamen bijeen om te overleggen en besloten Schwatzendale nog eens te vragen zijn winst terug te geven. Wingo ving hun gemompelde plannen op en verzekerde hun dat Schwatzendale "nog liever zijn linkerbeen zou laten leegbloeden dan geld uit handen te geven, dat hij eenmaal verworven had."

Schwatzendale zelf mengde zich in het gesprek. Hij stelde Perrumptorius Kalash de vraag: "Zou u me hebben teruggegeven wat ik verloren had, in het geval dat u mijn gelden had vervreemd? Vergeet alstublieft niet dat ook ik gevoelens heb!"

De pelgrims mopperden wrokkig onder elkaar, verlieten toen het schip en trokken met grote tegenzin naar de arbeidsbeurs. Kapitein Maloof en Myron gingen naar het entrepot om het lossen van de lading te regelen. Moncrief vertrok, met Froek, Poek en Sjoek naar het centrum van de stad, terwijl Hunzel en Siglaf er dreigend achteraan sloften.

Wingo en Schwatzendale kleedden zich om in uitgaanstenue, alvorens het schip te verlaten. Wingo hulde zich in een stoffigbruine pantalon, een grijs-roze overhemd met een zwarte koordjesdas, een wijde bruine mantel en zijn bruine plantershoed met de zwierige rand — een kostuum dat terugverwees naar die galante kunstenaars, die met zulk elan en branie door de vroege romantiek waren getogen. Zijn gevoelige voeten voelden zich op hun gemak in het paar uitstekende laarzen van zacht leer, dat zijn grootste schat was. Schwatzendale droeg een zwarte kuitbroek, een bloes in een zwart met groen patroon van schuine ruiten en een slappe zwarte pet die schuins op zijn zwarte lokken stond. Ze gingen op weg langs de Pomare-allee onder een ruisend bladerdak van overhangend groen en zoetgeurende bloemen.

De bomen vertoonden een grote verscheidenheid: sommige waren inheems en andere waren ingevoerd van verre werelden. Sommige bomen torenden trots op tegen de hemel, terwijl andere in elkaar doken, verwrongen en met zware takken, waarbij ze waaiers van lover over de weg uitbreidden. Silurische populieren spreidden bleekblauwe en zeegroene ingesneden bladeren tentoon; dendrons lieten lobben los, bestaand uit met gas gevulde membranen die weg dreven over de allee, en gevuld waren met sporen. Sidderbomen, met hun nectarbekers, bengelend aan kurkentrekkervormige sprieten, dansten op en neer en geuren stroomden over in de lucht.

Schwatzendale huppelde voort met leutige goede zin. Nu eens danste hij voor Wingo met diens standvastige, gestage tempo uit, dan weer schoot hij opzij van de weg om een bloem te plukken, die hij een ogenblik later over zijn schouder wegwierp, in flamboyante minachting van de wet. Wingo sloeg hem minzaam gade en bleef even staan om Schwatzendale's rommel op te rapen die hij in zijn zak stopte.

Het tweetal kwam langs de arbeidsbeurs: een langgerekte, aan een kant open loods bedekt met geelbruine palmbladeren, in de schaduw van talismanbomen. Achter de balie was een enkele bediende bezig een gezette dame te helpen, die zwarte laarzen droeg en een wijde oranje pofbroek. De pelgrims stonden somber op een kluitje de berichten op een mededelingenbord te lezen terwijl ze nu en dan naar vliegende insecten sloegen.

Wingo en Schwatzendale vervolgden hun weg. Wingo was geneigd tot medeleven met de pelgrims en somde de nadelige kanten van hun huidige precaire positie op. Schwatzendale was afstandelijker. "Ze waren niet verplicht geweest eropuit te trekken en deze door het ongeluk geplaagde expeditie te ondernemen! Als ze thuis waren gebleven, hadden ze in hun eigen bed kunnen slapen of godsdienstige rituelen kunnen bedrijven wanneer ze maar wilden en naar hartenlust."

"Ze worden gedreven door iets wat ze 'afflatus' noemen," zei Wingo. "Het is een allesverterende kracht die men niet uitleggen kan."

Schwatzendale knikte ten teken dat hij het begreep. Ze wandelden verder en kwamen langs de kantoren van Vervoersmaatschappij Tarquin die voertuigen van allerlei aard te huur aanbood. Sommige waren protserig en versierd en andere waren op snelheid gebouwd, laag van voren en met hoge, stakige wielen aan de achterkant. Er waren zwevers van plaatselijke makelij, zo licht en fragiel, dat ze eruitzagen alsof de wind ze zo zou wegvoeren.

Alles bekijkend in het voorbijgaan, liepen Wingo en Schwatzendale voort, nu en dan opzij duikend voor een schicht die over de allee naderde. Ze zagen diverse bungalows die bijna verscholen in het struikgewas lagen en ontdekten toen een slordig bouwsel, opgetrokken van oude planken en panelen geperst gras, onder een hoog, puntig dak van palmblad. Een verzakte veranda liep voor het gebouw langs, met drie houten treetjes die de verbinding met de begane grond vormden. Boven de veranda hing een bord: Pingis Taveerne. Wingo en Schwatzendale bleven meteen staan. Ze namen de lukrake bouw in zich op met de blik der ervaring, draaiden zich toen als een man om, beklommen het trapje en gingen de taveerne binnen.

Ze werden begroet door een vertrouwde geur: het aroma van oud hout, doortrokken van generaties gemorst bier en de mufheid van verdroogde palm. Op dit uur van de dag was er niet veel klandizie. Binnen was het schemerig en stil. Achter in de taveerne zat een tweetal kloeke dames ernstig te roddelen bij een kleintje bier. Een heer van klaarblijkelijk groot fatsoen leunde tegen de tapkast met een roemer bleekgele drank in zijn rechterhand. Hij droeg een tuniek van vief blauw, een kuitbroek van zwart ribfluweel en zwarte enkellaarsjes van goede kwaliteit. Zijn gezicht was lang en sober, bekroond door een keurig geschikt kransje krullend bruin haar. Een korte, vierkante baard onderstreepte de soberheid van zijn uiterlijk nog. Hij knikte hoffelijk toen Wingo en Schwatzendale plaatsnamen aan een houten tafeltje, dat littekens van langdurig gebruik toonde.

Aan de wand achter de toog vermeldde een bord een tiental bijzondere drankjes in onleesbare hanenpoten. De heer met de bruine baard keek enkele ogenblikken toegeeflijk toe en offreerde toen zijn raad. "Balrob, onze brave waard, geniet een goede reputatie en ik kan persoonlijk instaan voor de kwaliteit van zijn bittere bier."

Balrob boog gevleid. "Dank u, heer Agent! Uw aanbevelingen zijn van groot gewicht."

De heer rechtte zijn rug. "Vergun mij dat ik mij aan u voorstel; ik ben Landelijk Agent Efram Shant, geheel tot uw dienst."

Wingo en Schwatzendale stelden zich op hun beurt voor en de Landelijk Agent vervolgde zijn vertoog. "Mocht u een voorliefde hebben voor cocktails met palmalcohol, dan genieten de Tintelstad, de Importunata en de Gouwe Ouwe zeker een goede naam! Balrob meent echter dat zijn specialiteit bij uitstek de Pooncho Punch is en ik ben geneigd het met hem eens te zijn."

"Hm," zei Wingo peinzend. "Met die drank ben ik niet vertrouwd."

Schwatzendale schudde twijfelend zijn hoofd. "Ik heb menig recept beproefd, maar nog nooit de Pooncho Punch."

"Dat verbaast me niet," zei Balrob. "Er bestaan vier versies van de Pooncho; alle vier zijn hier ter plaatse ontwikkeld met gebruikmaking van louter plaatselijke ingrediënten. De receptuur is uiteraard een streng bewaakt familiegeheim."

Agent Shant zei: "Mijn persoonlijke voorkeur gaat uit naar de Pooncho Nummer Drie. Die is pittig en vol van smaak, maar nimmer zwaar op de tong."

Wingo keek Schwatzendale eens aan. "Zullen wij ons aan dit legendarische huppelwater wagen?"

"Deze gelegenheid is te mooi om voorbij te laten gaan," verklaarde Schwatzendale zonder aarzeling.

"Ik ben precies dezelfde mening toegedaan," zei Wingo. Hij wenkte Balrob. "Tweemaal de Pooncho Nummer Drie, als u zo goed wilt zijn."

"Met genoegen, mijnheer."

De Pooncho werd geserveerd in opmerkelijke, donkergroen geglazuurde aardewerk kroezen. Agent Shant keek hoe het tweetal de kroezen hief en van de inhoud proefde.

"...Welaan? Wat is uw oordeel?"

Wingo hoestte en schraapte zijn keel. "Dit is een drank met diverse dimensies. Hij dient niet overhaast te worden beoordeeld."

Schwatzendale zei: "Ik vind het een opwekkende drank, evenwichtig van smaak en doortrokken van een onmiskenbare panache."

Wingo nam nog een teugje uit zijn kroes. "Uitermate verfrissend! Bestaat er ook nog een Pooncho Nummer Vier?"

Agent Shant trok ernstig aan zijn baard. "Ik heb geen persoonlijke ervaring met die drank. Ik heb echter begrepen dat hij soms bekendstaat als de 'Pingis Verjonger' en nu en dan wordt toegediend aan gestorvenen of bewustelozen."

"Werkelijk!" kreet Wingo verwonderd. "En met welk resultaat?"

"Ik ben niet persoonlijk getuige geweest van deze behandeling. Ik heb echter ruime levenservaring en heb onthutsende gebeurtenissen meegemaakt, zodat ik me niet meer tot absolute uitspraken laat verleiden."

"U lijkt me iemand op wie men aankan," zei Schwatzendale. "Ik zou uw advies op een geheel ander terrein op hoge prijs stellen."

"Spreek! Ik zal u naar beste vermogen antwoord geven."

"Wij zijn pas aangekomen op deze opmerkelijke wereld. Hoe kunnen wij onszelf nu het beste vermaken, tegen bescheiden kosten en binnen de grenzen van de wet?"

"Hm." Agent Shant trok opnieuw aan zijn baard. "Dat is als vragen hoe men in het water kan springen zonder nat te worden. Maar laat mij even nadenken. Als u enthousiaste plantenliefhebbers bent, zult u genoegen beleven aan het bestuderen van de bloemen in het park, of u kunt natuurwandelingen ondernemen op het platteland. Tegen iets hogere kosten zoudt u een wagen kunnen huren voor wat meer bewegingsvrijheid, of u wandelt eenvoudigweg de wildernis in. Of u zou een woonboot kunnen huren om varend onze onvergelijkelijke waterwegen te verkennen. We raden het gebruik van zwevers en luchtvaartuigen van welke aard ook af, aangezien ze vaak inbreuk maken op de privacy van de Flauts in het achterland." De Landelijk Agent rechtte zijn schouders, ledigde zijn roemer en keek de gelagkamer rond. "Ik moet weer eens aan mijn werk."

Schwatzendale die nooit beschroomd was, vroeg: "Met alle verschuldigde eerbied: ik vroeg mij af waaruit uw werk bestaat."

De Landelijk Agent wierp Schwatzendale een korte, vrij strenge blik toe. "Ik maak deel uit van de Landcommissie. Ik houd toezicht op dertig Landelijk Agenten en evenzovele Sub-agenten, die ook wel bekendstaan als de 'Landlopers' en die elk voor zich op zoek gaan naar illegaal afval en de schuldigen aanbrengen. Het is veeleisend werk en niet zonder gevaar."

In zijn onschuld vroeg Wingo: "En speurt u zelf ook naar troep?"

Agent Shant stond rechtop en trok zijn schouders naar achteren. "Ik deins nimmer terug voor het vervullen van mijn plicht, te allen tijde en overal! Ik dien een voorbeeld te stellen aan mijn mensen!" Agent Shant keek daarbij achteloos naar de vloer, fronste toen en keek vervolgens met grote aandacht. Wingo, die een verandering in het optreden van de Agent bespeurde, volgde diens blik naar de vloer en zag, tot zijn grote schrik, dat een van de dode bloemen die hij van de straat had opgeraapt, uit zijn zak was gevallen en nu flagrant te kijk lag. Wingo bukte zich haastig en raapte het aanstootgevende object weer op. De Landelijk Agent haalde grimmig zijn schouders op, draaide zich toen om en vertrok.

Wingo en Schwatzendale bespraken het voorval een ogenblik op zachte toon en besloten toen nog een Pooncho Punch Nummer Drie te proberen. Ze bestelden en werden bediend.

4

Aan boord van de *Glicca* zag Myron toe op het lossen van de lading en trok zich toen terug in zijn kantoor om de papierwinkel af te werken. Na een poosje verscheen kapitein Maloof in de deuropening. Myron keek op. "Is er iets, kapitein?"

Maloof wuifde het weg. "Niets van belang. Ga maar door met je werk."

"Ik ben bijna klaar. Een minuutje. Nog niet eens."

Maloof kwam het kantoor binnen, ging zitten en keek toe, terwijl Myron een paar laatste boekingen deed. Myron sloeg het grootboek dicht en keek Maloof aan, terwijl hij zich afvroeg wat er gaande was.

Maloof vroeg: "Is er vrachtaanbod dat ons kan interesseren?"

Myron knikte. "Aardig wat zelfs — allemaal transitgoed. Ongeveer een half ruim vol voor Blenkinsop."

"Juist ja." Maloof toonde niet veel belangstelling. Myron vond dat hij een tikje afwezig leek.

Na een poosje zei Maloof: "Een paar dagen geleden heb ik het erover gehad dat ik misschien privézaken zou hebben af te handelen hier in Coro-coro."

"Dat is zo," zei Myron. "Als ik me goed herinner gebruikte u de term 'lurulu' in dit verband."

Maloof knikte. "Ik begin over te hellen naar de mening, dat ik wat onverhoeds ben geweest in mijn uitspraken. Mijn queeste is proza-ischer. Ik wil een mysterie oplossen dat mij al heel lang plaagt."

"Wat voor soort mysterie?"

Maloof aarzelde. "Ik wil het wel uitleggen, als je het geduld bezit om het aan te horen."

"Luisteren wil ik zeker wel; wat meer is, ik zal u met plezier bijstaan, zo goed als ik kan."

"Dat is heel vriendelijk van je en ik kom in de verleiding je aanbod aan te nemen. Maar eerst moet ik vermelden dat er een wezenlijke kans op gevaar bestaat."

Myron haalde zijn schouders op. "We zijn met ons tweeën. Ik kan u op zijn allerminst rugdekking bezorgen."

"Misschien komt het niet zo ver," zei Maloof zonder veel overtuiging. "Hoe dan ook, ik ben blij met je hulp, vooral omdat jouw temperament me heel geschikt lijkt voor een onderneming als deze. Wingo en Schwatzendale zijn voortreffelijke lieden, geen twijfel aan, maar in dit soort werk zouden ze geen van beiden echt tot hun recht komen. Wingo is te ongekunsteld en Schwatzendale te flamboyant. Wat we hier nodig hebben is iemand die rustig, subtiel en onopvallend is, of zich een dergelijke rol kan aanmeten; kortom, iemand zoals jij, maar dan met een pet over je oren getrokken om je blonde haar te verbergen, dat nogal opvallend oogt."

Myron besloot de opmerking op te vatten als compliment. Het had erger kunnen zijn, bedacht hij.

Een poosje bleef Maloof diep in gedachten zitten. Ten slotte kwam hij in beweging. "Ik zal de achtergrond van het geval uiteenzetten. Het is niet eenvoudig, maar ik zal proberen beknopt te blijven. Ik moet vele jaren geleden beginnen — te Traven op de planeet Morlock in Argo Navis. Ik werd geboren als lid van de patriciërskaste en beleefde een bevoorrechte jeugd die nu ondenkbaar ver weg lijkt. Mijn vader was bankier en welgesteld. Ik herinner mij hem als een lange heer met een kaarsrechte rug, veeleisend, gespeend van humor en zeer beslist in zijn meningen. Mijn moeder was volkomen verschillend: ze was knap en frivool, impulsief en altijd bereid een nieuwe modegril te proberen. Wij woonden in een statig huis op de Telmanyhoogte, dat uitkeek over de terrassen van Faurency waar de wereld aan onze voeten lag uitgespreid, helemaal tot aan het Leylandse Bos. Mijn vader en ik konden het nooit goed met elkaar vinden — meer mijn schuld dan de zijne, zo begrijp ik nu. Toen ik achttien was vertrok ik en werd kadet bij de IPCC, hetgeen me nog verder vervreemdde van mijn vader en moeder, die wensten dat ik bankier zou worden. In die dagen was ik wild en roekeloos en had een hoge muts op van mezelf. Zes jaar training bij de IPCC slepen de ergste ruwe kantjes er wel af en brachten discipline in mijn leven.

Uiteindelijk werd ik bevorderd tot aankomend officier, in schaal acht, waarop ik dacht dat mijn ouders nu misschien wel tevreden over me zouden zijn. Ik vroeg en kreeg een kort verlof en bracht dat in Traven door, ook al was mijn vader nog meer vooringenomen dan tevoren, althans zo kwam het mij toen voor. Ik begrijp nu dat ik nooit goed heb geweten hoeveel hij om me gaf en hoe eenzaam en verlaten hij zich had gevoeld toen ik het huis verliet. Mijn moeder, daarentegen, leek nog frivoler en dwazer dan tevoren. Ze fladderde en hopste rond in jonge-meisjesjapons en was leeghoofdiger dan ooit. Ik voelde bezorgdheid om allebei en het speet me dat ik weg moest gaan, toen mijn plicht mij weer riep.

"Ik werd uitgezonden en begon aan een lange missie, her en der door het Bereik. Na een promotie tot Rang Zes werd ik eerst gestationeerd in Olfane op Sigil 92, waar ik bevorderd werd tot luitenant Vijfde Graad en vervolgens gestationeerd in de stad Wanne, op de harde, kleine wereld Dusa, letterlijk aan de rand van de Zelfkant. Wanne had de naam de akeligste post te zijn aan deze zijde van het Bereik. Ik over-leefde het; Ik leerde wat er te leren viel. Ik werd opnieuw bevorderd, naar een rang net onder die van Kapitein, maar ditmaal was ik klaar voor iets nieuws. Er was sprake van overplaatsing naar een andere post, maar toen viel er iets voor, dat mijn leven van richting deed veranderen.

"Vanuit de Zelfkant kwam, met als thuishaven de stad Serafim, een afgejakkerde oude Model 11-B Lenzer, met een bemanning van vier schurken. Ze overvielen de *Creach*, een vrachtvaarder die toevallig op de ruimtehaven stond, doodden de kapitein en de bemanning en verdwenen toen met de *Creach* in de ruimte, waarschijnlijk naar de Zelfkant, waar ons gezag nihil was en de wet onze aanwezigheid ver-bood.

"In die tijd waren er maar drie agenten op het kantoor van Wanne gestationeerd. We waren alle drie tot het bot verontwaardigd door de verachtelijke daad van de piraten. Het was een belediging ten aanzien van onze waardigheid en het schreeuwde om een reactie—illegaal of niet.

"Onze bevelvoerend officier was Kapitein Wistelrod. Hij bevor-derde me tot volwaardig Kapitein, stuurde me met groot verlof en ontsloeg me toen uit dienst, zodat ik tijdelijk gewoon burger was en kon gaan en staan naar eigen inzicht — zonder teerhartigen en blode zielen in de gordijnen te jagen. Ik steeg met de Model 11-B op van de ruimtehaven van Wanne en vloog over de rand van de Zelfkant. Ik zette koers naar de stad Serafim, waar de piraten naar we meenden met hun buit heen zouden gaan. Toen ik bij Serafim arriveerde landde ik des nachts in de wildernis die de stad omgaf en draafde door het donker naar de ruimtehaven. En ja! Daar stond de *Creach*!

"Om een lang verhaal kort te maken: ik doodde de piraten en bracht de *Creach* terug naar de Gaiaanse ruimte. Onderweg naar Wanne vatte een constructieve gedachte bij mij post. De vorige eigenaar van het schip was dood. *De facto* was het eigendomsrecht overgegaan op de piraten, zodra ze de Zelfkant bereikten. Door het schip van de piraten terug te winnen was het eigendomsrecht op mij overgegaan. Aangezien ik nu gewoon burger was, behoefde ik het schip niet af te staan aan de IPCC. Ik werd verliefd op het schip dat stevig, degelijk en vaardig was. Ik herdoopte het als de '*Glicca*'.

"In Wanne meldde ik me nog wel bij Kapitein Wistelrod en vertelde hem wat ik besloten had, namelijk met groot verlof te blijven. Het speet hem dat hij mij moest kwijtraken, maar hij wenste me het beste. Ik zocht een bemanning bij elkaar en begon onverwijld vracht te vervoeren.

"Om een of andere reden verstreken er drie jaar voordat ik Traven aandeed. Ik was een jaar te laat. Mijn vader was om het leven gekomen in een ongeluk met een boot op het meer bij de buitensociëteit. Na een rouw van een paar dagen was mijn dwaze moeder ervandoor gegaan met een man, die mijn tante en nichtje beschreven als zijnde een doorgefourneerde avonturier. Hij had haar het hoofd op hol gebracht met romantische onzin en waar ze zich op dat ogenblik bevonden was ongewis. Het grote huis op de Telmanyhoogte was verkocht en werd nu door vreemden bewoond. Het was een neerslachtig stemmende situatie met slechts een sprankje troost: mijn vader had, mijn moeders impulsieve karakter kennende, de executeurs van zijn testament geïnstrueerd zijn bezit onder te brengen in een fonds waaruit mijn moeder een toereikend maar niet overdadig jaargeld zou ontvangen: een verstandige voorzorg die haar nieuwe gezel slechts kon frustreren.

"De omstandigheden rond de dood van mijn vader verontrustten me; ik had intussen grote bewondering, zo niet genegenheid voor hem opgevat. Mijn vader was verdronken toen zijn zeilbootje kapseisde op een kalme dag, onder verdachte omstandigheden. Maar ik was niet in staat iets te bewijzen.

"Mijn tante en mijn nichtje wisten heel weinig over de man met wie mijn moeder zich had ingelaten. Ze was slechts een keer met hem op bezoek gekomen, en was een halfuurtje gebleven. Hij had gezegd dat zijn naam 'Loy Tremaine' was en leek aanmerkelijk jonger dan mijn moeder. Zij was overduidelijk verzot op hem en gedroeg zich als een verliefde bakvis. Tremaine zat er stijfjes bij en deed geen moeite zijn verveling te verhelen. Mijn tante noch mijn nichtje vond hem een aangenaam persoon, hoewel ze toegaven dat hij aantrekkelijk was, charismatisch zelfs. Hij had kort, dik zwart haar dat als een helm rond zijn hoofd viel. Zijn ogen waren zwart en intens en stonden iets te dicht bij elkaar aan weerszijden van een scherpe neus. Het was een gezicht dat naar de mening van zowel mijn tante als mijn nichtje, duidde op een zelfzuchtige eigenzinnigheid of zelfs wreedheid. Aan allebei was een kleine tatoeage opgevallen in zijn hals, net onder de hoek van zijn kaak, bestaand uit een kruis binnen twee concentrische cirkels, uitgevoerd in opvallende paarszwarte inkt.

"Tremaine had maar weinig gezegd en had op vragen kortaf geantwoord. Alleen toen hem naar zijn wereld van oorsprong werd gevraagd, gaf hij uitgebreid bescheid, opgewonden en zelfs geëxalteerd, terwijl hij op en neer liep en met zijn handen gebaarde om een en ander te onderstrepen. Maar hij gaf daarbij weinig werkelijke informatie. 'Het is een afgelegen wereld,' zei hij. 'De naam zou u niets zeggen; ja, die naam is slechts bekend aan welgestelde toeristen van goede smaak, aan wie slechts een kort verblijf wordt toegestaan — ondanks het feit dat ze ongaarne vertrekken. Maar wij mogen nimmer versagen en geld zegt ons niets. Onze wereld dient te worden beschermd! Ze is vervoerend schoon in haar sereniteit; wij kunnen niet toestaan dat ze wordt bezoedeld door hordes gepeupel.'

"Mijn moeder wijdde hier trots over uit. 'Loy beweert dat het de mooiste wereld is in het hele Bereik — zo mooi zelfs dat eenieder die er ooit heeft geleefd genoopt is er terug te keren. Ik brand van verlangen dat prachtige oord te leren kennen!' Op dat punt was, volgens mijn tante, Tremaine overeind gekomen en had gezegd: 'Het is tijd om te gaan.' Het volgende ogenblik waren ze vertrokken.

"Ik deed navraag bij de bank. Ik vernam dat mijn moeder een paar maanden voordien de bank had bezocht in gezelschap van een nors heerschap. Ze had aangekondigd dat ze voornemens was te reizen en had hun verzocht het fonds op te doeken en het kapitaal voor de volle waarde te verzilveren. De bankfunctionarissen hadden haar verzoek stellig geweigerd, hetgeen de heer bijtende opmerkingen ontlokte. Dit deerde hun in het geheel niet. Ze verstrekten mijn moeder een bundeltje coupons met datumstempel, waarvan ze er aan het begin van elk jaar een kon aanbieden bij elke willekeurige bank. Na een reeks formaliteiten om haar identiteit aan te tonen, zouden de coupons worden ingewisseld bij de bank in Traven en zou de tegenwaarde van de coupon aan mijn moeder worden uitgekeerd. Ze klaagde dat het een omslachtige werkwijze was en kreeg te horen dat dit de enige manier was, waarop men er zeker van kon zijn dat het geld werd uitbetaald aan haarzelf en niet aan een of ander slimme zwendelaar, zodat ze niets te klagen had. Ik vroeg of er inmiddels al coupons waren uitbetaald, maar er was er nog niet een ter verzilvering aangeboden. De bank had er geen flauw idee van waar mijn moeder zich ophield.

"Op de ruimtehaven probeerde ik te ontdekken wanneer Loy Tremaine op Morlock was aangekomen en wanneer hij en mijn moeder vertrokken waren, en met welke bestemming. Ik kon niets te weten komen. Ik had dringende vracht aan boord van de *Glicca*, ik kon niet langer talmen en vertrok van Morlock.

"Een poosje later deed de *Glicca* Lorca aan, op de planeet Sansevere. Ik ging naar de Aetna Universiteit en zocht daar contact met dr. Tessing, een geleerde op het terrein van de sociale antropologie. Ik beschreef hem Tremaine naar beste kunnen en vermeldde dat hij geboortig was op wat volgens zijn zeggen de mooiste wereld van het Gaiaanse Bereik moest zijn — een wereld die men niet kon verlaten zonder te smachten om er terug te mogen keren. Ik vroeg of hij deze wereld kon benoemen en dr. Tessing meende dat daar goede kans op was. Hij ging aan de slag met de knoppen van zijn gegevensverwerker, bestudeerde het antwoord dat eruit kwam en zei tegen me: 'Het vraagstuk is betrekkelijk eenvoudig. De man zowel als zijn wereld vertoont welomlijnde karakteristieken en alles bijeengenomen duiden zij erop dat de man een Flaut is, afkomstig van de planeet Fluter, die befaamd is om de bekoorlijkheid van haar landschappen. Ik kan u meer vertellen. De Flauts zijn ten zeerste geobsedeerd met betrekking tot hun wereld en geen enkele Flaut zou er vertrekken, tenzij om zijn hachje te redden. Als hij terugkeert naar Fluter, dan zal hij een groot risico lopen.'

"Ik vroeg: 'Wat dunkt u van die tatoeage in zijn hals?'

" 'Ofwel het is een statussymbool, ofwel het duidt zijn plaats van herkomst aan.'

"Verder kon hij me niets vertellen. Ik gaf uitdrukking aan mijn erkentelijkheid en keerde terug naar de *Glicca*. Ik had er nu een vrij goed idee van waar mijn moeder kon zijn. Haar geld zou haar veiligheid wel garanderen, redeneerde ik. Tremaine kon niet de hand leggen op haar kapitaal, maar toch was haar jaargeld een bedrag van enig belang en vormde zodoende in feite haar levensverzekering.

"Een tijdlang hield de vrachtvaart ons bezig aan de andere kant van het Bereik, ver uit de buurt van Fluter. Wij zwierven van hot naar haar, maar op een goede dag streken we op de ruimtehaven van Coro-coro neer. We zouden er slechts drie dagen blijven.

"Ik bracht een van deze dagen door met de hoogste functionaris van het Bureau voor Inreisformaliteiten. Samen doorzochten we de archieven maar er was nergens iets opgetekend over de man die zich 'Tremaine' noemde, of over mijn moeder. De functionaris was niet buitengemeen verbaasd. Hij vertelde me, met enige tegenzin, dat zekere schurken en schavuiten de immigratiewetten wisten te omzeilen door zich een kilometer of twee verderop in de wildernis te laten afzetten en daarna te voet naar de stad te gaan. Dit was een ernstig vergrijp, zo zei hij, en als ze werden gearresteerd kwamen de schuldigen in aanmerking voor straffen van de derde orde, aangezien ze de grondslag van het Flautse recht hadden geschonden: te weten de wetgeving op het beperken van de bevolking. Zonder geldige inreisvergunning liepen ze voortdurend het gevaar in hechtenis te worden genomen door een Civiel Agent. Dit zou zeker het geval zijn als ze zouden proberen kamers in een hotel te boeken.

" 'En als ze nu vervalste documenten hadden?' vroeg ik.

" 'Dat is mogelijk,' gaf hij toe, 'maar dergelijke documenten dienen elke maand te worden vernieuwd, hetgeen al snel de aandacht zou trekken. Na twee of drie keer verlengen zou de vergunning worden ingetrokken en zou de schuldige een passende bestraffing ondergaan.'"

Myron trok een lelijk gezicht. "Dat lijkt allemaal wel erg extreem."

"Niet wanneer je op de hoogte bent van de geschiedenis van de Flauts. Gedurende hun Tijd van Verschrikking hebben ze geleerd de dood te aanvaarden als alomtoepasselijke straf voor elke willekeurige fout. Het was wel zo makkelijk en het voorkwam geruzie.

"De volgende dag ging ik naar het kantoor van de IPCC. De commandant was Kapitein Harms, een knorrige oude veteraan die was weggepromoveerd naar Coro-coro — een post die werd beschouwd als veilig en gerieflijk nietsdoen, waar de bevelvoerend agent weinig schade kon aanrichten. Zijn assistent was een braaf jong luitenantje, dat had geleerd geen snippertje initiatief te vertonen, uit angst voor het ongenoegen van Kapitein Harms.

"Ik trof Kapitein Harms achter zijn bureau aan. Hij was een formidabele verschijning, dat dient gezegd, met een brede borst en dunne beentjes, zodat hij aan een kropduif deed denken. Zijn gezicht was verweerd tot een bruinroze kleur, waartegen de vooruitstekende witte wenkbrauwen, de felle blauwe ogen, een onhandelbare kuif wit haar en een borstelige witte snor fraai afstaken.

"Ik stelde mezelf voor en legde uit wat mijn probleem was. Zoals ik al verwacht had kwam hij met wel tien redenen, waarom de IPCC zich niet de benen uit het vorstelijke lijf diende te lopen om zich te mengen in de jurisdictie van de plaatselijke ordehandhavers. Ik vertelde hem dat Tremaine vrijwel zeker mijn vader had vermoord en dat de veiligheid van mijn moeder gevaar liep. Harms verklaarde dat die factoren niet ter zake dienden en dat ik mijn verdenkingen behoorde te rapporteren aan de Civiel Agenten. Ik legde uit dat ik daardoor mijn moeder zou blootstellen aan een straf van de derde orde. Hij haalde zijn schouders op, alsof hij wilde zeggen dat ze die mogelijkheid had dienen te voorzien, voordat ze zich aan een misdrijf schuldig maakte. Ik maakte melding van Tremaine's tatoeage. Harms zei dat het aanduidde uit welk dorp de man afkomstig was, maar dat hij me verder niet kon helpen, aangezien hij geen lijst of compendium van Flautse tatoeages bezat. Voor dergelijke informatie kon ik me wenden tot het Bureau van Civielrechtelijke

Verklaringen of het Bureau voor Essentiële Persoonsgegevens, of het Bevolkingsregister. Ik zei Kapitein Harms vaarwel en verliet het agentschap. De volgende dag volgde ik Kapitein Harms' suggestie op en wendde me eerst tot het Bureau van Civielrechtelijke Verklaringen. Na twee uur verwezen ze me naar het Bevolkingsregister, waar ik na nog eens twee uur te horen kreeg dat informatie van dien aard het makkelijkst te verkrijgen was bij het Bureau voor Essentiële Persoonsgegevens. Na opnieuw te hebben gewacht kreeg ik te horen dat de ambtenaar die over deze informatie beschikte, was vertrokken op een woonboot voor een vakantie van twee weken en dat men niets kon doen tot ze weer terug was. Ze opperden dat ik eens informeerde bij het Bureau voor Archeologisch Onderzoek, maar tegen die tijd was ik ervan overtuigd geraakt dat ze een spel met me speelden. Ik keerde in een zeer slechte bui terug naar de *Glicca*.

"De volgende dag verlieten we Fluter. Maar nu is de *Glicca* terug en ik ben voornemens de zaak weer op te pakken waar ik haar heb laten liggen."

"Dat is het verhaal. Is het lurulu? Niet echt; in feite komt het zelfs niet eens in de buurt." Maloof nam Myron eens op. "Wil je er nog steeds aan meewerken, nu je inzicht hebt in mijn drijfveren?"

"Zeker! Maar ik heb een paar vragen. Ten eerste, hoe bent u van plan te werk te gaan?"

Maloof haalde zijn schouders op. "Ik wou dat ik een slimme strategie had bedacht, maar ik verwacht dat ik hetzelfde zal doen als de vorige keer, en dat betekent van hot naar haar sjouwen en vragen stellen tot iemand besluit me antwoord te geven. Misschien dat die ambtenares op het Bureau voor Essentiële Persoonsgegevens nu eindelijk eens terug is van haar woonboot."

"We hebben tenminste een voordeel," zei Myron. "Tremaine weet niet dat we naar hem op zoek zijn."

"Dat is zo."

"En als we hem vinden — wat dan?"

"Dat hangt voor een groot deel van de omstandigheden af."

Myron stond op. "Ik ben er klaar voor; als u zover bent?"

Maloof stond ook op. "Trek een donker jasje aan. Wij zijn antropologen van de Aetna Universiteit op Sansevere. En vergeet je muts niet."

HOOFDSTUK II

Uittreksel uit het *Handboek der Planeten*:

FLUTER: de Tijd van Verschrikking

Bezoekers van een van deze schoonste aller werelden zijn doorgaans onwetend van een donkere episode in het verleden van Fluter. Wanneer ze de feiten vernemen wordt deze informatie negen van de tien keer ontvangen met beleefd ongeloof, of in een meer intelligente reactie afgedaan als het zoveelste litteken op het geheel der Gaiaanse geschiedenis. Niettemin vindt u hier een schets van de gebeurtenissen die destijds op Fluter zijn voorgevallen.

De oorspronkelijke kolonisten kwamen hier als gevolg van de ondraaglijke overbevolking in hun thuiswereldstad: Coreon, op Ergard. Beheersing van de bevolkingsgroei stelden ze dus als eerste en meest stringente vigerende wet. Met het verstrijken der eeuwen werd het beleid allengs soepeler en vervaagde de herinnering aan Coreon. Het spook van de overbevolking wierp opnieuw zijn bittere schaduw over het land en de ijver om de oude stelregels nieuw leven in te blazen wakkerde aan — op een vrij hysterische wijze, lijkt ons dat nu toe. Op het eerste Conclaaf voor Bevolkingsaanpassingen werden de oude wetten nadrukkelijk herbevestigd. De zeloten waren aan de macht; voorstellen voor geleidelijk afbouwen werden weggestemd ten gunste van ogenblikkelijk ingrijpen. Elk dorp kreeg een maatstaf toegewezen die aangaf tot welk getal de bevolking diende te worden ingekrompen om binnen de normen te vallen; moord werd een alledaags verschijnsel. De eersten die vielen waren de ouden van dagen en de invaliden, tegelijk met de zwakzinnigen van geest en ieder ander die men op een of andere wijze gebrekkig achtte. Families vochten tegen elkaar; ouderen en zelfs lieden van middelbare leeftijd verkeerden buitenshuis in levensgevaar. Het leggen van hinderlagen werd een ware kunst, maar de bejaarden hadden er het meest van te lijden, totdat ze zich aaneensloten tot angstaanjagende bendes: de 'Zilveren Schaduwen', die door de schemer slopen op zoek naar kinderen en huilende zuigelingen die ze doodden door ze met het hoofd tegen een rots te slaan. Wanneer het bevolkingstal van het dorp dan eindelijk beneden de grenswaarde was gezakt en de noodzaak voor het doden wegviel, bleef het heimelijk moorden doorgaan — uit gewoonte en vanwege de haat die over en weer was opgewekt.

Uiteindelijk keerde het evenwicht weer. De bevolkingspolitiek werd overal strikt nagevolgd door geboortebeperking, beïnvloeding van de vruchtbaarheid, het verwijderen van afwijkende kinderen en abortussen, waardoor min of meer de omstandigheden tot stand kwamen die we heden ten dage in de Flautse dorpen aantreffen.

Vaak wordt de vraag gesteld: waar was de IPCC in die kwalijke tijden? Men stelt wel, dat de IPCC zich er niet om bekreunde; maar dat was niet het geval. Om strikt bij de feiten te blijven: de IPCC had alleen maar doeltreffend kunnen functioneren als ze elk van de Flautse dorpen beheerste, zowel als heel Coro-coro. Een troepenmacht van tenminste vijftigduizend agenten in actieve dienst zou deze operatie hebben gevergd, een programma dat zo complex zou worden, dat het niet acceptabel was. Wanneer de Flauts het moorden beu waren, zouden ze er vanzelf wel mee ophouden. En zo gebeurde het ook.

1

DE IPCC IN CORO-CORO stelde zich bescheiden op. Over het algemeen was er ook geen behoefte aan een krachtdadige aanwezigheid.

Iedere manifestatie van lokale inmenging wekte de wrevel op van de Civiel Agenten, welke een stille maar onverbiddelijke autoriteit deden gelden om orde en discipline te handhaven onder de bewoners van Fluter, op een wijze die adequaat was voor de noden van een beschaafde samenleving. Bij diverse gelegenheden hadden de Civiel Agenten geëist dat de IPCC met haar kantoor uit Coro-coro zou vertrekken: een verzoek waarop de IPCC reageerde door het bouwen van een nieuw hoofdkwartier van onmiskenbaar permanente aard, vlak bij het O-Shar-Shan plein gelegen.

Maloof en Myron togen op weg langs de beschaduwde Pomare-allee, onder laaghangende witte bloesem waaruit een nauw bespeurbare maar verlokkende zoete muskusachtige geur kwam aanwaaien. Ze hadden ook aan boord van een van de pittoreske opengewerkte omnibussen kunnen springen die over de boulevard heen en weer pendelden: lange platte janpleziers met hoge wielen die toeristen en Flauts zonder aanzien des persoons vervoerden tussen de ruimtehaven en het O-Shar-Shan plein.

Ze kwamen langs de Arbeidsbeurs. Voor de balie stonden de pelgrims opgelijnd die juist verwijsbriefjes kregen naar mogelijke werkgevers. Geen van allen gaven ze blijk van geestdrift ten aanzien van hun kans op arbeid. Cooner, die niet tevreden was met zijn verwijsbriefje, hing over de balie en maaide boos met zijn briefje door de lucht en maakte bijkans bokkensprongen van verontwaardiging in een poging om de aandacht te trekken van de bediende die hem een blik van milde verwondering schonk, alvorens zich weer aan zijn werk te wijden.

Maloof en Myron vervolgden hun weg langs de allee en liepen langs de kantoren van Vervoersmaatschappij Tarquin. Op het aanpalende terrein stonden huurvoertuigen in rijen: zwevers van bamboe en vlies die op verfomfaaide insecten leken, schenen van inheemse makelij te zijn, op de geïmporteerde aandrijvingen na. Ze waren stuk voor stuk uniek, gebouwd naar de aanwijzingen van ontwerpers die waarschijnlijk amateurs in het vak waren. De rijtuigen, plaatselijk bekend als 'schichten', waren net als de zwevers, met de natte vinger in elkaar gezet, met spanten, raamwerk en stutten die de bouwer overal had aangebracht waar hij meende dat ze het meest doeltreffend zouden zijn. Sommige waren getooid met bosschages van linten, andere met boeketjes kunstbloemen. Achter op het terrein stond een aantal nobele reiskoetsen opgesteld, ten dienste van diegenen die gerieflijk, zoniet in weelde door de wildernis wensten te zwerven. Het bedrijf kondigde tevens aan, agentschap te zijn voor de verhuur van woonboten op elk riviertje en watertje van Fluter.

Maloof en Myron wandelden verder en de neerhangende bloesems die over de allee slierden streken bijkans door hun haren. Ze kwamen bij de Pingis Taveerne en bleven even staan om de rustieke bouwstijl te bekijken. Maloof zei peinzend: "Het is natuurlijk nog vroeg, maar ik vraag me af of Wingo en Schwatzendale hier misschien zijn afgestapt om het plaatselijke bier eens te proberen. Dit is een onderwerp dat hen altijd interesseert."

"Niet onwaarschijnlijk," zei Myron. "Die gedachte zou beslist bij hen opkomen."

Zonder er verder een woord aan vuil te maken beklom het tweetal de drie treetjes naar de veranda en trad de taveerne binnen. Daar bleven ze staan om de schemerige gelagkamer in zich op te nemen. Achter de toog stond een tapper van middelbare leeftijd; in een hoekje zaten twee oude vrouwen die helemaal opgingen in een of ander spel.

Maloof vroeg de tapper: "Zijn onze vrienden toevallig langs geweest, vanochtend? De ene is mollig en kalend, met een rond gezicht en een nogal roze gelaatskleur. Hij draagt waarschijnlijk een lichtbruine mantel. De ander is donker van haar en schielijk in zijn manier van doen en draagt een bloes in een opvallend groen met zwart ruitpatroon, zodat hij een harlekijn lijkt."

De tapper legde beide handen vlak op de toog en keek met gefronst voorhoofd naar de oude vrouwen; toen verhelderde zijn gezicht. "Twee heren zijn hier vanochtend binnengekomen. De een was stevig gebouwd met een vriendelijk roze gezicht. De ander bestond voornamelijk uit knieën en ellebogen en had ogen die twee kanten tegelijk uitkeken." Hij grinnikte en schudde zijn hoofd, meegevoerd door een of andere verrukkelijke herinnering. "Nu komt het allemaal weer bij me boven. Ze dronken de man drie kroezen Pooncho Punch Nummer Drie en bestelden toen, in weerwil van mijn welgemeend advies, nog een vierde kroes elk, die ze achteroversloegen. Ze rusten nu, in de achterkamer; te zijner tijd zullen ze wakker worden en manhaftig trotseren wat er nog overschiet van de dag. Ik had hun allebei een maatje Pooncho Nummer Vier kunnen toedienen, maar ik bedacht me weer, aangezien de Nummer Vier soms onthutsende gevolgen heeft. Maar wilt u als u toch wacht niet elk een Pooncho gebruiken, om uw eigen levenskracht te voeden?"

"Op dit ogenblik niet," zei Maloof. "Misschien als we een volgende keer eens langskomen. Onze vrienden rusten dus geriefelijk?"

"Welzeker. Ze zijn zo slap als dooie palingen."

Gerustgesteld verlieten Maloof en Myron de taveerne. Even verderop ging de allee over in het O-Shar-Shan plein tegenover het verrukkelijke O-Shar-Shan terras waar toeristen in hun meest schitterende uitmonsteringen onder vrolijke parasols zaten, en bruisdranken, punch en palmalcohol dronken uit hoge bamboe kroezen. Ze waren al vroeg uit de veren om te kijken en bekeken te worden; in houdingen van geveinsde loomheid en verfijnde onverschilligheid bestudeerden ze de lieden aan de aangrenzende tafeltjes en speculeerden over hun herkomst, maatschappelijke status en zedelijke normen. Nu en dan stopte er een omnibus voor het terras. Passagiers stapten uit en anderen werden ingeladen waarna de omnibus vertrok voor het zoveelste uitstapje in de wildernis.

Rondom de rotonde bewogen zich tientallen modellen schichten voort, door de verkeerspatronen heen en weer zwierend en op hoge ijle wielen die snorden en bonkten van de ene rijbaan naar de andere zwenkend. De bestuurders zaten trots en kaarsrecht in de geëigende houding; ze keken met misprijzen naar de andere bestuurders, alsof ze hun vaardigheid in twijfel trokken. De driewielers spraken lieden met een snoeverige inborst aan, die hoog verheven achter de twee achterwielen zaten, terwijl het derde wiel vooruitstak aan een lange staak, als een soort aanvalswapen. Versiersels waren opgestoken op spanten, die op de vooruitstekende balk waren vastgezet: een pauwenstaart, een gevleugelde cherubijn die op een klaroen blies, een groteske kop waarvan de gelaatsdelen ten opzichte van elkaar konden bewegen en in afgrijselijke grimassen werden vertrokken als het voertuig in volle gang was. De bestuurders hadden de neiging zich te storen aan elkaar en ontstaken licht in woede over andermans gebrekkige of onbeheerste rijtechniek. Ze kreten rijadvies uit, maaiend met hun armen om de aard van de fout van de ander aan te duiden — hetgeen doorgaans tegencommentaar uitlokte en veelbetekenende gebaren.

Een paar meter voor de rotonde voerde een voetpad onder hoge jeneverbesstruiken door naar een indrukwekkend stenen gebouw. Boven elkaar aangebrachte bronzen kapitalen naast de deur vormden de afkorting IPCC. Toen Maloof en Myron op de deur toe gingen gleed deze open om, nadat ze naar binnen waren gegaan, weer zachtjes dicht te schuiven.

Het tweetal stond in een vertrek met een hoge zoldering dat, net als de buitenkant van het gebouw, een gevoel van onaantastbare zekerheid uitstraalde. De wanden waren streng wit geschilderd en onversierd, op het IPCC embleem met de ster na, dat hoog aan de tegenoverliggende muur hing. De vloer was belegd met lichtgrijze tegels; er stond een functioneel minimum aan sober meubilair. Achter een bureau zat een man die speciaal voor dit kantoor ontworpen had kunnen zijn. Hij was in de bloei van zijn leven en had donkerblond haar en intelligente blauwe ogen. Volgens het bordje op zijn bureau was hij Kapitein Skahy Serle. Hij stond op en wachtte tot Maloof en Myron bij hem waren, waarna hij naar de stoelen gebaarde. "Goedemorgen, heren; gaat u zitten als u wilt."

Toen Maloof en Myron gezeten waren nam Serle zijn plaats achter het bureau weer in. "Zo, vertelt u eens wie u bent en wat ik voor u doen kan."

"Goed. Ik ben Adair Maloof, kapitein van de *Glicca*, die op dit moment op de ruimtehaven staat; dit is Myron Tany, mijn eerste officier. Om te beginnen hebben wij inlichtingen nodig; verder hangt het helemaal af van wat u ons vertellen kunt."

"Gaat u verder."

"Wij proberen een zekere Loy Tremaine te vinden die op dit ogenblik waarschijnlijk op Fluter is. Wit u de achtergrond horen? Het is niet erg verheffend."

Serle glimlachte. "Ik ben niet zo makkelijk uit het lood te slaan! Ik heb toch niets beters te doen dan de maandelijkse rapporten op te maken, en dat kan ik heel makkelijk overdoen aan Jervis, mijn subaltern."

Maloof zette zijn feiten op een rijtje. "Ongeveer een jaar geleden bracht ik de *Glicca* naar Traven op de planeet Morlock, en wel om twee redenen. De *Glicca* had wat aanpassingen en groot onderhoud nodig en ik wilde tevens mijn vader en moeder bezoeken die daar woonden. Mijn vader had een aanzienlijk vermogen opgebouwd en ik verwachtte dus mijn ouders gerieflijk gepensioneerd aan te treffen in hun huis op de Telmanyhoogte. In plaats daarvan ontdekte ik dat de tijd hen niet zachtmoedig had bejegend.

"Mijn vaders gezondheid was de laatste tijd niet best geweest en hij was zijn dadendrang grotendeels kwijtgeraakt. Hij vroeg niet meer van het leven dan rust en de troost van zijn boeken. Mijn moeder, daarentegen, had zich in het wilde uitgaansleven geworpen, over-dreven en een tikje kinds al, wanhopig trachtend de bezieling van haar jonge jaren terug te vinden. Ondanks dat mijn vader zich beklaagde, hield ze in hun huis excentrieke maskerades, die op het schandalige af waren, en middernachtelijke wilde feesten. Mijn vader was gedwon-gen een toevlucht te zoeken in zijn vakantiehuis aan het Cristelmeer, waardoor mijn moeder meer dan ooit de vrije hand had. Hij werd haar buitensporigheden uiteindelijk zo beu, dat hij zijn hele vermogen in een fonds onderbracht, dat haar een redelijk jaarinkomen zou uitbe-talen. Toen mijn moeder van de veranderingen op de hoogte werd gebracht was ze razend, maar ze paste er wel voor op haar gewijzigde financiële status aan de grote klok te hangen, aangezien dat zeker hei-melijk leedvermaak zou opwekken onder haar vriendinnen. Op de een of andere manier wist ze de illusie van grandioze rijkdom in stand te houden.

"Kort daarna verscheen ik ten tonele. Ik was verontrust door wat ik vernam. Mijn moeder, dwazer dan ooit tevoren, raakte geboeid door een roekeloze avontuurlijke jonge schelm, genaamd Loy Tremaine. Zijn uiterlijk was zonder twijfel opvallend. Zijn haar was glanzend zwart; zijn gelaat scherp besneden; zijn zwarte ogen die eerder dicht bij zijn neus stonden, brandden intens. Zijn optreden was flamboyant. De oude dametjes konden hun ogen niet van hem afwenden. Ze waren zon-der uitzondering allemaal verliefd op deze picareske deugniet; als hij tegen hen sprak hingen aan zijn lippen, waarbij ze om het hardst elkaar probeerden te overtreffen in meisjesachtig enthousiasme en steeds koketteerden en schaapachtig lachten. Mijn moeder — van wie bekend was dat ze over een aanzienlijk familievermogen beschikte — schonk hij de meest toegewijde aandacht.

"Bij een gelegenheid laat op de avond dronk Tremaine te veel wijn en begon hij te pochen. Hij verhaalde van escapades en gevaarlijke ondernemingen in de Zelfkant — stuk voor stuk verzonnen, daar twijfel ik niet aan, maar de oude dametjes waren helemaal in zijn ban. Hij maakte gewag van zijn thuiswereld, die naar hij verklaarde de schoonste in het hele Bereik was! Hij sprak met een vreemde hartstocht, meer dan vanuit een eenvoudig verlangen naar zijn thuiswereld. Op een dag, zo verklaarde hij, zou hij teruggaan — zodra een klein misverstand met het burgerlijk gezag was rechtgetrokken.

"Mijn moeder was zeer aangegrepen. Ze zei dat ook zij ernaar verlangde langs exotische werelden te zwerven maar dat haar echtgenoot buitenwereldse reizen gevaarlijk vond en geldverspilling. Ze klaagde dat het zijn zuinigheid was, die haar belette het familievermogen in alle volheid te genieten, waar ze immers recht op had. Tremaine luisterde meelevend toe en zei er niets op. Maar twee dagen later verdronk mijn vader toen zijn boot door onopgehelderde oorzaak kapseisde op het Cristelmeer.

"Mijn moeder verscheen op de uitvaart in gezelschap van Loy Tremaine. Een paar dagen later had hij haar kennelijk overgehaald met hem weg te gaan, om romantische avonturen te beleven op de legendarische verre werelden van het Bereik; dat was althans de portee van een haastig briefje dat mijn moeder achterliet voor een vriendin. Ze vertrokken incognito zonder enige aanwijzing achter te laten met betrekking tot hun bestemming, en het is zinloos om iemand trachten te volgen doorheen het Bereik; de mogelijke routes gaan in te veel richtingen."

Maloof zweeg even en vervolgde toen, met verfijnde precisie: "Dat is al met al dus de situatie. De *Glicca* kwam hier gisteren aan en het is niet meer dan gepast dat ik navraag doe. Als die twee inderdaad op Fluter zijn neergestreken, dan hoop ik mijn moeder te kunnen redden en haar naar Morlock terug te brengen. En als de IPCC me daarbij kan helpen, des te beter... En nog iets: mij viel een merkwaardige tatoeage op in Tremaine's hals, een schuin kruis binnen twee concentrische cirkels."

Serle knikte. "Ach zo, en wat was u van plan met Tremaine te doen?"

"Tremaine is een in mysteriën gehuld personage," zei Maloof, wederom met behoedzame reserve. "Er is veel omtrent hem dat wij nog niet weten, met uitzondering van het feit dat hij problemen heeft gehad met de Civiel Agenten; problemen welke hij vermoedelijk heeft weten bij te leggen — mogelijk middels een schenking aan hun Benefietfonds of iets van die strekking."

"Mogelijk," beaamde Serle, "ofschoon de Agenten over het algemeen erg terughoudend zijn daar waar er zelfs maar een minieme kans op een schandaal bestaat." Hij leunde voorover in zijn stoel. "Maar uiteraard zal ik voor u doen wat ik kan, gegeven de beperkingen waaraan ik onderhevig ben. De Civiel Agenten hebben aangegeven aanstoot te nemen aan de aanwezigheid van de IPCC en hebben geëist dat het plaatselijke kantoor zou worden opgeheven. In plaats daarvan hebben we een nieuw, ruimer gebouw neergezet, met mijzelf aan het hoofd ervan. Ik heb instructie me afzijdig te houden in zaken van Civiel Agenten tenzij ze al te veel toeristen — of Flauts wat dat aangaat — straffen van de derde orde doen ondergaan. Als ik op dit ogenblik deed wat ik volgens hen behoor te doen, zou ik u doorverwijzen naar het plaatselijke kantoor van de Civiel Agenten. Maar indien ze Tremaine en uw moeder onder onwettige omstandigheden op Fluter zouden aantreffen, dan zouden beiden op gelijkaardige en uiterst strenge wijze worden gestraft. Hoe dan ook, ik kan u tot op zekere hoogte helpen. De tatoeage op Tremaine's hals geeft zijn geboorteplaats aan. Hij is niet van Coro-coro afkomstig, dan zou de tatoeage een stralende ster zijn. Maar het moet niet zo moeilijk zijn het teken thuis te brengen." Hij drukte op een knop op zijn bureau.

Een deur in de achterwand ging open en een jonge man in het zwart met blauwe uniform van de IPCC verscheen. Hij was slank met donker haar en bewoog zich met bijna militaire vormelijkheid. "U had me nodig, meneer?"

"Inderdaad. Dit zijn kapitein Maloof en zijn scheepsmaat Myron Tany. Heren, dit is mijn assistent Ian Jervis."

Maloof en Myron knikten bij wijze van groet. Serle zei tegen Jervis: "Weet je de kunstenaar Florio te vinden?"

"Jazeker. Zijn winkeltje is hier aan de overkant van de allee."

Serle tekende iets op een kaartje en stopte dat in een envelop die hij aan Jervis overhandigde. "Ik heb een tatoeagepatroon op dit kaartje getekend. Vraag aan Florio of hij het patroon kan thuisbrengen, wil je?" Jervis pakte de envelop aan en vertrok. Een paar minuten verstreken. Toen kwam Jervis terug in gezelschap van een magere man met wit haar. Jervis zei verontschuldigend: "Ik heb meester Florio het kaartje laten zien en toen stond hij erop persoonlijk met u te spreken."

"Precies," zei Florio. "Ik moet onder vier ogen met u spreken. Zekere zaken moeten niet in het openbaar de ronde gaan doen."

"Zoals u wilt." Serle nam Florio mee naar een zijkamertje en sloot de deur. Jervis maakte een beleefde buiging en ging terug naar zijn eigen kantoor.

Maloof en Myron wachtten geduldig; wat Florio's gedrag te beduiden kon hebben was te vaag om al over te speculeren.

Na een lange wachtperiode keerden Florio en Serle in het kantoor terug. Florio knikte met onpersoonlijke hoffelijkheid naar Maloof en Myron en verliet het kantoor terwijl Serle weer plaatsnam. Even keek Serle de twee buitenwerelders aan met een ondoorgrondelijk gezicht. Ten slotte vermande hij zich en schoof zijn stoel aan. "U zult zich afvragen waarom Florio zo aandrong op vertrouwelijkheid. Ik behoef niet te zeggen dat alle inlichtingen die u nu verneemt, alle aanwijzingen die u verder kunnen helpen, nimmer openbaar mogen worden gemaakt, vooral niet tegenover de Civiel Agenten, voor wie Florio een allesomvattende minachting koestert. Om te beginnen identificeerde Florio Tremaine's tatoeage als het embleem van het dorp Krenke, hetgeen betekent dat Krenke zijn geboorteplaats is; dat is op zichzelf niet van grote betekenis. Belangrijker is, dat twee maanden geleden een man, die beantwoordt aan uw omschrijving van Tremaine, zich bij Florio's studio vervoegde. Voor een fors bedrag in contanten veranderde Florio de Krenketatoeage van de man in de stralende ster van Coro-coro en zette bovendien een stralende ster op de hals van een oude vrouw die Tremaine's metgezellin was. Dit levert het bewijs dat Tremaine en uw moeder zich ergens op Fluter hebben gevestigd; waar precies, dat valt onmogelijk te raden."

Maloof zei nadenkend: "Als Krenke zijn geboortedorp is, zou hij zich daar misschien het veiligst voelen voor de Civiel Agenten."

Serle haalde zijn schouders op. "Mogelijk. Hij zou in elk geval erg opvallen in Coro-coro, dat is een feit."

Maloof peinsde verder. "Waar ligt Krenke? Wat voor soort dorp is het?"

Opnieuw liet Serle Jervis komen; hij gaf hem opdracht al het mogelijke te weten zien te komen over Krenke. Na een poosje kwam Jervis terug en meldde dat Krenke een dorp was van gemiddelde omvang en niet onwelvarend, waar Herberg De Drie Veren behoorlijk logies bood aan toeristen.

Serle verschafte Maloof een landkaart waarop de ligging van Krenke was aangegeven. "Het is wat afgelegen maar niet al te zeer. Als u nu vertrekt zou u er tegen de avond moeten zijn."

2

Maloof en Myron keerden terug naar de *Glicca* en ontdekten dat ze nog de enigen waren aan boord; de rest van de bemanning was elders doende. Op Myrons opmerking, dat hij zich geruster zou voelen met de steun van Wingo en Schwatzendale antwoordde Maloof: "We kunnen de situatie beslist wel aan en met alleen ons beiden vallen we veel minder op." Myron aanvaardde Maloofs plan zonder verder protest maar controleerde wel of zijn handwapens het naar behoren deden. Maloof liet een briefje achter op de tafel in de kombuis. "Om ongerustheid van hun kant te voorkomen, voor zover aanwezig."

Het tweetal laadde de zwever uit en bracht het een en ander aan uitrusting aan boord. Eenmaal opgestegen zetten ze koers naar het dorp Krenke, over het arcadische landschap van Fluter. Terwijl de zon door de hemel reisde, vergleden beneden hen de continenten en zeeën. Toen de zon de horizon dicht genaderd was verscheen Krenke beneden hen, duttend in het gulden schijnsel van de late namiddag.

Maloof liet de zwever een trage cirkel beschrijven boven het dorp. Een weg die uit het oosten kwam stak een kalme rivier over bij een ijzeren brug en werd de hoofdstraat van het dorp. Zo'n honderd meter voorbij de Herberg De Drie Veren kwam ze uit op een dorpsplein dat ze schuin weer verliet om te verdwijnen onder het bladerdak van hoog geboomte.

Tegenover de herberg, aan de andere kant van de brug, bevond zich een stuk braakliggend land dat bezet werd door een verscheidenheid aan voertuigen: landbouwwerktuigen, sleperskarren, elektrische wagens, een paar schichten die deerlijk aan een opknapbeurt toe waren en een paar antieke zwevers, zo fragiel als vlindervleugels. Maloof vond een leeg parkeervak achteraan en zette daar de zwever neer, net op het moment dat het laatste reepje zon onder de horizon verdween en een stuw van wolken achterliet die gloeiden in vermiljoen en oranje en goud.

De schemering viel al toen Maloof en Myron naar de brug liepen en de rivier overstaken. Voor hen verhief zich de Herberg De Drie Veren, een zwaar bouwwerk van hout en natuursteen met een hoog puntdak. Boven de ingang hing een uithangbord in traditionele stijl, bestaande uit drie ijzeren veren, die als een waaier waren afgebeeld, binnen een zwaar ijzeren raamwerk. Maloof en Myron duwden de zware deur open en betraden de herberg.

Ze bevonden zich in de gelagkamer: een grote ruimte die bijna vorstelijk was in zijn verhoudingen. Houten balken steunden knoestige kamerbrede dwarsbalken waarop de spanten van de zoldering rustten, alsmede de door ouderdom zwart geworden planken van het eigenlijke plafond. Een rij tafels stond tegen de muur aan de linkerkant; een lange tapkast liep langs de muur aan de rechterkant.

De tafels waren bezet door eters: mannen, vrouwen en een paar kinderen, in hun beste goed. Ze werden bediend door een vrouw van middelbare leeftijd, die met grote verende passen heen en weer draafde tussen de tafels en de keuken. Ze droeg een wijde jurk met bruine en groene strepen, en wel zo lang, dat hij bijkans langs de vloer slierde. Haar haar was opgetast in een piramide, waarin op het hoogste punt zedig een blauwe bloem was gestoken. De gasten vielen haar onophoudelijk lastig terwijl ze af en aan draafde: "Dinka! We moeten meer saus hebben!"; "Dinka! Breng nog eens wat batrachies en ook nieuwe azijn!"; en "Dinka! Het brood is muf! We moeten meer smaakpasta hebben!" Door de keukendeur vingen ze nu en dan een glimp op van een korte, gedrongen vrouw met een zwetend, rood gezicht, die in een ogenschijnlijke toestand van chronische woede dreigende blikken naar de tafeltjes wierp.

Aan de bar zat een tiental mannelijke bezoekers, in werkmansdracht, of ook in de wat pretentieuzere kledij van een winkelier, in elkaar gedoken boven hun hoge houten kroezen bier, terwijl ze opmerkingen tegen elkaar maakten op norse mompeltoon. Achter de bar danste een tapper met een vollemaansgezicht lichtvoetig heen en weer, met zijn enorme buik tegen de toog gedrukt, terwijl hij kroezen voltapte, gemorst bier opdepte en schertste met de drinkers die hem uitdrukkingsloos aanstaarden.

Maloof en Myron schoven aan het eind van de tapkast aan en wachtten.

Jodel, de tapper, zag de nieuw aangekomen gasten en schoof langs de toog tot hij bij hen was. Hij zei: "Heren; wat wenst u?"

"We zijn net aangekomen uit Coro-coro," zei Maloof. "We wilden graag onderdak voor een nacht, een avondmaal en morgenochtend ontbijt."

"Geen enkel probleem!" verklaarde Jodel. "Hier hebt u het register; u hoeft alleen maar te tekenen, dan zijn alle plichtplegingen achter de rug."

"Dat zou mooi zijn, mits we ons uw tarieven kunnen veroorloven."

Jodel maakte een toegeeflijk gebaar. "Vrees niet; onze tarieven worden algemeen als bescheiden beschouwd."

"En in cijfers uitgedrukt?"

Jodel haalde zijn schouders op. "Zo u wilt. Laten we dan zeggen vier sol voor de kamer en vijftig dinkets per maaltijd, dus al tezamen zes sol."

"Dat bedrag is te doen," zei Maloof, "vooropgesteld dat u geen onverwachte toeslagen rekent, voor, zeg maar, schone lakens of heet water."

"Onze tarieven zijn inclusief," zei Jodel. "We stellen echter wel prijs op vooruitbetaling, om praktische redenen. Sommigen van onze gasten staan vroeg op en genieten een speciaal de-luxe ontbijt, waarna ze ervandoor gaan zonder te hebben betaald."

"Dat is onze gewoonte niet," zei Maloof. "Maar inderdaad, men moet bedacht zijn op schurken. In Coro-coro kwamen we een zekere 'Loy Tremaine' tegen die ons trachtte te bezwendelen. En het is heel toevallig, maar hij beweerde dat hij hier in Krenke woonachtig was."

Jodel schudde twijfelend het hoofd. "Daar moet ergens sprake zijn van een vergissing. Er hebben nooit Tremaines gewoond in Krenke. U zult de naam van het dorp verkeerd verstaan hebben."

"Dat zou best kunnen," zei Maloof.

"Of, wat nog waarschijnlijker is: het was een valse naam," zei Jodel peinzend. "Vorige maand nog kwam er een venter van wilde bessen in Krenke. Terwijl het volk zijn waren stond te bekijken greep hij een meisje en trok haar mee achter zijn wagen, waar hij haar rokje optrok, wel vijfeneenhalve duim de hoogte in! Op haar kreten kwam echter hulp toegesneld. De venter werd weggesleept naar de rollenbank waar hij twee dagen lang tussen de wiebelende balken moest dansen. Ook kreeg hij een boete opgelegd ter waarde van de inhoud van zijn kar. Het was een treurige ziel die ten slotte zijn lege kar terugsleepte naar Lilancx!

"Maar nu zult u uw onderkomen willen bezoeken. U kunt het avondeten gebruiken als u weer beneden komt." Hij legde zijn handen op de toog en boog zich voorover terwijl hij de gelagkamer afspeurde. Niet tevreden gooide hij zijn hoofd in zijn nek en brulde: "Buntje! Buntje! Kom in galop! Waar ben je, Buntje?" Hij luisterde even en riep toen opnieuw, maar met nog luidere stem: "Buntje! Hoor je me niet? Kom ogenblikkelijk! Buntje! Waar blijf je?"

Een wicht van een jaar of veertien kwam in volle vaart de gelag-kamer binnen stormen met felle armbewegingen en wapperende rokken, zodat een wulps oog wel een halve duimbreedte aan enkel zou hebben kunnen zien. Maloof en Myron wendden zedig hun blik af.

Buntje droeg een strakke roze bloes over haar bijna platte boezem en een omvangrijke zwarte rok die vrijwel tot op de vloer hing. Net als Dinka had ze haar haar hoog opgestoken en een bloem geprikt in de piramide die er enigszins wankel bij stond. Ze bleef voor Jodel staan en hijgde: "Staakt uw gebrul; ik ben er al!"

"Je draalde! Kon je niet sneller lopen? Waar bleef je zo lang?"

Het meisje kreet hartstochtelijk: "Moet ik dan elk detail van mijn privégedrag uiteenzetten? Maar goed, als ik het dan moet preciseren, dan verklaar ik bij dezen dat ik doende was op het gemak! Toen u riep kon ik toch bezwaarlijk overeind springen en de gelagkamer in draven, zonder een schandaal te veroorzaken; had u dat gewild, dan?"

"Bah!" mopperde Jodel. "Dergelijke zaken dien je maar in je eigen tijd te bedrijven. Terwijl jij zat te genieten stonden deze heren op je hulp te wachten. Dus: breng ze onmiddellijk naar hun verblijf. Vergewis je ervan dat alles in orde is."

Buntje nam Maloof en Myron op met een zuinig, sip mondje. "Ik neem aan dat het buitenwerelders zijn; die jongste heeft iets zonderlings over zich."

"Doet er niet toe," zei Jodel. "Het is allemaal een pot nat. Breng ze naar Kamer Zes en zorg dat ze alles hebben wat ze behoeven."

Buntje keek lelijk, maar trok haar gezicht toen weer in de plooi. Ze vroeg aan Maloof: "Waar is uw bagage?"

"We hebben alleen deze kleine reistassen en die dragen we zelf wel."

Buntje's gezicht verstarde. "Net zo u wilt! Maar het is maar dat u het weet: ik ben niet de dievegge waar u mij voor aanziet! Uw kostbare bezittingen zijn bij mij volkomen veilig."

Maloof begon hakkelend aan een verontschuldiging die Buntje negeerde. "Kom; ik breng u naar uw kamer."

"Wacht even!" riep Jodel terwijl hij een klap op de toog gaf. "Ik wil hier eerst zes sols op een rijtje zien blinken, voordat er verder ook maar iets gebeurt."

Maloof betaalde het vereiste bedrag. Buntje bracht hen naar een smalle trap. Maloof en Myron wachtten beleefd om Buntje voor te laten gaan maar ze schoof met een ruk verontwaardigd opzij. "Houdt u me voor een groene onschuld? Ik ken uw buitenwereldse trucjes wel! Uw list is mislukt; gaat u maar als eerste."

"Zoals je wilt," zuchtte Maloof. Het tweetal beklom de trap, met Buntje op enkele treden afstand achter hen aan. Op de overloop glipte ze langs hen heen, waarbij ze een grote omweg maakte om Myron. Ze deed een deur open waarop het cijfer '6' stond.

Na een argwanende blik op Maloof en Myron, keek ze snel de kamer rond, waarna ze er meteen weer uit stapte.

"U kunt naar binnen; de kamer is in orde."

"Wacht eens even," zei Maloof. "Je wordt verondersteld de kamer zorgvuldig na te lopen. Zijn de bedden wel fris opgemaakt?"

"En hoe staat het met de handdoeken en de zeep?" vroeg Myron. "Je zou toch op zijn minst even in de badkamer moeten kijken."

"Alles is naar behoren. Mocht u knaaggedierte aantreffen, jaag het dan de overloop op."

Buntje deed een stap achteruit en denderde toen de trap af. Maloof en Myron inspecteerden de kamer en vonden geen redenen tot klagen. Het meubilair was zwaar en duurzaam en kennelijk van hoge ouderdom. Een deur gaf toegang tot een nogal ouderwets badkamertje.

Even stond het tweetal zwijgend voor het raam en keek uit over het dorp. Een paar flakkerende straatlantaarns gingen aan en wierpen eilandjes van flauwe verlichting om zich heen. Op het dorpsplein was een aantal jongelieden bezig met voorbereidingen voor een dorpsvermaak waarvan de aard niet direct duidelijk was. Ze keerden het raam de rug toe en gingen omlaag naar de gelagkamer. Daar namen ze plaats aan een leeg tafeltje en wachtten tot ze bediend werden.

Dinka draafde voorbij, af en aan, af en aan, en bleef uiteindelijk bij hen stilstaan. Toen Maloof om de spijskaart vroeg leek ze hem niet te begrijpen; toen hij het had uitgelegd zei ze met een zweem van een zedig glimlachje: "Mijnheer, dergelijke documenten hebben wij hier niet."

"Wel, wat is er dan zoal beschikbaar voor ons avondeten?"

"Dat hangt ervan af wat Wilkin besluit."

"Werkelijk." Maloof en Myron keken in de richting van de keuken en zagen de vierkante kokkin met het knalrode gezicht woedend naar hen staan kijken door de deuropening terwijl ze dreigde met een houten lepel.

Dinka zei: "Ze heeft het een beetje op haar heupen. Buntje kwam zeggen dat de jonge meneer geprobeerd had haar de badkamer in te lokken met wellustige voornemens, en dat ze dat slechts met heldhaftige tegenmaatregelen heeft weten te verijdelen."

"Absurd!" verklaarde Maloof. "Vraag of Wilkin even hier komt, dan zullen we de situatie tot in de kleinste kleinigheden uitleggen. Wij kunnen dergelijke laster niet over onze kant laten gaan."

Dinka schudde haar hoofd. "Ik praat wel met Wilkin en ik maak het in orde. Buntje is onderhevig aan jongemeisjeskuren; dat is van haar bekend en mogelijk zal Wilkin het redelijke ervan inzien. Zo niet, dan kan ik u wat gedroogde vis brengen en gedroogd brood met reuzel."

Dinka vertrok naar de keuken en deed de deur achter zich dicht.

Na een poosje kwam ze weer tevoorschijn met een terrine krachtig ruikende soep die ze voor Maloof en Myron neerzette. Ze wierp een blik in de richting van de keuken en zei: "Wilkin heeft zichzelf nu weer in de hand. Het schijnt dat er vanavond gedanst en gesprongen gaat worden. Buntje heeft niet eerder durven meedoen omdat ze bang was dat ze languit zou vallen met haar benen in de lucht. Hoe het ook zij, u bent verzekerd van uw avondeten."

Na de soep bracht Dinka een schotel gestoofde vis met raap en kleine knolletjes, misschien wel eikels, en ten slotte beignets met vruchtensaus.

Het avondeten was afgelopen. Het tweetal zat aan tafel met kroezen kruidenthee voor zich. De nacht was nog jong en het was te vroeg om al naar hun kamer te gaan. Een poosje sloegen ze het komen en gaan gade van de gasten aan de toog, maar dat was niet erg vermakelijk. Ze gedroegen zich allemaal met sombere zelfbeheersing en spraken onderling op zachte preveltoon. Jodel schoot heen en weer met zijn dikke buik tegen de tapkast geperst en zijn vollemaansgezicht star in een aanblik van glimlachende hartelijkheid vertrokken. Niemand besteedde aandacht aan de buitenwerelders.

3

Na een poosje stonden Myron en Maloof op van tafel en liepen naar de buitendeur. Ze duwden hem open en liepen de avond in. Een ogenblik bleven ze voor de herberg staan, terwijl het uithangbord zachtjes boven hun hoofden heen en weer schommelde op dolende zuchtjes wind. De schemering was nog niet uit de hemel verdrongen; in de hoofdstraat tekenden aan weerskanten de daken van de huisjes zich zwart af tegen de grauwe schemer.

Ze gingen op weg door de hoofdstraat, waarbij ze in de schaduwen bleven. Waar de straat uitkwam op het plein bleven ze staan om te kijken naar wat de eerste stadia leken te zijn van een gemeenschaps-gebeuren dat voor de jongeren onder de bevolking van Krenke scheen te zijn bedoeld. Aan de ene kant van het plein had zich een groep jongens verzameld: merendeels opgeschoten knullen van zestien tot pakweg achttien. Aan de andere kant stond een groep meisjes van dezelfde leeftijd, of misschien een jaartje of wat jonger. Ze snaterden, lachten, maakten overdreven gebaren en draafden een paar passen heen en weer terug en schiepen een groot vertoon van vrolijke spontaniteit, onderwijl heimelijke blikken werpend op de jongens, die zich voor het overgrote deel rustig hielden en schaamteloos naar de meisjes staarden.

Maloof en Myron werden bekoord door het gebeuren en zetten zich op een bank onder een hoge plumaria, om te wachten tot duidelijk zou worden hoe de festiviteit zich zou ontwikkelen. Terwijl ze zaten te kijken kwamen er ploegjes jongelieden met hulpmiddelen om strepen te trekken, die een reeks parallelle lijnen aanbrachten zodat er een aantal banen werd gecreëerd, van de ene kant van het plein naar de andere. Toen dat gedaan was verspreidden de jongens en meisjes zich meteen; ze kozen zich elk een baanvak, waarbij ze soms terugliepen en naar een andere baan gingen wanneer de persoon aan het andere uiteinde hen niet bijzonder beviel, en er volgde heel wat heen en weer gedraaf. Aan de overkant van het plein klom een groepje jongemannen, muzikanten kennelijk, op een laag podium en begon hun instrumenten in stelling te brengen. Ze droegen bijzondere kostuums van een merkwaardige snit en kleurstelling: strakke overhemden die het middenrif onbedekt lieten en lichtgevend blauw waren, omvangrijke pofbroeken in vermiljoen en limoengroen en zwart die wijd uitbolden bij de heupen en bij de knie werden ingesnoerd, en daarbij lange, puntige witte schoenen. Nu zetten ze allemaal groteske vossenmaskers op en veranderden op slag in een coterie van kleine duivels.

De spanning nam toe; de lucht leek te tintelen. De jongens en meisjes begonnen op en neer te wippen en sprongetjes te maken, eerst nog aarzelend maar met steeds meer overgave. Ze priemden in de lucht met hun vingers en stootten met de duimen opzij.

Op het podium aan de andere kant stelde de slagwerker een klokkenspel op boven de grote trom, probeerde een hol houtblok uit met een bamboe veger en zette zich toen in postuur. Hij wachtte. Een diepe stilte was over het plein gevallen. Hij hief theatraal zijn arm op en liet toen de stok neerkomen op zijn cilindrische gong. En meteen zetten de andere muzikanten in en brachten van het ene ogenblik op het andere een lawijt voort van jammerklanken, bibbernoten en lukrake arpeggio's, op het tempo dat werd aangegeven door de dreigende galm van de grote trom. Het resultaat overviel Maloof en Myron nogal; om een of andere reden hadden ze verwacht dat de muziek veel meer gestructureerd en melodieus zou zijn, dan wat ze nu te horen kregen. Ze luisterden aandachtig.

"Ik heb het!" zei Myron. "Wij voelen deze muziek niet aan omdat ze te subtiel voor ons is."

Maloof beaamde dat. "Je hebt ongetwijfeld gelijk."

De jongens en meisjes aan de uiteinden van de baanvakken reageerden vol geestdrift op de muziek, stonden te schokken op het ritme van de grote trom en kronkelden en wrongen zich in allerlei bochten in opperste uitgelatenheid, waarbij ze hun benen met gekromde knie omhoogwierpen en ze vervolgens vooruitstaken met gespitste voet. Myron merkte dat de meisjes hun rokken min of meer strak aan hun schoenen hadden vastgemaakt, teneinde niet te veel met hun enkels te pronken, al lieten de grootste durfallen een paar uitdagende duimbreedten enkel door het blikveld flitsen, die snel weer verdwenen.

De trommelslagen werden indringender; het schoppen en springen werd heftiger en de energieën bereikten een kritische grens. Aan weerszijden van een baanvak maakten zich een jongen en een meisje los die op elkaar af gingen, de benen opwerpend, trekkend met hun lijf, de handen rukkend aan de heupen. Ze kwamen elkaar in het midden tegen en bleven schokkerig staan met kronkelende schouders en heupen. Toen draaiden ze zich met een ruk om, bogen zich voorover zodat ze met de bips tegen elkaar stootten, om daarna triomfantelijk schokkend en trekkebenend terug te keren.

De muziek hield aan, de grote trom zette zijn donderend ritme voort. Een volgend paar maakte zich los en herhaalde de dans, gevolg door twee andere stellen.

Myron leunde opeens naar voren en wees. "Kijk daar eens! Het vierde meisje langs de lijn!"

"Dat is Buntje en ze maakt bokkensprongen als de beste!"

"Daar gaat ze!" riep Myron, terwijl Buntje het baanvak opging, en zich niet minder energiek dan de anderen betoonde. Plotseling waren alle baanvakken druk bezet; de deelnemers spreidden elk voor zich hun eigen stijl ten toon: de een zwaar en vol betekenis, de ander lichtvoetig en frivool, als wervelende insecten. Nu en dan ging een jongen of meisje op pad in hun baan, schokkend en zich vertrekkend met bezienswaardig vertoon, om te ontdekken dat er niemand van de andere kant op hen toekwam door de baan. Het was een vernederende ervaring. De zo versmade personen hielden dan soms stil om met hangend hoofd terug te gaan naar het uitgangspunt, maar konden ook, als ze nijdig genoeg waren, doorgaan tot het middelpunt en daar bij wijze van spot een groteske uitvoering ten beste geven van de gebruikelijke bewegingen, in de hoop dat de aanstootgever zich zou schamen, waarbij diens beste reactie uit onverschilligheid bestond — hetgeen niet altijd overtuigend was.

Na een poosje was het gebeuren afgelopen: er was een crescendo van het klokkenspel, een wild glissando op de belphoorn, een laatste dreigende bonk van de trom, en toen was het stil. De muzikanten deden hun maskers af, pakten hun instrumenten in, sprongen van het podium en verdwenen in de nacht. De jongens en meisjes negeerden elkaar nu volkomen en vormden kleine kwetterende groepjes die het gebeuren van die avond bespraken. Sommigen waren opgetogen en vierden hun behaalde succes. Anderen waren bedrukter en twijfelden aan zichzelf.

"Dat was het dan," zei Maloof. "Zo is het leven dus in Krenke. We zijn getuige geweest van kleine triomfen en vervulde hoop in honderdvoud, en van evenzovele kleine tragedies. Niets was toevallig en niets was triviaal."

Myron knikte ernstig. "Ik vraag me af wat er nu gebeurt," zei hij. "Ze kunnen toch nu niet al naar huis willen."

Myrons gissingen werden al spoedig beantwoord. De jongens begaven zich naar de hoofdstraat waar ze al snel naar alle richtingen verdwenen. Vanuit de schaduwen langs het plein doken als bij toverslag mannen en vrouwen op; een voor een werden de meiskes zonder plichtplegingen meegetrokken naar de hoofdstraat en naar huis.

Een paar minuten later was het plein verlaten en donker, op een lichtje na in een van de kantoren aan de overkant.

"Iemand zit nog laat te werken," zei Myron. Hij stond op en bestudeerde het pand aandachtiger; naast de deur zag hij een rek waarin kranten te koop stonden. "Misschien is het wel het plaatselijke nieuwsagentschap," zei hij tegen Maloof. "Aangenomen dat er iets dergelijks bestaat in Krenke."

De twee mannen staken het plein over. Toen ze dichterbij kwamen, zagen ze een bord boven de deur. In gouden letters op een zwarte ondergrond stond daar:

~{ De Krenkse Vizier }~
Ulwyn Farro, Uitgever

Maloof klopte aan de deur. "Binnen!" klonk het kalm.

Het tweetal kwam binnen in een klein, opgeruimd kantoortje dat schaars gemeubileerd was. Een van de wanden werd geheel bedekt door honderden foto's die mannen, vrouwen en kinderen voorstelden in allerlei beroepen en van allerlei leeftijd, die voor het overgrote deel nietszeggend in de camera staarden. De andere muren waren strak wit gekalkt en verstoken van enige versiering. Achter het bureau zat een bleke jongeman met een weinig indrukwekkende lichaamsbouw. Een paar slierten asblond haar omkransten zijn voorhoofd; zijn lange magere gezicht was onopvallend, op de schitterende grijze ogen na. "Ik ben Ulwyn Farro," zei hij. "Zoals u waarschijnlijk al geraden hebt. U hebt iets met mij te bespreken?"

"Niets van belang," zei Maloof. "We zagen het bord toevallig en we kwamen even langs, zuiver uit nieuwsgierigheid."

Farro nam zijn twee bezoekers van zijn kant ook met enige nieuwsgierigheid op. "Ik neem aan dat u de twee buitenwerelders bent die vanmiddag zijn aangekomen en in De Drie Veren overnachten."

"Helemaal juist," zei Maloof, en Myron voegde er met een sardonische grijns aan toe: "Geruchten doen snel de ronde in Krenke."

Farro haalde onverschillig zijn schouders op. "Hoe dat ook zij, ik ben er wel blij mee. Zo kom ik grotendeels aan mijn materiaal. Wilt u niet gaan zitten?"

"Dank u." Het tweetal nam plaats op twee rechte stoelen. "Ik ben Adair Maloof, kapitein van het ruimteschip *Glicca*. Dit is mijn eerste officier Myron Tany."

Farro knikte als reactie. "En wat brengt u naar dit nogal afgelegen dorp? Bent u hier als toerist of hebt u andere zaken in petto?"

Maloof zei: "Als u hoopt hier een interessant artikeltje uit te puren voor de *Vizier*, zet die gedachte dan maar uit uw hoofd. Wij zijn heel gewone toeristen en wij dwalen langs de verre oorden van Fluter naar het ons invalt."

"Dat zegt u, ja." Farro leunde achterover in zijn stoel en nam zijn bezoekers een moment in ogenschouw. "Als ik het zo voor de vuist weg moest zeggen, dan zou ik opmerken dat u geen van beiden overeenkomt met het profiel van de gewone toerist — maar ja, wat zou u anders in vredesnaam voor doel kunnen hebben voor een bezoek aan een slaperig gehucht als Krenke? U bent echt min of meer een raadsel! Maar mijn speculaties, moet ik er meteen bij zeggen, zijn slechts een gril der verbeelding, en hebben in geen enkel opzicht iets met de *Vizier* te maken."

Maloof dacht na alvorens antwoord te geven. Ietwat gewichtig zei hij: "U lijkt mij een gevoelig mens toe, met een soepele geest. Laat ik eens een andere 'gril der verbeelding' de kamer inblazen, en wel het feit dat wij inderdaad een bepaald onderwerp najagen waaromtrent wij inlichtingen nodig hebben, maar alleen dan, als het onderwerp volstrekt blijft afgeschermd van elke vorm van publiciteit."

Farro leunde kwiek naar voren. "Laten we de zaak iets scherper stellen. Ik begrijp dat u inlichtingen van mij verlangt en dat ons gesprek nadien hermetisch en geheim dient te blijven. Klopt dat?"

"Precies. Als de reden voor onze aanwezigheid bekend mocht worden, zou de volvoering van onze taak in het gedrang komen."

"Goed dan," zei Farro. "Ik stem in met uw voorwaarden — tenzij uw onthullingen dermate ijselijk en rampzalig zijn dat ik wel gedwongen ben ze bekend te maken."

Maloof glimlachte grimmig. "U zult niets vernemen van rampen of catastrofes. Zal ik verdergaan?"

"Ja," zei Farro. "Gaat u verder."

"Een jaar geleden ontmoette ik in Traven, op de planeet Morlock, een jongeman die zich 'Loy Tremaine' noemde. Hij hield zich onledig met het bekoren van oude dames om hen hun vermogen te ontfutselen. Hij bezat een magnetische tegenwoordigheid en gedroeg zich met een ongelooflijk aanmatiging. Op zijn hals droeg hij een tatoeage die wij hebben geïdentificeerd als het insigne van Krenke. Gedurende zijn verblijf in Traven gaf hij te kennen dat hij wanhopig graag wenste terug te keren naar Fluter, maar dat hij eerst iets moest regelen met de Civiel Agenten. Uiteindelijk beging hij een moord en haalde een gefortuneerde weduwe over Morlock te verlaten zodat zij tezamen verrukkelijke avonturen konden beleven op verre werelden. Maar zijn doel was Fluter. Twee dagen geleden landde de *Glicca* op de ruimte-haven van Coro-coro. We ontdekten dat Tremaine inderdaad opnieuw op Fluter verblijft. We konden hem niet vinden in Coro-coro en had-den de theorie dat hij wellicht zijn toevlucht had gezocht in Krenke, en dat is waarom wij hier zijn."

Farro schudde zijn hoofd. "Ergens is er iets verkeerd. Er hebben nooit 'Tremaines' in Krenke gewoond. Misschien hebt u de tatoeage verkeerd geduid."

"Zeer beslist niet. De tatoeage is bekeken en gewaarmerkt door een deskundige, die hem zelf heeft veranderd in de stralende ster van Coro-coro."

"In dat geval is er geen twijfel mogelijk. De man die u hebben moet gebruikt een valse naam. Hoe zag hij eruit?"

Maloof slaakte een korte, ruwe lach. "Wie hem eenmaal gezien heeft kan zich niet vergissen. Hij is lang en sterk. Hij beweegt zich met theatrale trots, als een cavalier van weleer die de shebardigan danst. Donkere krullen vallen over zijn voorhoofd; de blik uit zijn zwarte ogen is intens en vurig en hij bezit een heersersneus. Hij hangt graag de zwierige branie uit die nergens om geeft en bezigt flamboyante gestes."

"Wacht!" kreet Farro met een stem die schor was van opwinding. "Ik ken deze man; hij heet Orlo Cavke! Ik kan u verzekeren dat die niet in Krenke is."

"En hoe dat zo?"

"Hij zou het niet wagen zijn gezicht te laten zien waar men hem zou kunnen herkennen! Hij heeft verwerpelijke misdaden gepleegd hier, maar wist zijn straf te ontlopen. Zijn daden waren gruwelijk. Hij roofde drie meisjes, de een na de ander, en bracht hen in de nacht naar de Steilten van Mellamy. Het was een verschrikkelijke tijd in Krenke, en eenieder keek zijn buurman schuins aan. De lichamen werden bij toeval ontdekt. Orlo Cavke misbruikte deze meiskes op elke denk-bare wijze en mogelijk nog op wijzen die niet direct denkbaar zijn. Hij vierde een krankzinnige woede bot op deze arme wichten, om ze te straffen voor de schoonheid die ze hem zo lang hadden onthouden. Hij werd gevangen en met geweld geketend naar het dorp gevoerd, maar hij ontsnapte. We vernamen dat hij Fluter verlaten had. Het is een schok om te horen dat hij is teruggekeerd!"

Maloof mompelde: "Dat werpt een geheel nieuw licht op Loy Tremaine." Hij gromde. "We moeten hem nu natuurlijk 'Orlo Cavke' noemen."

Farro nam hen nadenkend op. "Wat gaat u nu doen?"

"We hebben geen keus," zei Maloof. "We zullen elders naar hem moeten zoeken. Als hij op Fluter is zullen we hem vinden."

"En dan?"

"Dat weet ik niet. Dat zal van de omstandigheden afhangen."

Farro zei dringend: "Als u hem vindt, dan hoop ik dat u hem terugbrengt naar Krenke. Hij heeft ons een gemene wond geslagen, die alleen hij kan genezen."

Maloof schudde bedroefd zijn hoofd. "We kunnen niets beloven. Hij heeft mijn moeder in zijn macht en we moeten ons laten leiden door wat we daar aantreffen. Iets anders: kunt u ons een foto van Orlo Cavke bezorgen?"

Farro aarzelde, tastte toen in een la en haalde er een stel foto's uit die hij Maloof toeschoof, over het bureau.

"Dank u."

Maloof bestudeerde de twee opnamen een ogenblik en schoof ze toen door aan Myron. Op de eerste foto zag Myron een lange, donkerharige man met een opvallend uiterlijk die geketend voor een stenen muur stond; Cavke keek vol woede naar de camera en straalde een bijna tastbare razernij uit. Op de tweede foto had Cavke zich een kwartslag gedraaid en toonde een profiel dat heel wel dat van een demonische held uit de oudheid had kunnen zijn. Zijn hele houding drukte slechts uitdaging en minachting uit. Myron gaf de foto's terug aan Maloof.

Farro vroeg: "Wanneer vertrekt u uit Krenke?"

"Morgenochtend; er is niets meer dat ons in hier vasthoudt."

Maloof en Myron stonden op en bedankten Farro. Ze verdwenen in de nacht; Farro achterlatend aan zijn bureau van waar hij hen troosteloos nakeek.

Bij de Herberg De Drie Veren aangekomen gingen ze de gelagkamer binnen. Een paar bierdrinkers hielden een samenspraak met Jodel. Aan het eind van de rij lege tafeltjes stond Dinka uit het raam te kijken, helemaal opgaand in haar eigen droomwereld. De deur naar de keuken was dicht, de lichtgeraakte Wilkin — mocht die inderdaad nog gebarend met haar pollepel rondbenen tussen haar potten en pannen — was aan het oog onttrokken. Het tweetal wenste Dinka in het voorbijgaan hoffelijk goedenacht. Ze beklommen de trap naar hun kamer, maakten zich klaar voor de nacht, zochten hun bed op en sliepen al gauw.

4

De volgende ochtend was een droevig wolkendek omlaag gekomen van de heuvels in het noorden en zag het dorp er door het raam nog vochtiger, troostelozer en erger door de tijd geteisterd uit dan ooit. De twee mannen kleedden zich zwijgend aan, bedrukt door wat ze te weten waren gekomen, en daalden de trap af naar de gelagkamer. Dinka wachtte hen daar op en bracht hen naar hetgeen ze de 'ontbijtzaal' noemde — een lange, schemerige kamer die rook naar schimmel en vochtige steen. Een klein raampje achterin liet een waterig grauw lichtschijnsel binnen, dat amper voldoende was om hun ontbijt te verlichten.

"Wilkin is in een goede bui," deelde Dinka hun mede. "Ze heeft u haar beste havermoutpap toebedeeld en ook twee schaaltjes compote."

Ze kregen knapperig brood met marmelade voorgezet, dikke havermoutpap met als smaakmaker flinters zoute vis en twee schaaltjes gekookte vijgen in gekruide honingsiroop. Ze knabbelden aan het brood en dronken zoveel kruidenthee als hun magen toelieten en gingen toen terug naar de gelagkamer.

Aan de tapkast zaten drie mannen van middelbare leeftijd met elk een kroes bier. Jodel riep hen een joviale groet toe en zei: "Het is nog vroeg; vertrekt u al zo spoedig?"

Maloof bleef staan. "Ons bezoek aan Krenke was aangenaam, maar het wordt tijd dat we teruggaan naar Coro-coro."

"Juist ja," zei Jodel. "U moet natuurlijk doen wat u het beste dunkt... Maar misschien wilt u uw vertrek nog een ogenblikje opschorten. Deze heren wensen met u kennis te maken."

"Werkelijk!" zei Maloof. Tegen Myron mompelde hij: "Het schijnt dat Farro het nieuws te ijselijk en verschrikkelijk vond om geheim te houden."

"Dat verbaast me niets," zei Myron. "Hij had eigenlijk geen keus."

Jodel die van de een naar de ander blikte, zei zorgelijk: "U behoeft niet huiverig te zijn! Dit zijn heren van goede naam; ik sta persoonlijk voor hen in."

De Krenks kwamen van hun krukken en draaiden zich om naar de buitenwerelders. Ze leken sterk op elkaar: sombere mannen met harde gezichten en stevige lijven, zware schouders, donker haar dat naar achteren was weggetrokken in een staartje met een leren riempje erom. Ze droegen lange zwarte jassen die vanaf de heup wijd uitstonden, zwarte poffende kniebroeken, zwarte kousen en schoenen met lange punten.

Jodel zei met behoedzame beleefdheid: "Sta me toe dat ik u aan elkaar voorstel." Hij tikte de Krenks om beurten op de schouder. "Dit is Derl Mone. Dit is Avern Glister. Dit is Madrig Cargus." Met een schaapachtige grijns keek hij Maloof van terzijde aan. "Ik vrees dat ik uw namen ben vergeten."

"Doet er niet toe. Ik ben Adair Maloof; dit is Myron Tany. We zijn allebei bemanningslid van de *Glicca*, die op het ogenblik op de ruimtehaven van Coro-coro staat. Wat wilt u van ons?"

Derl Mone nam het woord met een stem die schor was van de moeite die het hem kostte om beleefd te blijven. "U hebt een ongebruikelijke belangstelling aan de dag gelegd voor een zekere Orlo Cavke. Zoals u misschien al te weten bent gekomen is hij een misdadiger die aan zijn berechting door ons is ontkomen. Wij zijn erop gebrand onze vergissing goed te maken."

"Ik begrijp uw bekommernis," zei Maloof. "Gisteravond hebben we meer over Orlo Cavke — of Loy Tremaine, zoals wij hem kenden — vernomen dan we ooit hadden kunnen vermoeden."

Opnieuw wist Mone zijn stem maar met moeite in bedwang te houden. "Waarom gelooft u dat Cavke naar Fluter is teruggekeerd?"

"Ik ontmoette Loy Tremaine voor het eerst in Traven op Morlock," antwoordde Maloof. "Ik bemerkte een tatoeage op zijn hals die later het embleem van Krenke bleek te zijn. Hij sprak gloedvol over Fluter en verklaarde dat het de mooiste wereld van het Bereik was; hij had het erover terug te willen keren zodra zekere geschillen met de Civiel Agenten konden worden rechtgezet, waarmee hij naar ik aannam een schenking aan het Benefietfonds bedoelde: smeergeld, met andere woorden."

"Dat is goed mogelijk, geloof ik," zei Cargus.

"Eerst heeft hij mijn vader vermoord, opdat mijn moeder in bezit zou komen van het familievermogen. Maar mijn vader had voor zijn dood, zijn hele fortuin in een beheerd fonds ondergebracht, waaruit mijn moeder een bescheiden jaargeld zou ontvangen; op deze manier hoopte hij haar verkwistende natuur aan banden te leggen. Uiteraard hield zij deze nieuwe omstandigheid voor Tremaine verborgen. Deze bedwelmde de dwaze oude dame met zijn persoonlijk magnetisme en kreeg haar zo ver om met hem mee te gaan naar wonderlijke en romantische verre werelden, en toen waren ze verdwenen. Het moet een enorme schok voor Tremaine zijn geweest, toen hij uiteindelijk de waarheid vernam over het jaargeld van mijn moeder. We arriveerden twee dagen geleden op de *Glicca* in Coro-coro en overlegden met de plaatselijke IPCC agent, waarbij we zekere feiten vernamen. Tremaine was inderdaad terug op Fluter. Het bewijs was onweerlegbaar. Een meester tatoeëerder had Tremaine's Krenke tatoeage veranderd in de stralende ster van Coro-coro; Tremaine bevond zich echter niet in Coro-coro. Ik beredeneerde dat hij mogelijk zijn toevlucht had gezocht in Krenke, vandaar onze aanwezigheid hier. Ik begrijp nu dat mijn theorie absurd was."

Mone slaakte een geluid dat van alles kon betekenen en vroeg toen: "Wat bent u nu van plan?"

"Op dit ogenblik hebben we er niet het geringste idee van waar hij en mijn moeder zich ophouden. Maar vinden zullen we hem, waarschijnlijk door het jaargeld van mijn moeder te traceren. Als zij dat geld niet ontving zou hij haar al in de steek hebben gelaten; een dwaze oude dame als zij kan bepaald geen opwindende metgezel zijn."

Mone maakte een verbeten geluid. "Orlo's neigingen drijven hem een geheel andere kant uit — naar onschuldige knappe wichtjes, amper meer dan kinderen. Eerst maakte hij zich meester van Lally Glister en bracht haar naar zijn schuilhol in het bos waar hij onvoorstelbare dingen aan haar voltrok. Toen ze stierf begroef hij haar onder de humuslaag. Na een poosje roofde hij mijn dochtertje Murs en volgde dezelfde procedure. Intussen was het hele dorp wild van afschuw en niemand was gedrevener in zijn woede dan Orlo Cavke! Na een poosje legde hij een hinderlaag voor Salu Cargus en wat hij haar aandeed gaat de geloofwaardigheid te boven! Maar hij was onvoorzichtig geworden. De jonge boerenknecht Tinnoc, die een lapje grond bewerkte vlakbij Orlo's akkers, had opgemerkt dat Orlo afwezig was terwijl hij zich met zijn gewas had behoren bezig te houden. Hij had in het geheel zijn landerijen niet bewerkt en het onkruid tierde er welig. Tinnoc deelde ons zijn verdenkingen mede en we plaatsten een zenderknopje in Orlo's schoen en volgden zijn spoor naar zijn schuilhol. Van onder de humuslaag dolven we op wat eens onze dochters waren geweest. We verwachtten een verklaring van Orlo. Hij lachte slechts en haalde zijn schouders op. We sleepten hem mee naar het dorp en behingen hem met ketenen. Terwijl wij overlegden hoe we hem het best zouden kunnen aanpakken, wist hij zich los te wurmen en vluchtte het bos in. Wij stortten ter aarde en kauwden keien. Vijf dagen van rouw werden afgekondigd: een dag voor de verloren meisjes, drie voor het verlies van Orlo en een laatste dag, om de grote en enige god te vervloeken om zijn apathie — en sindsdien wijzen we hem af als een verrader. U zult begrijpen waarom wij u zo uitgebreid hebben ondervraagd."

Maloof knikte bevestigend. "U hebt ons medeleven, geheel en al."

Cargus verbrak het zwijgen. "Dat is niet genoeg! U beweert dat u Orlo Cavke zult vangen en misschien dat het zo gevalt. Als u hem in uw macht heeft moet u hem terugbrengen naar Krenke, waar wij hem een passend welkom-thuis zullen bereiden."

Maloof glimlachte en schudde verontschuldigend zijn hoofd. "Een dergelijke verplichting kunnen wij niet aangaan; het kan immers onmogelijk blijken die belofte na te komen. Ik kan u alleen toezeggen dat als wij hem grijpen en als het doenlijk is, we hem aan u zullen overdragen. Als we u iets anders zouden beloven dan zou het zonder betekenis zijn."

De drie Krenks keerden terug naar de toog. Ze dronken hun bierkroezen leeg, keerden zich om naar de deur en verlieten de herberg.

Maloof en Myron bleven nog even om Jodel hoffelijk vaarwel te zeggen en vertrokken toen eveneens. Een ogenblik bleven ze voor De Drie

Veren staan. Ze keken nog een laatste maal de hoofdstraat af, beenden toen de ijzeren brug over en liepen naar de achterkant van het parkeerterrein, naar hun zwever.

De zwever brak door het lage wolkendek heen en dook op in de zonneschijn. Met de automatische piloot ingeschakeld vlogen ze over het Fluterse landschap terug naar Coro-coro.

Hoofdstuk III

1

DE ZWEVER ARRIVEERDE op de ruimtehaven van Coro-coro toen de zachte Fluterse schemer viel. Aan boord van de *Glicca* zaten Wingo en Schwatzendale aan tafel in de kombuis en bereidden een maaltijd van brood, sardines en uien. Maloof en Myron schoven aan en vertelden over hun bezoek aan Krenke. Wingo en Schwatzendale waren naar behoren onder de indruk.

"Vreemd," zei Wingo peinzend. "Men zou toch denken dat ze na zoveel jaar een wat verfijndere cuisine zouden hebben ontwikkeld, dan wat jullie net beschreven hebben."

Schwatzendale wees Wingo erop dat zijn theorieën lukraak en relativistisch waren, aangezien hij, Wingo, geen gegevens bezat over de gastronomische maatstaven van tweeduizend jaar tevoren. "Weten wij veel, misschien leefden ze toen van gras."

Wingo negeerde die opmerking. "Het zou kunnen dat elk dorp op Fluter zijn unieke cuisine heeft ontwikkeld." Hij dacht een ogenblik na. "Hmm. Een antropoloog zou hier mogelijk iets kunnen opdoen voor een interessante monografie." Hij zette een pot thee en een schaal vruchtentaartjes op tafel en vertelde toen, samen met Schwatzendale, wat ze die dag gedaan hadden. Ze hadden de middag doorgebracht op het terras van het O-Shar-Shan, waar Wingo een aantal levendige stemmingsimpressies had gevangen voor zijn monumentale *Parade der Gaiaanse Mensheid*.

"Dat terras is een groot stuwmeer van materiaal," zei Wingo. "Ik besteed in het bijzonder aandacht aan de dames! Ze gaan stuk voor stuk heel ver in hun pogingen elkaar de loef af te steken. Ook de heren zijn present, natuurlijk, maar over het algemeen ontberen die een zeker *éclat*. Het terras wordt een avenue van bijna transcendentale mystiek. Toeristen worden doortrokken van deze buitengewone afflatus en beginnen zichzelf te beschouwen als een bevoorrechte elite, vrij om zich te buiten te gaan aan wat voor buitensporigheid hen ook maar invalt."

Wingo lachte spijtig. "Het is ironisch dat ik, toen ik dan eens een waarlijk onthutsende situatie tegenkwam, naliet die vast te leggen en dus eeuwig spijt zal houden over mijn verzuim."

Wingo zweeg en verviel tot nadenken. Maloof werd ongeduldig. "Wees alsjeblieft duidelijker! We zitten hier op hete kolen terwijl jij mijmert."

"Neem me niet kwalijk," zei Wingo. "Ik zal me explicieter uitdrukken. Toen we bij het terras aankwamen vertrok Schwatzendale, die zijn eigen besognes had, terwijl ik een tafeltje vond naast een decoratieve plantenbak en een poosje druk bezig was stemmingsimpressies vast te leggen. Toen legde ik mijn apparatuur terzijde en zat op mijn gemak mijn rumpunch te drinken. Opeens zag ik aan een tafeltje vlakbij, deels afgeschermd door de plantenbak, iets wat mij eerder onbegrijpelijkerwijs ontgaan was: een tweetal jongedames, allebei buitengewoon mooi. Het meest opvallend was de onderlinge gelijkenis, zodat ik ervan overtuigd was dat het tweelingzusters waren. Hun honingblonde krullen waren opgemaakt in eenzelfde kapsel; hun gelaatstrekken waren identiek en ze droegen precies dezelfde witte bloesjes, met blauw en rood borduursel versierd. De plantenbak onttrok de benedenste kledingstukken aan mijn oog maar ik was er zeker van dat ook die hetzelfde waren. Er was echter een merkbaar verschil tussen de beide meisjes. De ene was gelukkig; haar gezicht straalde van opwinding, humor en vurige levenslust. De ander zat in wanhoop en verslagenheid gedompeld, met omlaag getrokken mondhoeken en neergeslagen blik. Ik staarde er verwonderd naar: wat kon een dergelijk verschil in emoties hebben veroorzaakt?"

Schwatzendale leunde naar voren. "Ik weet het antwoord al. Ze zagen dat je hen zat aan te staren; de ene was vermaakt, de andere was boos en wilde haar vuist tegen je schudden!"

"Onzin!" schamperde Wingo. "De feiten liggen geheel en al anders. Geen van beiden heeft ook maar een blik in mijn richting geworpen."

Maloof vroeg: "Krijgen we de ontknoping nog te horen of dienen we dit enigma tot ver in de nacht te overpeinzen?"

"Ik zal het uitleggen zo goed als ik kan. Te laat dacht ik eraan de twee gezichten vast te leggen voor de 'Parade'. Ik tastte naar mijn uitrusting die ik onder de tafel geschoven had. Het andere tafeltje stond pal aan de andere kant van de plantenbak en ik wist dat ik onopvallend te werk moest gaan. Ik wendde verveling voor, maar eindelijk was ik dan klaar om het opmerkelijke tafereeltje vast te leggen. Maar toen ik me omdraaide en keek, was het tafeltje leeg; terwijl ik bezig was, waren de meisjes vertrokken. Ik sprong overeind en keek langs de rijen en zocht omhoog en omlaag de gangpaden af, tussen de drommen toeristen en ten slotte zag ik hen! Ze liepen bij me vandaan zodat ik hen alleen op de rug zag. De ene was van normale lengte en bewoog zich voort met soepele, atletische gratie. De andere was maar half zo groot en scharrelde voort op grotesk misvormde beentjes. Eindelijk dacht ik toen weer aan mijn camera, maar toen ik hem gereed had, waren ze verdwenen en ik heb ze niet meer gezien."

"Hmm," zei Maloof. "Ergens kan men hier lering uit trekken, maar ik zou niet kunnen aangeven in welke mate. Overigens, waar was Schwatzendale gedurende deze episode?"

Wingo schudde zijn hoofd met een misprijzend gezicht. "Hij zat althans een poosje lang een trap hoger aan een tafeltje in gezelschap van een vrouw van een zeer ongewoon type. Ze was lang, mager en lenig, met lange witte armen en lange bleke vingers. Haar haren waren wit en omgaven haar hoofd als een aureool van paardenbloemenpluis. Haar gezicht was lang en uitgemergeld en haar mond en wenkbrauwen waren met zwart geaccentueerd, als het gezicht van een pierrette. Ze droeg epauletten, waarvan een aantal witte linten afhingen; als ze zich bewoog gleden de linten langs elkaar en schonken her en der een glimp van de onderliggende lichaamsbouw. Daarbij hanteerde ze een waaier van weelderige witte veren; als ze sprak klapte ze de waaier uit voor hun beider gezicht, kennelijk om enige afzondering te waarborgen. Ik heb Schwatzendale gevraagd wat er zich achter de waaier afspeelde maar hij weigerde mij het gesprek te beschrijven."

"Dat mag toch geen verrassing zijn," zei Myron. "Schwatzendale is een man van eer; hij zal de geheimen van een dame niet gauw verklappen."

Schwatzendale schudde niet-begrijpend zijn hoofd. "Het waren helemaal geen geheimen. De dame onthulde dat ze verslaafd was aan lange voettochten op het platteland; ze wilde weten of ik mij misschien bij haar wilde aansluiten op een zwerftocht over de Maudlenheide. Ik legde uit dat ik de juiste kledij voor deze sport niet bezat en de uitnodiging dus niet kon aannemen. En meer was het niet."

"Dan is alles verklaard," zei Wingo. "Maar waarom had dat gesprek dan plaats achter haar waaier?"

"Daar was geen bijzondere reden voor," zei Schwatzendale. "Het kwam toevallig zo uit."

Wingo aanvaardde zijn uitleg en het gesprek werd besloten.

2

De volgende ochtend ontbeten Maloof en Myron in de kombuis en namen toen de omnibus over de Pomare-allee naar het kantoor van de IPCC. Ze troffen Serle aan achter zijn bureau, bezig met de papierwinkel die, omdat de Civiel Agenten zo overgevoelig waren, het grootste deel van zijn officiële werk vormde. Serle groette de twee ruimtevaarders beleefd en bood ze een stoel aan. Achteroverleunend nam hij het tweetal met afstandelijke nieuwsgierigheid op. "U schijnt deerlijke beschadiging hebben weten te vermijden. Hoe is het u vergaan?"

"Heel aardig, al met al," antwoordde Maloof. "We hebben het jongvolkje van het stadje bezig gezien in wat ons een kloeke rituele hofmakerij toescheen, op het plein. We hebben avondeten genoten in herberg De Drie Veren en ontbeten in een aparte ontbijtzaal. Een dienstmeisje genaamd Buntje beschuldigde Myron ervan dat hij naar haar enkels keek en meldde diens gedrag aan de kokkin. Wat belangrijker was: we vernamen dat 'Loy Tremaine' in feite een zekere Orlo Cavke is, die drie kinderen om het leven heeft gebracht. De mensen in Krenke hadden hem gegrepen maar hij bevrijdde zich en vluchtte naar Coro-coro vanwaar hij van de planeet vertrok. De Krenks waren verbaasd te horen dat hij op Fluter was teruggekeerd. Ze willen hem maar al te graag te pakken krijgen."

"Verbazend!" zei Serle. "Ik sta versteld van Cavke's durf!"

"Zolang hij de Civiel Agenten wist te ontwijken verkeerde hij niet in groot gevaar — totdat wij hem kwamen zoeken."

"Daar lijkt het wel op," beaamde Serle. "Maar de aanwezigheid van Vrouwe Maloof beperkt hem in zijn keuzemogelijkheden. Het is voor hem niet doenlijk een huis in Coro-coro te huren; dat brengt veel te veel formulieren met zich mee en bovendien zou de dame beslist willen uitgaan, naar het O-Shar-Shan en andere gelegenheden die in de mode zijn. Na een maand zouden de Agenten benieuwd raken naar haar inreispapieren, waarop zij en Cavke grote moeilijkheden zouden krijgen. Cavke zou natuurlijk een romantisch kamp kunnen opzetten in de wildernis, maar Vrouwe Maloof zal misschien koud water en slecht eten niet waarderen, net zomin als insecten of een gat in de grond om boven te hurken wanneer de aandrang ten top stijgt."

"Die mogelijkheid kunnen we wel wegstrepen," zei Maloof.

"Er bestaat nog een mogelijkheid die waarschijnlijker is. Ik doel op het gebruik van woonschepen. Ze zijn er in allerlei maten, samenstellingen en gradaties van weelde en kunnen daarheen varen waar het landschap het aanlokkelijkst is en zonder beperkingen voor anker gaan. Voorraden zijn te bekomen in dorpjes aan de waterkant. Vanuit Cavke's standpunt gezien lijkt een woonboot de ideale oplossing voor zijn problemen."

"Misschien wel," zei Myron peinzend. "Maar dan? Fluter is een wereld met honderd rivieren en honderden woonboten, waarschijnlijk. Als Orlo Cavke eenmaal ergens voor anker ligt op een eenzame rivier is hij voor ons verloren."

"Niet noodzakelijkerwijs," zei Serle. "Er is een manier om elke woonboot op Fluter na te gaan, zonder Coro-coro te verlaten."

"Dat klinkt nuttig," gaf Myron toe. "Hoe gaat dat?"

"Op uitermate logische wijze," zei Serle. "Stel dat je een vloot woonschepen bezat die je verhuurde. Wat zou dan je grootste angst zijn?"

Myron dacht na en zei toen: "Ik zou er bang voor zijn dat een beschonken toerist met mijn beste boot op een rif zou lopen en de boot verder zou laten rotten. Voordat ik erachter kwam wat er gebeurd was, zat de toerist al hoog en breed weer op zijn thuiswereld."

Serle knikte. "Precies. En om daarvoor te waken installeert de verhuurder een zenderknopje aan boord van elk van zijn woonschepen. Op een kaart in zijn kantoor wordt de positie van elke woonboot gevolgd. Jullie hoeven er dus alleen maar achter te komen welk woonschip Cavke heeft gehuurd, de coördinaten opvragen en je naar genoemde positie begeven. Ga aan boord van de woonboot en neem Cavke in hechtenis en het zit erop."

"Eenvoudig als wat," zei Maloof. "Vooral als Cavke geen bezwaar maakt."

"Dat is de enige zwakke schakel in de keten," beaamde Serle. "Ik moet helaas zeggen dat mijn handen gebonden zijn door het IPCC-protocol ten opzichte van de Civiel Agenten; anders zouden Jervis en ik, in veldtenue, aan boord van de woonboot kunnen gaan om Cavke onder arrest te stellen, hetgeen de zaak keurig zou afronden — met uitzondering van een hoogoplopende ruzie met de Agenten, hetgeen er slecht uit zou zien in mijn dossier."

"Het geeft niet," zei Maloof. "We zullen de zaak op de ene ofwel op de andere manier klaren, al moeten we de woonboot in brand steken en Cavke gevangennemen op het ogenblik dat hij overboord springt."

3

Het toeristengidsje voor Fluter vermeldde twee bedrijven waar men woonschepen kon huren of leasen. De Vervoersmaatschappij Tarquin had een pand aan de Pomare-allee, vlak bij de Pingis Taveerne. Maloof en Myron zochten de beheerder van het vervoermiddelenpark op, een zwierige jongeman met een prachtig stel geelblonde bakkebaarden. Toen Maloof hem zijn vragen begon te stellen keek hij hem een tikje argwanend aan. "Zijn de Civiel Agenten bij deze aangelegenheid betrokken?"

"Volstrekt niet! Het is de IPCC die belangstelling heeft opgevat voor Loy Tremaine en de ietwat hooghartige oude dame met wie hij samen reist. Er bestaat geen enkel verlangen de Civiel Agenten hierbij te betrekken."

"Juist ja!" zei de beheerder. "Dat werpt een nieuw licht op de zaak. Dan kan ik u meedelen dat Tarquin nimmer, in al de tijd dat ik hier werkzaam ben, een boot heeft verhuurd aan een koppel zoals u zojuist beschreef. Voor het merendeel verhuren wij aan groepjes van drie of vier toeristen, dikwijls met kinderen." Hij raadpleegde zijn lijsten maar vond daar alleen maar bevestiging van zijn uitspraken.

Maloof en Myron togen naar het Agentschap Zangwill, dat aan een zijstraat lag, achter het O-Shar-Shan hotel. De eigenaar, Urban Zangwill, gaf, in tegenstelling tot de beheerder bij Tarquin, volstrekt geen blijk van enig verlangen tot medewerking en reageerde op Maloofs eerste vragen met geringschatting. "Ik bezit de benijdenswaardige naam discreet te zijn! Zou ik dan dit onschatbare vermogen in de waagschaal stellen op aanstichten van een stel buitenwerelders?"

Zoals Serle had voorspeld wilde Zangwill wel meewerken zodra de IPCC werd genoemd. Met tegenzin raadpleegde hij zijn boeken en verklaarde na een poosje dat de *Maijaro* — een luxevaartuig met voortreffelijke eigenschappen — voor langere termijn was verhuurd aan een gedistingeerd heerschap genaamd Loy Tremaine en zijn zieke moeder, die blijk gaf van een knorrig temperament. Zangwill haalde de plattegronden tevoorschijn waarop een fraai woonschip stond afgebeeld van achtenveertig voet lang en een boeg van vijftien voet. Op de plattegrond was te zien dat het schip beschikte over een naar voren geplaatste stuurhut, een grote salon, een kombuis en proviandhok, twee luxe passagiershutten, elk met eigen badkamer en dekken voor en achter van zes voet breed.

"En waar ligt de *Maijaro* voor anker?" vroeg Maloof.

Zangwill nam hem mee naar zijn privékantoor. Op een tafel stond een wereldkaart van Fluter op zeer grote schaal, gebosseleerd in een oppervlak van mat, zwart glas, waarop de bleek getinte continenten in reliëf waren aangebracht en in de vlak uitgevoerde waterwegen her en der witte vonkjes sprankelden. Op een toon zonder enige nadruk, alsof hij volledig afstand nam van Maloof en Myron, zei Zangwill: "De vonkjes stellen de woonschepen van het Agentschap voor. Er zijn eenenvijftig schepen in vier klassen."

"En welke is de *Maijaro*?"

Nog steeds onberoerd keek Zangwill in een klapper, en drukte toen op knoppen aan de zijkant van de wereldkaart. Een van de witte vonkjes veranderde in een felgroene glinstering. "Dat is de *Maijaro*. Ze ligt voor anker op de Suametta, een rivier in het westen van het tweede continent." Maloof bestudeerde de kaart aandachtig en schreef de geografische coördinaten op die de exacte positie van de *Maijaro* aangaven.

Zangwill zei, nog steeds op dezelfde ongeïnteresseerde toon: "Dit is een bijzonder fraaie ankerplaats: het landschap is voortreffelijk, er is toereikende afzondering en voorraden zijn te bekomen in een dorpje dat een paar mijl stroomopwaarts ligt."

"Die inlichtingen zijn van belang," zei Maloof. "Dan dient u nog te weten dat Tremaine een misdadiger is. Ik zeg u dit, opdat u geen aanvechting zult voelen hem op de hoogte te stellen van onze belangstelling voor hem — op welke wijze dan ook. Doet u dat wel, dan wordt u medeplichtig aan zijn euveldaden, die zeer ernstig zijn. U zult dan dezelfde straffen ondergaan die Tremaine zullen worden toebedeeld. De strafkoloniën van de IPCC zijn koud, nat en ellendig en de straffen zijn van lange duur. Het eten is slecht. Uw medegevangenen zijn vals van inborst. Zijn deze feiten begrepen?"

Zangwill trok een lelijk gezicht. "U hebt het heel duidelijk gemaakt. U moet begrijpen dat Agentschap Zangwill altijd in volstrekte overeenstemming met de wet handelt."

"Mooi," zei Maloof. "Dan zijn we gerustgesteld."

4

Maloof en Myron keerden terug naar het IPCC-kantoor. Serle keek verbaasd op van zijn werk. "Jullie zijn sneller terug dan ik gedacht had. Is dat een positief teken?"

Maloof bevestigde dat. "Onze zaken schijnen vooruitgang te boeken." Hij beschreef de gebeurtenissen van die ochtend. "Zangwill werkte mee, maar lijkt mij iemand met plooibare principes. Daarom heb ik hem gewaarschuwd dat hem een ernstige straf te wachten staat, mocht hij contact opnemen met Orlo Cavke — Loy Tremaine, zoals hij hem kent."

"Mooi," zei Serle. Hij dacht een poosje na. "Maar niet mooi genoeg." Hij sprak in zijn telefoon.

Het scherm lichtte op en toonde een donker gezicht met een somber gefronst voorhoofd. "Met Urban Zangwill."

"U spreekt met commandant Skahy Serle, op het IPCC-kantoor."

Zangwill bekeek Serle's afbeelding aandachtig. "Ik heb nog niet het genoegen gehad u te mogen ontmoeten. Hoe kan ik u van dienst zijn?"

Serle glimlachte. "Ik ga u iets vertellen wat u misschien onge-bruikelijk zult vinden, maar ik ben ervan overtuigd dat u zich in uw levensdagen al aan vele merkwaardige omstandigheden hebt moeten aanpassen."

Zangwill reageerde behoedzaam: "Dat zou wel kunnen, ja."

"Dan zult u ook geen moeilijkheden ondervinden bij het volgende. Toen u vanochtend ontspannen in uw kantoor zat, gleed u af in wat men een trancetoestand noemt, een soort dagdroom. Op dit ogenblik heeft u misschien een vage herinnering aan twee agenten van de IPCC die een gesprek met u hadden met betrekking tot een zekere woon-boot; klopt dat?"

Zangwill kneep niet-begrijpend zijn ogen samen. "Ik versta de por-tee van uw opmerkingen niet geheel en al."

"Het is geen groot raadsel. In de loop van uw dagdroom hebt u een hallucinatoir gebeuren geconstrueerd. Ik verzeker u bij deze, dat er geen agenten van de IPCC bij u op de werf zijn verschenen en dat u er omwille van uw geestelijk welbevinden beter aan doet, buitenissige droombeelden als deze geheel en al uit uw hoofd te zetten. Terwijl wij met elkaar in gesprek zijn beginnen deze denkbeelden al te verdwij-nen — en vooral als iemand u dwaze vragen zou stellen, daarvan ben ik overtuigd. Ben ik duidelijk genoeg?"

Zangwills dikke lippen vertrokken. "Kortom, mocht er iemand navraag doen naar uw agenten, dan dien ik te vergeten dat ze er ooit waren."

"Sterker nog! Hoe kunt u iets vergeten dat nooit gebeurd is?"

Zangwill likte langs zijn lippen. "Ja, ik begrijp dat dat niet mogelijk is."

"Dat klopt!" Serle nam Zangwills gezicht met aandacht op. "Hoe goed is uw geheugen, over het algemeen?"

Zangwill dacht er ruimschoots over na. "Ik meen dat mijn geheugen goed is."

"Voortreffelijk! Als u zich dus niet herinnert dat u vanochtend bezoek hebt gekregen, dan is dat ook niet voorgevallen."

"Zo zou mijn conclusie wel luiden; jazeker!"

"En herinnert u zich een dergelijke gebeurtenis?"

Zangwill vertrok zijn gezicht. "Nee; ik vrees van niet."

"Mocht iemand belangstelling tonen voor deze hypothetische gebeurtenis, meld dit dan onverwijld aan mij, dan zal ik de zaak in orde brengen. Ik mag wel zeggen dat uw medewerking u verzekert van de gunst van de IPCC."

Zangwill toonde een wrang glimlachje. "Dat is goed nieuws."

Het scherm werd donker. Serle, met een frons op zijn voorhoofd vanwege een onwelkome gedachte die bij hem was opgekomen, vroeg aan Maloof: "Ik neem aan dat u de exacte locatie van de *Maijaro* te weten bent gekomen?"

Op gelijkmatige toon zei Maloof: "Ik heb de coördinaten overgenomen van Zangwills kaart." Hij noemde de getallen op.

Serle haalde een kaart tevoorschijn van het tweede continent en spreidde hem uit op het bureau. Maloof herhaalde de getallen; Serle trok de lijnen door en markeerde waar ze elkaar kruisten. "De *Maijaro* ligt hier, waar de rivier vlak langs de Sumberlinheuvels stroomt." Hij bestudeerde de kaart. Een kilometer of twaalf, dertien stroomopwaarts ligt een klein dorp. Het heet 'Pengelly', wat de naam is van een inheemse kraaiachtige vogel; in ieder ander opzicht schijnt het niet van groot belang te zijn." Hij greep in een la, haalde er een naslagwerk uit, zocht de betreffende informatie op en las voor: "Pengelly, een dorp van aanzienlijke ouderdom aan de Suametta, met een bevolking van omtrent vierhonderd zielen, die zich voornamelijk bezighouden met landbouw en visserij. Pengelly heeft in zekere mate een rol gespeeld in de volksgeschiedenis en was op zeker moment ook het rovershol van de bandiet Rasselbane. Het enige gebouw van enig belang is Herberg De IJzeren Kraai." Serle legde het boek weg. "Dat is het dus. De *Maijaro* ligt voor anker op de Suametta waar je moeder en Cavke dommelen terwijl de tijd verstrijkt. Cavke zal zich niet gevankelijk overgeven. Hoe waren jullie van plan te werk te gaan — anders dan de woonboot in brand te steken?"

"Aan keuzemogelijkheden geen gebrek," zei Maloof. "We kunnen ons verkleden als vissers en proberen vis aan Cavke te slijten. Of we doen ons voor als waterpolitie, op zoek naar een gestolen woonboot. We zouden in de nacht de ankerlijn kunnen bevestigen aan een boom op de oever; door de stroom zou de boot dan op het strand lopen en als

Cavke dan naar de oever waadt zouden we hem kunnen grijpen. Hoe dan ook, we brengen mijn moeder naar Coro-coro en sturen haar terug naar Morlock." Maloof stond op. "We houden contact met u."

Ook Serle stond op. "Als u nu vertrekt kunt u laat in de middag bij de Suametta zijn. Ik stel u voor dat u ergens overnacht en dan morgenochtend op verkenning gaat."

"Dat zullen we ongetwijfeld ook doen."

5

Toen Maloof en Myron op de *Glicca* terugkwamen vonden ze geen mens aan boord. Ze lieten een briefje op de tafel in de kombuis achter en vertrokken toen opnieuw in de zwever voor een tocht over het aangename landschap van Fluter, op een noordwestelijke koers. Halverwege de ochtend vlogen ze over een uitgestrekte klippenkust en toen ging het over de blauwe oceaan die daarachter lag tot ze het witte strand dat het tweede continent omzoomde bereikten, toen de zon op midderdag het zenit naderde. Voort vlogen ze, over bossen, golvende heuvels, bergen, bouwland en plekken wildernis.

Laat die dag bereikte de zwever de Suametta; stroomopwaarts vliegend ontdekten Maloof en Myron de woonboot Maijaro die kalmpjes voor anker lag.

In het afnemende namiddaglicht konden ze het dorpje Pengelly zien liggen op de andere oever, half verscholen onder hoge bomen. De IJzeren Kraai herberg viel direct op: een zwaar gebouw van twee verdiepingen, opgetrokken in oud hout en steen, onder een schots en scheef dak van leien, met spokenweerders bovenop om de nok te beschermen. De enkele straat die het dorpje rijk was verdween onder de bomen, langs verweerde stenen huisjes. Sliertjes slaperige rook kringelden op uit de schoorstenen; Pengelly had zich overgegeven aan de dommelende ouderdom.

Maloof en Myron bekeken het dorpje van bovenaf en streken toen neer op een strook braakliggend land naast de herberg. Ze stapten uit en bleven even staan, rondkijkend en luisterend, maar hoorden geen stemmen of dravende voetstappen; hun komst was kennelijk onopgemerkt gebleven.

Ze liepen een pad op dat hen naar de voorgevel van het gebouw bracht. Het uithangbord boven de deur beeldde een kraai uit van meer dan een meter hoog, in een onbevreesd uitdagende houding, gemaakt van zwart ijzer. Het raamwerk eromheen hing aan ijzeren kettingen aan een galg die erboven was aangebracht. Onder het bord gaven een paart zware deuren toegang tot de herberg.

Maloof en Myron duwden de deuren open en traden een hoge gelagkamer binnen. Vensters in de linkermuur keken uit op de Suametta en lieten een vloed schemerlicht binnen. Een glimmende houten tapkast nam het voorste deel van de rechtermuur in beslag en achterin was een deel waar men kon eten. Als enige aanwezigen zaten achterin de ruimte twee kinderen die druk in schriftjes zaten te schrijven. De jongen was een jaar of elf, het meisje iets jonger.

Eenmaal binnen liepen Myron en Maloof een paar stappen door, om dan stokstil te blijven staan, geboeid door de wand achter de tapkast. Een kunstenaar had daar lang geleden een opmerkelijke muurschildering aangebracht. Met zorgvuldige aandacht voor details en volstrekte precisie, had de kunstenaar de illusie gewekt van een lange spiegel die de beeltenissen weerkaatste van de gasten die hun eigen spiegelbeeld zaten te bestuderen. Er was een groep dorpelingen aanwezig geweest uit alle lagen van de bevolking: jong, oud, man, vrouw, sommigen lachend, anderen ernstig, gekleed in archaïsche stijl en allemaal opgaand in de besognes van hun inmiddels vergeten levens. Er stond niemand achter de tapkast, alleen misschien de geestverschijningen van hen die weergegeven waren in de spiegel.

De kinderen hadden de binnenkomers opgemerkt. Ze waren allebei proper, waakzaam en zelfverzekerd. De jongen sprong overeind, holde naar een deur achterin, riep iets en draafde toen weer terug naar zijn plaats aan tafel. In de deuropening verscheen een vergrijsde oude baas. Hij was klein, mager en nors en droeg een witte sloof. Met een gemompelde berisping schoof hij achter de tapkast naar waar Maloof en Myron stonden te wachten. Hij bleef staan, nam hen kort op en zei toen: "Heren. Wat is er van uw dienst?"

"Niets ongewoons," zei Maloof. "We willen graag logies voor een nacht, avondeten, en morgenochtend ontbijt."

De tapper dacht lang na, traag knikkend op het ritme van zijn gedachten, totdat Maloof ongeduldig werd. "Dit is toch Herberg De IJzeren Kraai? Spreek ik wel met de juiste functionaris? Zo niet, wijs ons dan waar we iemand kunnen vinden die wel beslissingen kan nemen."

De tapper nam Maloof met afkeuring op. Hij antwoordde met zorg, zeer precies articulerend, zodat er bij Maloof geen misverstand kon ontstaan. "Blijf kalm! U bent zeer zeker aangeland in de historische Herberg De IJzeren Kraai. Ik ben Ugo Teybald, de eigenaar. Ik ben verplicht u ervan te verwittigen dat onze clientèle select is en dat we niet in de behoeften van buitenwerelders kunnen voorzien, tenzij tegen toptarieven."

Maloof lachte grimmig. "Uw veronderstellingen zijn misplaatst. Wij zijn geleerden die als vagebonden over Fluter zwerven en we zijn gewoon aan de gastvrijheid van de Fluterse herbergen. Niets verrast ons nog; wij kunnen ons heel goed behelpen met uw normale accommodatie, maar zet elke gedachte aan toptarieven uit uw hoofd, aangezien we hebben afgesproken dat we alle gevallen van prijsopdrijving zullen melden bij Districtsbeheer."

"Bah!" mopperde Teybald. "Onze tarieven zijn in steen gebeiteld. Als de godin Hyrcania in eigen persoon uit haar grot zou opduiken en om onderdak verzocht, zou ook zij merken dat onze tarieven onwrikbaar zijn."

"Goed dan; we stellen ons tevreden met het beste dat u ons kan bieden tegen uw onwrikbare tarief."

Teybald overlegde bij zichzelf en zei toen bars: "Het is een slap seizoen; we kunnen u een kamer van de eerste klasse aanbieden, fraai gemeubileerd en met een schitterend uitzicht op de rivier. Een aanpalend toilet kunnen we u daarbij nog extra aanbieden."

"O, ja? Voor hoeveel extra? En wat is het onwrikbare totaaltarief?"

Het tweetal werd het uiteindelijk eens over een prijs voor kamer, toilet, avondeten, ontbijt, bediening en uitzicht, in een orde van grootte die Maloof aanvaardbaar vond.

Teybald keek om zich heen. "En waar is uw bagage?"

"Nog aan boord van de zwever."

Teybald sloeg met vlakke hand op de toog en riep: "Berard! Sonssi! Snel nu! Wees deze rijke buitenwerelders van dienst! En snel, als jullie op een nobele fooi hopen!"

Bijna voordat hij uitgesproken was waren de kinderen al de herberg uit gestormd en ronden het gebouw op weg naar de zwever. Myron snelde ze achterna en bereikte de zwever net op tijd om de bagage eruit te halen voordat Berard en Sonssi aan boord konden springen om het eigenhandig te doen. Myron gaf hun de bagage aan; de kinderen grepen de koffers en droegen ze in triomf terug naar de herberg, de trap op en naar de kamer die aan de ruimtevaarders was toegewezen.

Maloof en Myron volgden in een wat bedaagder tempo en werden door de kinderen binnengelaten in een ruime kamer die naar boenwas en oud hout rook. Er hing niets aan de wanden, maar het meubilair bestond uit zware stukken die duidelijk zeer oud waren. Maloof liep naar het raam dat, zoals beloofd, uitzag op de rivier. Een pad voerde van de herberg naar een steiger waar een aantal bootjes lag te dobberen aan hun meertouwen.

Maloof wenkte Sonssi die trillend van gretigheid naar hem toe draafde. Maloof zei: "Ik zie bootjes daar aan gindse steiger. Zijn die voor gebruik van de gasten van de herberg?"

"Jazeker wel, mijnheer, en ze verschaffen u uitstekende lichaamsbeweging — of ook een kalme, zoete rust, net naar u verkiest. U bent verzekerd van een aangename avond op het water."

"Vanavond niet," zei Maloof. "Morgenochtend misschien."

"Maar dan mag u toch wel nu reserveren. Morgenochtend vroeg komen de vissers en die nemen de beste boten totdat er niets anders overblijft dan de schouw." Berard kwam naar voren. "Mag ik vragen wat voor soort boot u zou willen?"

Maloof dacht na. "Niet te groot, maar een die soepel door het water gaat en weinig gerucht maakt."

"Misschien moest u dan maar naar beneden gaan naar de steiger, zolang het nog licht is, om er zelf een uit te kiezen."

"Een goed idee," zei Maloof. "We komen over vijf minuten beneden."

Berard en Sonssi marcheerden naar de deur waar ze zich omdraaiden en zich posteerden in houdingen van uitgestreken vormelijkheid. Maloof en Myron besteedden er geen aandacht aan en begonnen hun bezittingen uit te pakken.

Berard nam het woord. "Heren, we hebben ons uiterste best gedaan om u van dienst te zijn. Als we daarin niet zijn geslaagd, zijn we geen fooi waardig."

"Aha!" zei Maloof. "Nu wordt het me duidelijk." Hij gaf elk vijf dinkets, die de kinderen beleefd maar zonder geestdrift aannamen, waarna ze vertrokken.

Tien minuten later liepen Maloof en Myron naar de steiger, terwijl Berard en Sonssi voor hen uit draafden. Vier bootjes lagen er afgemeerd. Uiteindelijk kozen ze de *Lulio*, een pretentieloze boot voor alledaags werk van zo'n zes meter lang en met een kleine kajuit.

Sonssi onderschreef hun keus. "Het zijn allemaal prima boten; ze drijven zonder aarzeling en de motor stuwt hen in de door u gekozen richting. De *Lulio* heeft een kleine hut die de regen zal afweren, mocht daarvan sprake zijn."

Berard liet zien hoe de bediening werkte en verklaarde dat de boot op z'n minst tot een redelijke snelheid in staat was. Sonssi zei op vertrouwelijke toon: "U zoekt natuurlijk een bedreven loods en wat dat betreft heb ik het een en ander voor op Berard die wat roekeloos is en graag eens een zwierige zijsprong begaat. Hij is daarbij verstrooid en heeft de neiging een boot aan de grond te laten lopen. Als u op Berard vertrouwt komt u hoogstwaarschijnlijk nat en verfomfaaid thuis. Wat mij aangaat, ik ken alle geheime plekjes van de rivier en de beste zijriviertjes."

Berard zei minachtend: "Let maar niet op Sonssi; die wil nog weleens opscheppen. Ik ben veruit de betere loods van ons beiden! Ik ga er dus van uit dat u mij hiervoor aanstelt."

Maloof legde uit dat een loods niet nodig zou zijn, terwijl het tweetal somber toeluisterde. Gevieren liepen ze terug over het pad. Berard en Sonssi stoven vooruit en vatten post bij de deur van de herberg.

Maloof keek hen om beurten aan. "Wat nu weer?"

"Niets van belang, mijnheer," zei Berard. "We wachten, voor het geval u onze diensten nog nodig had."

Sonssi voegde eraan toe: "En mocht u al een fooi in gedachten hebben, dan wilden we bij de hand zijn om u het geringste ongerief te besparen."

Maloof slaakte een spijtig lachje en gaf hun allebei een vijfdinketstuk, waarna Myron en hij de herberg binnengingen. Ze zetten zich aan de tapkast waar vier dorpelingen al present waren en bier zaten te drinken uit hoge kroezen. Ze wierpen zijdelingse blikken op Maloof en Myron en wijdden zich toen weer aan hun bier terwijl ze op zachte toon met elkaar prevelden.

Teybald kwam op hen af, nu gekleed in een witte kiel met een wit mutsje. "Heren, wat is er van uw dienst?"

"U kunt ons twee bitterbier tappen, als u dat hebt," zei Maloof.

Zonder er iets op te zeggen bracht Teybald twee kroezen schuimend bier.

"En verder," zei Maloof, "willen wij morgen een paar uur varen op de rivier. Het liefst zouden we daar de *Lulio* voor hebben. Ik neem aan dat dit een kosteloze dienstverlening is voor uw gasten?"

"Mis! Wij verhuren de *Lulio* tegen een tarief van zeven sol per dag."

Maloof trok geschokt zijn wenkbrauwen op. "Dat is een fors bedrag! We zouden gratis kunnen gaan zwemmen."

"Dat is zo — en binnen de minuut had u dan uw edele delen verspeeld aan de glasvisjes. Zwemmen is misplaatste zuinigheid."

Uiteindelijk wist Maloof de *Lulio* te reserveren tegen vijf sol, die bij vooruitbetaling dienden te worden voldaan. Maloof stemde ermee in en betaalde ter plekke.

Kort daarop werd het tweetal geroepen voor het avondeten dat bestond uit een schotel met scherpe groente, gebakken vis met zure beignets, goulash op overjarige gort, compote van verse vruchten en een potje thee.

Berard en Sonssi bedienden hen met witte sloven voor en ontvingen opnieuw een fooi.

Na het avondeten boden Maloof en Myron weerstand aan de verleiding van nog een bezoekje aan de tapkast en gingen naar boven, naar bed. De avond was stil; uit het dorpje klonk geen enkel geluid op. Na een halfuurtje ongericht te hebben gebabbeld vielen ze in slaap.

6

Maloof en Myron stonden vroeg op en daalden af naar de gelagkamer waar hen een stevig ontbijt werd opgediend bestaand uit havermoutpap, plaatkoeken met marmelade en gebakken worstjes. Door de stille ochtend voor de zonsopgang liepen ze naar de steiger.

Het was een heldere, frisse dag, zonder zelfs maar een briesje dat het oppervlak van de rivier in beweging bracht. Het tweetal stapte in de *Lulio*, gooide het meertouw los en voer stroomafwaarts, terwijl de eerste glinstering van de dageraad in het water weerspiegeld werd.

De *Lulio* bewoog zich stilletjes voort met een snelheid van zo'n vijftien kilometer per uur volgens de snelheidsmeter op het stuurpaneel.

Maloof koerste zo strak mogelijk langs de rechteroever waar ze minder snel zouden opvallen, mocht er iemand op de *Maijaro* hun kant uit kijken, hoewel het niet waarschijnlijk leek dat Cavke of Vrouwe Maloof op dit vroege uur al wakker zou zijn. Onder andere omstandigheden zouden de twee mannen hebben genoten van de vreedzaamheid van de rivier en de idyllische tafereeltjes op de oevers.

Een halfuur verstreek en het tweetal begon de rivier voor hen af te zoeken of ze een glimp van de *Maijaro* zagen, maar de woonboot was nergens te bekennen. Nog eens tien minuten verstreken terwijl Maloof en Myron steeds verder gespannen raakten. Eindelijk kwam de *Maijaro* in zicht, voor anker langszij een klein eiland en met de boeg stroomafwaarts gericht.

Maloof zette de motor in vrijloop; de *Lulio* dreef naar de *Maijaro* toe, onder de bomen die ver over het water hingen, en kwam ten slotte langszij. Ze keken en luisterden maar konden binnen geen geluid of beweging bespeuren. Met opperste behoedzaamheid klom Myron over op het voordek van het woonschip waar hij het meertouw van de *Lulio* vastlegde aan een stang. Maloof voegde zich bij hem. Ze lieten hun boot op de stroom mee zwenken tot die met de achterplecht stroomafwaarts lag, zodat ze niet tegen het woonschip kon botsen.

Even stonden ze te luisteren, erop bedacht dat iemand daarbinnen het schommelen van het woonschip kon hebben bemerkt toen ze aan boord klommen. Maar alles bleef stil; niemand had wat gemerkt.

Maloof probeerde de deur van de voorste hut en duwde hem heel voorzichtig open. Aan de overkant van de hut was een doorgang naar de salon. Vanwaar ze stonden konden ze alleen een stuk van de tegenoverliggende wand zien, maar door de openstaande deur hoorden ze duidelijk het rinkelen van porselein en een zacht slurpend geluid.

Maloof schoof behoedzaam naar voren totdat het grootste deel van de salon in zijn gezichtsveld verscheen.

Op een rieten zetel met een hoge rug zat Vrouwe Maloof. Naast haar torste een achtkantig taboeretje van rotan een blad met een pot thee, een schaal klein gebak en een schoteltje met wat waarschijnlijk honing was. In haar bottige hand hield ze een kelkvormig geel theekopje. Ze droeg een volumineuze peignoir van lichtblauwe zijde, versierd met een fantastisch vertoon van flamboyante vogels op stok. Hun afhangende staarten waren gespreid in extravagante waaiers en schiepen levendige kleurpatronen: oranjerood, fosforescerend groen en bijtend blauw. Het kledingstuk was gegeven de omstandigheden buiten alle proporties en leek vooral de moedige maar futiele pogingen van Vrouwe Maloof te vertegenwoordigen, om de genadeloze voortgang van de tijd te ontkennen. Kennelijk had ze met datzelfde doel chirurgische ingrepen ondergaan, met bepaald onfortuinlijk resultaat: de huid naast haar ogen was bijeengenomen en opgetrokken zodat haar ogen nu schuin omhoog wezen alsof ze voortdurend onplezierig verbaasd was. De lappen vel in haar hals waren verdwenen zodat er een lange puntige kin overbleef. Myron zag hoe Maloof zijn gezicht pijnlijk vertrok en zijn hoofd schudde.

Het tweetal zocht de salon af. Vrouwe Maloof was alleen, verdiept in haar troosteloze gedachten.

Met getrokken pistool sloop Maloof stapje voor stapje de salon in. Myron volgde hem geruisloos. Vrouwe Maloof werd ongedurig en hief haar hoofd op, alsof ze iemand wilde roepen. Maloof en Myron verstarden, maar ze veranderde van gedachten en dronk nog wat thee. Maloof schoof stilletjes steeds dichterbij, stapje voor stapje. Vrouwe Maloof zat te knikkebollen boven haar thee tot ze, door een of ander zacht geluidje gewaarschuwd, over haar schouder keek. Bij het zien van de indringers zette ze grote ogen op en zakte haar mond open. Ze wilde gaan gillen. Maloof was al bij haar met zijn hand voor haar mond, voordat ze meer dan een angstig piepje kon slaken. Haar ogen puilden uit terwijl ze het beeld van die nog vreemde aanvaller in zich opnam; op zijn beurt was deze afgetobde oude vrouw amper nog herkenbaar als zijn moeder, wat Maloof betrof. Orlo Cavke had maar weinig liefhebbende zorg en aandacht besteed aan de bron van zijn inkomsten.

Ten slotte ontspanden de schouders van Vrouwe Maloof zich, toen tot haar doordrong wie het was. Zij klauwde zijn hand weg voor haar mond. "Jij bent Adair," zei ze schor. "Adair!"

"Ja, ik ben Adair. Ik breng u terug naar Traven en uw thuis."

De ogen van Vrouwe Maloof vulden zich met tranen die over haar uitgemergelde oude wangen stroomden.

Maloof zei: "Uw vriend Cavke —" hij verbeterde zich, "— Loy Tremaine, waar is die nu?"

Vrouwe Maloof keek naar de hal die naar de hutten achter voerde. Maloof volgde haar blik en ontdekte dat Cavke in de deuropening stond, met ontbloot bovenlijf en op blote voeten.

"Hier ben ik," zei Cavke. Hij nam eerst Maloof en toen Myron met samengeknepen ogen op. "Wat moeten jullie van me?"

"Ik kom mijn moeder ophalen. Ik neem haar mee terug naar Traven."

Cavke keek eens naar het pistool dat Maloof gereedhield. "Vind ik geen goed plan," zei hij luchtig, terwijl hij ogenschijnlijk volkomen ontspannen in de deuropening stond. Toen stond hij opeens met twee grote stappen achter Vrouwe Maloof. Hij greep haar bij haar schrale nek; met de andere hand griste hij een mes van het aanrecht in de kombuishoek en drukte de punt ervan tegen haar grauwe vlees, dat niet veel meer was dan vel over pezen en botten. Tegen Maloof zei hij: "Je bent een voortreffelijke, nobele zoon, maar waarom zou ik daar ongemak door moeten lijden? Kortom, ze gaat niet weg, niet met jou en met niemand!"

Maloof bekeek het adelaarsprofiel aandachtig en merkte opnieuw dat de ogen te dicht bij elkaar stonden. Hij herinnerde zich de foto's uit Krenke en zag dat Cavke grover was geworden, op een manier waarop moeilijk de vinger viel te leggen. De lippen waren dikker geworden; hij had wallen onder zijn ogen; een uitgezakte bolling onder aan de maagstreek duidde het begin van een buikje aan. Zijn zwarte broek spande bijna onfatsoenlijk strak om zijn heupen alvorens wijder te worden bij de knie. Zijn naakte borst was onbehaard en glinsterde alsof hij hem met olie had ingesmeerd. Een gouden ring hing aan zijn linkeroor; de tatoeage van de stralende ster was onder zijn kaaklijn te zien. Opeens vroeg Cavke: "Hoe wist je waar je je moeder kon vinden?"

"Eenvoudig genoeg. Die informatie heb je zelf verschaft."

"O ja? Hoe dan wel?"

"Ten huize van mijn tante op Traven heb je verklaard dat je van plan was terug te gaan naar Fluter, 'de schoonste wereld in het Bereik'. Ik heb je letterlijk geloofd. In Coro-coro opperde de IPCC-agent dat je mogelijk een woonboot had gehuurd. Het Agentschap Zangwill vertelde ons waar we de *Maijaro* konden vinden en hier zijn we dan."

Cavke grijnsde zijn tanden bloot als een wolf. "Jullie zijn niet welkom hier; om eerlijk te zijn, weet ik nog niet precies wat met jullie te doen."

"Ik heb een suggestie," zei Maloof. "Verlaat de woonboot, ga terug naar Coro-coro, maar probeer niet mijn plannen te doorkruisen."

"Een aardig idee, zij het enigszins komisch," zei Cavke. "Ik heb een nog veel beter idee. Over een maand of zo zet ik dit oude wijf af bij het O-Shar-Shan in Coro-coro en dan kun je met haar doen wat je wilt."

"Nee!" piepte Vrouwe Maloof. "Hij wil mijn jaargeld opstrijken. En daarop zeg ik 'neen'! Geen dinket meer voor deze bruut!"

"Dat lijkt me voldoende ondubbelzinnig," zei Maloof tegen Cavke.

Vrouwe Maloof vervolgde: "Ik kan je niet vertellen hoe hij me beschimpt heeft! Zijn beledigingen waren ongelooflijk!"

Cavke gaf haar min of meer geamuseerd een duwtje. "Stil, ouwe wulp! Heb je geen waardigheid meer, dan? Deze mannen stellen geen belang in je klaagzang."

Maar Vrouwe Maloof begon slechts nog harder te roepen: "Zijn beledigingen waren van een wreedheid! Hij maakte me uit voor bottige ouwe kluut in de rui! Hij zei dat ik naar zoute haring stonk en dat ik in bad moest! En ried me toen aan daar de rivier voor te gebruiken aangezien de glasvisjes een blik op me zouden werpen en dan meteen rechtsomkeert zouden maken, op zoek naar iets eetbaars!"

"Dat is helemaal niet aardig," zei Maloof.

"Gewoon een kleine kwinkslag," zei Cavke grijnzend.

"Hij heeft me op wel honderd manieren belasterd!" jammerde Vrouwe Maloof. "Ik wil naar huis!"

"Niet zo haastig," zei Cavke. "Kom mee, ouwe dame; zoek eerst wat schone kleren voor me op." Hij ging op weg naar het halletje, Vrouwe Maloof meeslepend, terwijl hij haar voor zich hield.

Ogenblikkelijk sprong Myron de kamer door en vatte post in de deuropening met getrokken pistool. Hij zei grijnzend tegen Cavke: "Je hebt een pistool in je hut. Dat heb je op het ogenblik niet nodig."

Cavke zag wel dat hij, als hij verderging naar het halletje, tussen Myron en Maloof terecht zou komen, waardoor hij in het nadeel zou zijn, aangezien hij ze niet allebei tegelijk in de gaten kon houden. Met een nors gezicht trok hij zich achterwaarts terug in een hoek waar niemand achter hem kon komen, Vrouwe Maloof, struikelend en met kleine sprongetjes, met zich meesleurend. "Aan deze patstelling moet een eind komen," siste hij. "Als jullie je redelijk gedragen, kunnen jullie over een week of drie, of een maand, deze vrouw onder je hoede nemen en jullie weegs gaan; en tenzij jullie een of andere hersenloze wraakoefening jegens mij trachten te voltrekken, zal ik jullie dan geen strobreed in de weg leggen. Maar anders is deze Vrouwe dood, en misschien ben ik dan ook dood, maar dat is voor jullie een bijkomstigheid. Welaan, dat is het voorstel dat voor ons allemaal min of meer tevredenstellend zou moeten zijn. Wat is daarop jullie antwoord?"

Ergens vandaan klonk een doffe bons; Myron keek in de richting van Maloof en dat kostte hem bijna zijn leven. Orlo Cavke wierp zijn mes naar Myrons hals. Maloof gaf een schreeuw; Myron zag staal flikkeren en helde zover achterover dat hij bijna op de vloer lag. Cavke graaide een zware hakbijl van het keukenblad achter hem en slingerde die met geweld Myron naar het hoofd. De hakbijl wentelde door de lucht en trof Myron met het handvat tegen diens schouder. Myrons arm werd direct gevoelloos; zijn pistool viel met een klap op de grond. Cavke maakte meteen gebruik van de situatie. Hij dook naar voren en griste het pistool op, sprong toen in de richting van de deuropening terwijl hij Vrouwe Maloof met zich mee sleurde. Hij bereikte de doorgang en draaide zich triomfantelijk om. "Zo!" brulde Cavke. "Van achter dit oude wijf schiet ik jullie allebei dood. Als jullie je toevlucht zoeken op je bootje dan schiet ik jullie vanaf het dek neer! Jullie hebben met je leven gespeeld en dit grootste spel hebben jullie verloren! Maak je op voor het laatste oordeel van jullie —"

In het halletje achter Cavke doemde een forse gedaante op. Een hand reikte over zijn schouder met een draaiende, rukkende beweging. Cavke gaf een gil en zijn wapen kletterde op de vloer. Vrouwe Maloof zakte ineen in een jammerend hoopje scharlakenrode vogels en stakerige ledematen. Cavke gilde opnieuw toen zijn arm werd verdraaid tot een onnatuurlijke stand; struikelend werd hij de salon in geduwd.

Drie mannen kwamen binnen vanuit de achterste hut. Myron en Maloof herkenden het trio: Derl Mone, Avern Glister en Madrig Cargus, die Cavke van achteren hadden overvallen. Mone en Glister grepen Cavke aan; ze boeiden zijn handen op zijn rug en bonden als leiband een touw om zijn nek. Cavke stond er slap bij, met uitgezakt gelaat, verslagen door de ramp die hem zo onverwacht was overkomen. De mannen uit Krenke deden een stap achteruit en bezagen Cavke met kille voldaanheid.

Mone zei: "Orlo! Ken je mij? Ik ben Derl Mone. Mijn dochter was Murs Mone. Weet je nog?"

Glister zei: "Orlo, ken je mij nog? Ik ben Avern Glister. Mijn dochter was Lally Glister. Ze had bruin haar en een wipneus."

Cargus zei: "Orlo! Herken je mij? Ik ben Madrig Cargus. Mijn dochter was Salu. Salu zul je je vast wel herinneren?"

Cavke grijnsde en het was ijselijk om aan te zien. "Ik ken jullie goed en de drie meisjes eveneens! De geest is een wonderbaarlijk instrument, dat ze zich alles zo goed herinnert." Toen voegde hij er plotseling schor aan toe: "Hoe hebben jullie me gevonden, zo ver van Krenke?"

Mone toonde hem een korte kille grijns. "Dat heb je aan deze buitenwerelders te danken. Ze kwamen met hun zwever naar Krenke en stelden daar vragen over jou. We kleefden een zenderknoop aan hun zwever en volgden hen waar ze ook gingen. Zoals we al verwacht hadden hebben ze ons bij jou gebracht."

"Wees ervan overtuigd dat je ons niet nog eens zult ontsnappen," zei Glister. "We zullen je in het oog houden met zoveel zorg alsof je een ziek kind van ons was!"

"Je terugkeer in Krenke zal een grote sensatie zijn!" zei Cargus. "De welkomstfestiviteiten zullen nog eeuwen in de herinnering voortleven. Het hele dorp zal bruisen van opwinding!"

"Precies," zei Mone. "We hebben plannen voor een zevendaags festival waar jij dansmeester zult zijn. Maar we moeten je ouwe kennissen niet laten wachten! Terug naar Krenke, gaat het nu, in grandioze stijl!"

"Je zult indruk willen maken bij je aankomst," zei Cargus. "Ik haal even een hemd, een jas en schoenen voor je."

Maloof vroeg aan Mone: "Kunt u wel opstijgen vanaf het kajuitdak, met zo'n zware lading?"

"Maak u niet ongerust; we zijn met onze landbouwzwever gekomen; die kan het dubbele gewicht aan en vliegt dan nog als een vogeltje."

7

De Flauts waren vertrokken met hun wrokkige gevangene. Vrouwe Maloof had zich omgekleed en een paar bezittingen in een reistas gepakt en toen ging het drietal aan boord van de *Lulio* en keerde terug naar de steiger in Pengelly, stroomopwaarts. Vrouwe Maloof werd aan boord van de zwever gebracht; de laatste fooien werden uitgedeeld aan Berard en Sonssi en toen verhief de zwever zich boven het dorpje en aanvaardde de terugreis naar Coro-coro.

Maloof zei tegen Vrouwe Maloof: "Aan het eind van de tocht komt er een heel kritiek ogenblik, wanneer we u vanuit de zwever moeten overbrengen naar de *Glicca*. We zullen dat zo onopvallend mogelijk moeten doen om niet de aandacht van de Civiel Agenten te trekken."

Vrouwe Maloof maakte een verongelijkt geluid. "Ze zullen zeker wel inzien wat voor iemand ik ben en me dus geenszins molesteren."

Maloof grinnikte spijtig. "Onwaarschijnlijk. Hoe dan ook, we nemen zo weinig mogelijk risico."

"Over dergelijke zaken kan ik me het hoofd niet breken," zei Vrouwe Maloof. "Ik verlang alleen naar een bad, andere kleren en een behoorlijk maal."

Maloof diende brood met kaas voor haar op en een koude vleespastei waarvan ze met grote goedgunstigheid mondjesmaat wat at, afgewisseld door hoorbaar gesnuif. Vervolgens legde Vrouwe Maloof zich op een bank en viel in slaap.

De zwever arriveerde op de ruimtehaven van Coro-coro halverwege de avond. Maloof vergewiste zich ervan dat er geen Civiel Agenten te bekennen waren, en voerde Vrouwe Maloof toen, dravend en huppelend, zo snel als hij kon de loopplank op, de salon in. Vrouwe Maloof begon zich meteen te beklagen. "Werkelijk, Adair, heb je het fatsoen nu helemaal uit het oog verloren? Je rukt en trekt aan me, alsof ik een bokkig dier was! Dit soort dingen mag niet meer voorkomen, en daar sta ik op."

"U liep niet snel genoeg," zei Maloof. "Ik wilde voorkomen dat we gezien werden."

Vrouwe Maloof zei geërgerd: "Ik had het gevoel dat ik door de lucht vloog als een zak kaf, en dat zonder enige zinnige reden. Maar nu ben ik moe en heb ik honger."

Maloof serveerde haar een kom soep, een omelet, warme scones met boter en een slagroomgebakje en hielp haar toen in bed in zijn eigen hut, waar ze al snel in slaap viel.

HOOFDSTUK IV

1

Eenmaal veilig en wel aan boord van de *Glicca* zette Vrouwe Maloof de *Maijaro* uit haar gedachten, alsof het een boze droom was geweest; eens temeer werd ze de grande dame van de Travense bovenlaag der maatschappij, met een zo verheven prestige, dat ze voor kleinzielige officiële ergernissen gevrijwaard was.

Maloof probeerde haar geduldig de functie van de Civiele Autoriteit uit te leggen. "De Agenten geven een zeer strikte uitleg aan de Protocollen; in hun ogen bent u een wetsovertreder en als zodanig komt u in aanmerking voor straffen van tenminste de tweede orde."

Vrouwe Maloof schudde slechts haar hoofd en glimlachte. "Kom, kom, Adair, ze zullen zich heus niet bezighouden met minieme peccadilles, zeker niet als ze begrijpen wie ik ben."

"Wie u bent betekent hier niets! Ze vervolgen de daad, niet de persoon."

"Hmmf!" snoof Vrouwe Maloof. "In mijn ervaring zijn alle functionarissen plooibaar — vooral als men ze een certificaat van tien sol toont."

Maloof wist een pijnlijke grijns op te brengen. "Goed, de discussie blijft academisch aangezien u de *Glicca* toch niet mag verlaten."

Vrouwe Maloof slaakte geamuseerd een klokkend lachje. "Werkelijk, Adair, je zou eens een wat wereldser kijk op het leven moeten ontwikkelen! Ik ben echt niet van plan me te laten opsluiten alsof ik een paria was. Wees toch redelijk, Adair!"

"Ik ben van plan u terug te sturen naar Morlock bij de eerste de beste gelegenheid," zei Maloof. "En dat is realisme. Tot het zover is, moet u zich gedekt houden aan boord van de *Glicca*."

"Dat vind ik niet praktisch," zei Vrouwe Maloof hooghartig. "Ik ben voornemens een rijtuig te bestellen en het terras van het O-Shar-Shan te bezoeken, waar ik kan genieten van beschaafde conversatie, zoals mij rechtens toekomt."

"Dat dacht ik niet," zei Maloof. "De Agenten zouden u in uw kraag grijpen voordat u de ruimtehaven verlaten had."

Vrouwe Maloof bette haar voorhoofd met een zakdoek. "Ik begrijp niet waarom je zo wreed dogmatisch moet zijn! Als jongetje was je zo galant, te allen tijde; ik vind het een ontstellende ommekeer!" Ze kwam overeind en wierp de zakdoek op de grond. "Je mag me naar mijn privéhut brengen."

2

Een uur later bezocht Maloof, die Myron op wacht had achtergelaten, de passagierssalon van het stationsgebouw op de ruimtehaven, waar hij de lijst raadpleegde van schepen die te Coro-coro waren aangekomen. Tot zijn blijdschap zag hij dat de passagiersboot *Zwerversleven* om middernacht zou vertrekken en na verloop van tijd Port Pallas op Tran zou aandoen, dat dienstdeed als overstapstation voor wel tien passagierslijnen en waar men zonder moeite een verbinding met Morlock kon regelen.

Maloof verliet de salon en liep over het veld naar de grote blauw met zilveren lijnboot. Hij ging aan boord en werd naar het kantoortje van kapitein Brevet Fane gebracht, die hij van een eerdere gelegenheid kende.

Maloof werd hartelijk ontvangen en in een gerieflijke leunstoel neergezet. Na een paar minuten over koetjes en kalfjes te hebben gepraat, vertelde Maloof over zijn moeder, haar moeilijkheden, en zijn inspanningen om haar van haar eigen dwaasheid te redden. Fane luisterde meelevend toe en verzekerde Maloof dat hij zijn moeder alleen maar aan boord van de *Zwerversleven* behoefde te brengen; eventuele verdere problemen zouden zijn personeel en hij wel afdoen. Maloof verschafte de noodzakelijke informatie en toen drukte Fane op een belknop om zijn steward te ontbieden, die aankwam met een dienblad met daarop een zware fles en twee glazen. Fane tilde eerbiedig de fles op en goot drie duimbreedten van het geelbruine vocht in de glazen, waarna hij er een naar Maloof toe schoof.

"In de oude taal betekent het woord *uisquebaugh*: 'levenswater'," zei Fane. "Volgens de legende wordt deze drank geschapen uit zonneschijn, regen en de zachte rook van een turfvuurtje." Hij hief zijn glas op. "Slanche."

"Slanche," zei Maloof.

3

Maloof keerde terug naar de *Glicca* waar hij Myron alleen aan de kombuistafel aantrof, bezig papieren van de ruimtehavendirectie door te nemen met een lijst van diverse vrachtpakketten die op vervoer wachtten. Maloof keek in de salon, die leeg was. "Waar is ze?" vroeg hij.

"Nog in haar hut," zei Myron. "Ze heeft zich niet een keer laten horen. Ik ga ervan uit dat ze slaapt."

Maloof liep naar de hut die Vrouwe Maloof was toegewezen. Hij klopte aan de deur en luisterde maar hoorde niets. Hij klopte nog eens. Dit keer antwoordde Vrouwe Maloof op hoge, zangerige toon: "Wie is daar?"

Maloof duwde de deur open en stapte de hut binnen. Toen bleef hij stokstijf staan met zijn wenkbrauwen hoog opgetrokken van verbazing.

Vrouwe Maloof zat voor de spiegel van haar kaptafel en was bezig een masker van witte maquillage aan te brengen op haar uitgezakte gelaat. Ze had haar oogkassen geaccentueerd met klodders bruinpaars pigment, zodat ze op een oude, bleke wasbeer leek. Haar haren, die inmiddels gitzwart waren geverfd, waren hoog opgemaakt in een soort kwast, omwonden door een snoer witte kralen. Ze droeg een spectaculaire japon van vurig groen, met splitten aan weerszijden waardoor de lichtblauwe voering zichtbaar werd alsmede een paar luciferhoutjes van benen. Ze werd Maloofs aanwezigheid gewaar en wierp hem een afkeurende blik toe.

"Ben je zelfs de basisbeginselen van vormelijk gedrag vergeten? Je dringt binnen in mijn privésfeer."

"Dat spijt me dan," zei Maloof. "Ik kwam zeggen dat ik passage terug naar Morlock voor u heb geboekt. Het schip vertrekt vanavond, dus pak uw koffers."

Vrouwe Maloof verlegde haar aandacht weer naar de spiegel. "Die afspraak dient te worden opgeschort; die strookt niet met mijn plannen. Ik ga een rijtuig bestellen naar het O-Shar-Shan. Als ik het daar vermakelijk vind, boek ik er misschien een suite voor een weekje of twee."

Maloof verspilde geen tijd of adem aan verwijten. Hij riep Myron erbij; samen propten ze, doof voor de schelle protesten van Vrouwe Maloof, haar eigendommen in haar koffers.

Maloof liep de loopplank van de *Glicca* af en bekeek het terrein, dat al in de schemer lag omdat de avond in aantocht was. Toeristen keerden in groepjes terug naar hun schepen. Maloof liep de *Glicca* weer in.

"We kunnen het net zo goed nu meteen doen," zei hij tegen zijn moeder. "Bent u klaar?"

"Uiteraard niet! Dit is een ratjetoe van volstrekte nonsens! Is het niet tragisch?"

"Heel droevig, ja," zei Maloof terwijl hij een lange zwarte mantel tevoorschijn haalde die door een van de pelgrims was achtergelaten. "Uw kostuum is een beetje al te opvallend; trekt u deze mantel maar aan."

"Wat? Die krioelt van het vuil!"

"Desondanks zult u er gebruik van maken." Maloof sloeg de mantel om de achteruitdeinzende gedaante van Vrouwe Maloof en trok met geweld een hoed met een brede rand diep over haar hoofd.

"We zijn er zo klaar voor als we ooit zullen zijn. U mag bidden als u dat wil."

"Dat kan hoegenaamd geen kwaad," zei Myron. "Vooral daar de Civiel Agenten dat misschien ook zijn."

"Hoe het ook zij, laat ons op weg gaan."

"Dit is een groot échec," verklaarde Vrouwe Maloof. "Ik ben niet voornemens ook maar een voet te verzetten."

"U gaat nu lopen, anders laden we u in een kruiwagen," zei Maloof. "Bent u klaar?"

"Ik schijn geen andere keus te hebben!" kreet Vrouwe Maloof jammerlijk. "Wat moet, dat moet dan maar. Ik zal deze vernedering nooit vergeten." Met Maloof aan haar zijde ging het zo snel als ze kon op weg naar de *Zwerversleven* terwijl Myron er achteraankwam met de koffers.

Ongemoeid bereikten ze de geruststellende omvang van de pakketboot. Ze beklommen de loopplank en betraden de grote salon.

De purser was niet aanwezig en Myron ging hem zoeken terwijl de andere twee de salon eens goed opnamen, die was betimmerd met goudbruine houten panelen en een vloerbedekking van zacht groen pluche had, waardoor een sfeer van onnadrukkelijke élégance werd opgeroepen. Maloof keek zijn moeder eens van terzijde aan en zag dat ze om zich heen stond te kijken met een misprijzend vertrokken mondje.

"Het ziet er in elk geval gerieflijk uit," zei Maloof. "U hebt vast een prettige overtocht."

Vrouwe Maloof zei niets. Een groepje passagiers zat aan een tafeltje in de buurt iets te drinken uit berijpte glazen terwijl ze geanimeerd converseerden. Ze zagen Vrouwe Maloof staan; de conversatie verstomde allengs. Hier en daar klonk een beschaafd gegrinnik op; toen werden de gesprekken hervat. Vrouwe Maloof siste tussen haar tanden. Ze keerde zich naar de passagiers toe, gooide haar schouders naar achteren en liet de zwarte mantel op de vloer vallen; in dezelfde beweging rukte ze de hoed van haar hoofd en smeet hem van zich af. Het leek alsof ze op het punt stond om iets te zeggen; Maloof keek toe met een ernstig gezicht maar deed geen poging om tussenbeide te komen.

Op dat ogenblik kwam Myron terug met de purser, die Vrouwe Maloof aan boord verwelkomde met onberispelijke hoffelijkheid. Met zijn welige bariton riep hij uit: "Ik moet bekennen dat ik verbaasd ben! Ik had een veel ouder iemand verwacht dan u, en zeer beslist zonder uw klaarblijkelijke panache!"

Vrouwe Maloof wendde zich af van de passagiers en prevelde: "Ik heb het gevoel dat ik in vele opzichten overduidelijk opmerkelijk ben. Nimmer heb ik afstand genomen van mijn verlangen om naar de maatstaven der romantiek te leven!"

"Een opmerkelijke karaktertrek," verklaarde de purser. "Nu moet ik u naar uw hut begeleiden, waar u ongetwijfeld wat zult willen rusten met het oog op het galabal dat na het vertrek zal plaatsvinden."

Maloof klopte zijn moeder op haar schouder. "Ik ben ervan over-tuigd dat u van uw reis zult genieten en spoedig zult u weer thuis zijn."

"Nu ja, het zal wel gaan, denk ik," zei Vrouwe Maloof afstandelijk.

Ook Myron nam afscheid, hetgeen door Vrouwe Maloof werd beantwoord met een kort knikje, en toen bracht de purser haar weg. Een bediende volgde met haar bagage.

Myron en Maloof wachtten tot de purser terugkwam. Maloof vroeg: "Ik neem aan dat het schip nog steeds om middernacht vertrekt?"

"Er zijn geen wijzigingen aangekondigd; het schip zal volgens schema vertrekken."

"Ik moet u waarschuwen dat mijn moeder dikwijls dwarskoppig is, zoniet onredelijk — zelfs tot haar eigen schade."

De purser glimlachte beleefd. "Wij bedienen passagiers van velerlei temperament. Ik betwijfel of Vrouwe Maloof ons iets nieuws kan laten zien."

"Het is van het opperste belang dat u niet toestaat dat ze voor ver-trek het schip nog verlaat. Ze heeft geen geldige papieren en de Civiel Agenten zullen haar zeker oppakken en haar een bestraffing van de tweede orde doen ondergaan. Sluit haar op in haar hut, of geef haar een slaapmiddel, desnoods; laat uw waakzaamheid niet verslappen! Ze stelt een dierlijke geslepenheid aan de dag als ze haar zin wil doorzetten."

"We zullen speciale voorzorgen nemen," zei de purser. "Ja, ik ga nu meteen haar deur op slot doen. U behoeft zich geen zorgen te maken; we zullen niet toestaan dat ze het schip verlaat."

"Dank u, ik ben gerustgesteld," zei Maloof.

Maloof en Myron liepen getweeën over de ruimtehaven naar de *Glicca*. De uren verstreken; de schemer verdiepte zich tot avond en tot nacht en de *Zwerversleven* maakte zich op voor het vertrek. Myron en Maloof gingen op het kleine laadplatform boven aan de loopplank staan.

Het was bijna middernacht. Om drie minuten voor twaalf werd de loopbrug de pakketboot in gehesen en werd de toegangssluis herme-tisch gesloten. Om middernacht blies de scheepstoeter ten afscheid: van een droevige basklank opklimmend langs de toonladder tot een griezelig klagende sopraan, om dan weer te dalen en beneden de grens der waarneembaarheid te verdwijnen. De *Zwerversleven* verhief zich zoetjes van het terrein tot op een hoogte van honderdvijftig meter en glipte toen weg de nacht in, steeds hoger en sneller, tot ze een glimpje was dat tussen de sterren verdween.

4

Aan boord van de *Glicca* bleven Maloof en Myron nog een poosje in het donker zitten, elk verdiept in zijn eigen gedachten. Na een tijdje ging Maloof naar de kombuis en kwam terug met een fles milde gele wijn. Hij schonk in en ze zaten weer stil bijeen, zoals tevoren, hoewel de subtiele invloed van de wijn hun stemming had veranderd.

Maloof zei, deels tegen zichzelf: "De hele onderneming is voorbij; verder valt er niets meer te doen, en ik voel een leegte. Het is een heel merkwaardige gewaarwording. Wat nu? Niets, misschien; mogelijk probeer ik wat uit te rusten. Het is net alsof ik aan een nieuwe fase van bestaan ben begonnen."

Na een poosje antwoordde Myron: "Dat lijkt me natuurlijk genoeg, nu u onder zoveel minder spanning leeft. Misschien glijdt u zelfs weg in een toestand als van 'lurulu'."

Maloof lachte zacht. "Ik kan het niet precies omschrijven, maar Lurulu is iets heel anders en veel ongrijpbaarder dan dit. Het schijnt je te overkomen wanneer je verlangens worden vervuld — zij het niet noodzakelijkerwijs van dat feit alleen, want dat komt te dicht in de buurt van werkeloze kalmte." Hij peinsde even. "Het schijnt toch dat er een actieve component van lurulu bestaat die zeer fragiel is."

Myron staarde de nacht in. "Ik betwijfel of ik ooit tot zo'n staat kan geraken."

"Hoezo?"

"Mijn 'verlangens', als dat is wat ze zijn, zullen nooit met elkaar overeenstemmen; ze trekken me verschillende kanten uit. Een verlangen heeft te maken met ene Tibbet Garwig, die in Duvray op Alcydon woont. Ten tweede heeft mijn tante Hester mij benadeeld; zij is als een jeukende plek die ik snak om te krabben. Noem dat ook een component van lurulu, als u wilt. En dan is er de *Glicca*; ik kan niet voor altijd aan boord van de *Glicca* blijven, maar het vooruitzicht op een andere manier te moeten leven is troosteloos."

Maloof dronk zijn glas leeg. "Voor elk van ons heeft lurulu iets van een verre droom. Maar op dit ogenblik valt me in dat de nacht nog jong is en dat een kort wandelingetje langs de Pomare-allee ons bij de Pingis Taveerne brengt, waar we ons eens aan een Pooncho Nummer Twee zouden kunnen wagen, of zelfs een Nummer Drie, afhankelijk van de voortekenen."

Myron stond meteen overeind. "Dat is een opbouwend idee! Als koene ruimtevaarders kunnen we kwade voortekenen gerust negeren, tenzij ze natuurlijk de vorm aannemen van Civiel Agenten — in welk geval we onze plannen zullen herbezien." Het tweetal ging de loopplank af, stak de ruimtehaven over en toog op weg naar de Pingis Taveerne.

5

Het verblijf van de *Glicca* in Coro-coro liep op zijn eind. Zonder veel geestdrift begon de bemanning zich klaar te maken voor het vertrek.

Op een ochtend accepteerde Myron, bij een bezoek aan het entrepot, op voorlopige basis een hoeveelheid vracht voor een wereld die ietwat bezijden de rechtstreekse route naar Cax op Blenkinsop lag, de volgende haven die ze zouden aandoen. Weer terug op de *Glicca* meldde Myron de voorlopige transactie aan kapitein Maloof. "De vracht bestaat uit tweeëndertig mandflessen met chemicaliën — kasic om precies te zijn. Het is verscheept vanaf Cax en hier uitgeladen voor doorvoer naar Sterhuizen."

" 'Sterhuizen'?"

"Ja; het ligt op een zijspoor van de rechtstreekse route naar Cax, maar de omweg is niet ondoenlijk. Nu de pelgrims ontscheept zijn, is er weer laadruimte beschikbaar. De directeur is bereid vrachtkosten te betalen ter hoogte van driehonderdvijfentwintig sol; meer kon hij niet beuren van het vaartuig dat het vrachtje afzette, maar het lijkt me redelijk. Ik heb de vracht dus geaccepteerd — op voorwaarde dat u akkoord was, uiteraard."

Maloof keek in het *Handboek der Planeten*. Hij zocht Sterhuizen op en las het stuk hardop voor:

Sterhuizen, tweede planeet
van de witte dwerg Mireille

Sterhuizen is een kleine, zware wereld met een leefbare atmosfeer, een geschikt klimaat en een zwaartekracht die de Aardse norm benadert. De siderische dag is twintig uur en drieëntwintig minuten lang. Er zijn twee continenten: het kleinste, in het noorden, bestaat uit een sombere woestenij van steen en ijs; het tweede wordt gekenmerkt door vlakke steppen begroeid met borsthoog gras, een paar zeer oude heuvelruggen en een bescheiden opgestuwd gebergte in het verre zuiden.

Bij eerste aanblik biedt Sterhuizen niet veel aanlokkelijks voor de geleerde of de willekeurige reiziger, ofschoon de schaarse inheemse bevolking het geheel wel verlevendigt. De Ritters vormen een patricische kaste van onvoorwaardelijke nomaden, die slechts geleid worden door de ongeschreven leerstellingen van de 'Ritterweg'. Gevestigde gemeenschappen van enigerlei soort komen er niet voor, evenmin als een officiële maatschappelijke structuur. Ze trekken door de kuststreken, slaan hun tenten op wanneer het hun lust. De Ritters zijn veelzijdig en bedreven in vele ambachten, maar zijn met name kunstenaars in het vervaardigen van verfijnde kleden voor de buitenwereldse export, in ruil voor noodzakelijke artikelen die zij zelf niet in staat zijn te vervaardigen, als daar zijn gereedschappen, toestellen voor voedselsynthese en huishoudelijk gerei. Het is over het geheel genomen een vreedzaam volkje; hun bestaan kent geen vijandigheid en de aanwezigheid van buitenwerelders raakt hen niet. Misdaad is er onbekend, evenals onbehoorlijk gedrag — met uitzondering van de toeren die worden uitgehaald door roekeloze jonge vrijers, wier vergrijpen met de mantel der liefde bedekt worden en genegeerd, als zijnde het kwijtraken der wilde haren.

De enige ruimtehaven is Port Palactus, zeer ongerieflijk in het midden van de Grote Mahavesteppe gelegen en verstoken van vrijwel alle gebruikelijke faciliteiten. Er staan een paar vervallen entrepots en een bouwsel dat dienstdoet als bank en havenkantoor tegelijk. Noch een onderhoudshangar, noch toeristische accommodatie is voorhanden.

De flora van Sterhuizen is niet overvloedig aan soorten, maar omvat een twaalftal grassenfamilies, waaronder een vorstelijke bamboe met zwarte stengels en bleekgroen blad. De fauna is evenmin als de flora erg verscheiden, maar omvat de woeste, felle 'mereng', een roofdier dat in nauwe tunnels onder de grasvlakte huist. Merengs zijn lange lenige, zespotige dieren, die wel vier meter lang kunnen worden; ze worden gevreesd door de Ritters maar nu en dan bejaagd voor hun vlees en hun pels. Indrukwekkend en mild van inborst zijn de reusachtige herbivoren, plaatselijk bekend als 'wumps'; zwaarwichtige dieren van twaalf en soms vijftien meter lang en zes meter hoog. Wumps lopen op zes massieve poten, en eten gras met behulp van een soepele lange snuit, die het gras naar de bek brengt.

De Ritters temmen de wumps en richten kleine woninkjes op hun brede rug op. Deze zijn zeer pittoresk met hun puntdakjes; achterop bevindt zich altijd een werkruimte waar kleden worden vervaardigd.

Maloof keek op met gefronst voorhoofd. "Hier houdt het artikel op." Hij herlas het gedeelte zwijgend, en schoof toen met een licht vertoon van ergernis het *Handboek* terzijde. "Dat *Handboek* vertelt me een stuk minder dan ik weten wil. Waarom ligt hun ruimtehaven midden in een steppe? En er is vrijwel niets dat mij een reden aan de hand doet waarvoor die 'Ritters', onconventioneel of eigenaardig als ze mogen zijn, tweeëndertig mandflessen kasic nodig hebben."

Myron schudde zijn hoofd. "Ik kan er zelfs niet naar raden."

Maloof wuifde het vraagstuk weg. "Maar goed, dat is onze zaak niet. Wat er wel toe doet is de vraag: zal er iemand zijn om de vracht in ontvangst te nemen als wij neerstrijken op Port Palactus? Misschien vinden de Ritters dat soort bijkomstigheden beneden hun stand."

"Het *Handboek* heeft het over een havenkantoor," zei Myron weifelend. "Dat zou toch het bestaan van een ruimtehavendirectie veronderstellen."

"Van hieruit gezien is dat logisch," zei Maloof. "Op Sterhuizen komt de logica misschien op heel iets anders uit. In achterafoorden als Port Palactus is het buitengewone dikwijls alledaags. De arme ruimtevaarder dient alle kanten tegelijk uit te kijken en voorbereid te zijn op merkwaardige verrassingen."

Myron kwam met een suggestie. "Ik kan een clausule in het contract zetten waarbij wordt bepaald, dat als de vracht niet binnen drie dagen na aankomst kan worden overgedragen, wegens ontstentenis van personeel zoals op een ruimtehaven te doen gebruikelijk, ze rechtens vervalt aan de vervoerder — te weten de *Glicca*."

Maloof beduidde dat hij dat prima vond. "Een goed idee! Zet die voorwaarde maar in het contract, dan zien we wel hoe het loopt."

Die middag werden tweeëndertig mandflessen ingeladen in de *Glicca*, in de ruimte die voordien door de pelgrims werd bezet.

6

De volgende ochtend kwamen Moncrief en zijn theatertroep weer aan boord en namen hun oude onderkomen weer in bezit. De stemmingen liepen uiteen; Froek, Poek en Sjoek waren ontroostbaar dat ze Fluter moesten verlaten, misschien zelfs voorgoed. Hunzel en Siglaf zonderden zich af in een hoekje van de salon en bespraken op norse toon geheime plannen. In de hoop de moraal van zijn gezelschap op te vijzelen met enige vrolijkheid, lachte Moncrief stralend tegen wie hij maar zag en ging zelfs zo ver dat hij een horlepiep danste.

Myron stelde een brief op die hij verzond naar Vrouwe Tibbet Garwig. Schwatzendale en Wingo namen de laatste Pooncho Punches tot zich in de Pingis Taveerne, maar keerden in goede orde aan het begin van de avond terug op de *Glicca*.

De volgende ochtend, twee uur na zonsopgang, steeg de *Glicca* op van de ruimtehaven van Coro-coro en zette koers naar Sterhuizen.

Hoofdstuk V

1

De *Glicca* naderde vanuit de ruimte Sterhuizen aan de nachtzijde en streek neer op Port Palactus bij het licht van de afnemende maan. In de stuurhut zette kapitein Maloof het aandrijfsysteem uit en ging een kijkje nemen door het panoramavenster. De steppe breidde zich kleurloos in het bleke maanlicht uit tot voorbij de grens van het gezichtsvermogen, onder een deken van gras; verder was er weinig te zien: de oude loodsen stonden duister en stil bij elkaar gekropen terzijde; een paar meter daarachter stond een klein, vierkant bouwsel. Niets bewoog er; in het bijzonder was er niemand die de aankomst van de *Glicca* registreerde. De scheepsbemanning legde zich erbij neer dat ze zou moeten wachten tot de dageraad alvorens zich op de grond te wagen.

Na een poosje verscheen er een glimp van grijs in het oosten gevolgd door een trage gele blos. De witte zon ging op vanachter een wolkenbank en een waterig schijnsel sijpelde over de steppe. De sluisdeur van de *Glicca* gleed open en de loopplank werd neergelaten.

Een voor een daalden de scheepsgenoten af op het oppervlak van Sterhuizen, waar ze zwijgend bleven staan terwijl ze de immensheid van het landschap in zich opnamen. In de directe omgeving van de ruimtehaven was het gras gemaaid en geplet tot een groene mat; elders schoot het op in een eenvormig tapijt van meer dan een meter hoog. Na een ogenblikje ontdekte de groep in de verre verte een aantal reusachtige grijze kolossen, die zich traag over de steppe voortbewogen. Ze sjokten door het gras op zes dikke poten; met hun dubbele slurf braken ze bosjes gras af waarna ze het voer naar hun ventrale muil overbrachten.

Myron nam de taak op zich de passagiers iets over de schepsels uit te leggen. "De plaatselijke bevolking kent ze als 'wumps', hoewel dat uiteraard niet de juiste nomenclatuur is. Het valt niet mee hun grootte te schatten op een afstand als deze, maar ze zijn duidelijk van een wonderbaarlijke omvang: twaalf tot vijftien meter lang en zes meter hoog. Volgens het *Handboek* is hun temperament zo rustig dat de Ritters ze temmen en hutjes bouwen op hun rug waarin ze gerieflijk wonen, terwijl ze voortreizen langs de zee en over de steppe."

Voor Moncrief hadden de wumps na een enkele blik afgedaan. Hij was in een prikkelbare bui na een aanvaring met Siglaf en Hunzel en Myrons vertoon van kennis irriteerde hem te meer. Hij wendde voor de omgeving af te speuren. "Ben je wel zeker van de feiten? Sterhuizen lijkt wel verlaten te zijn; ik zie althans geen Ritters, of wie dan ook! Houden ze zich misschien onder het gras verborgen?"

"Het *Handboek* is daar zeer stellig over," zei Myron. "De Ritters zijn nomaden die alle technische voorzieningen afwijzen. Bij wijze van tijdverdrijf vervaardigen ze tapijten van hoge kwaliteit en bezoeken feestmalen waar ze zingen en dansen en wedstrijden houden in het hoogspringen. Maatschappelijke samenhang ontberen ze, maar ze worden geregeerd door een impliciet stelsel dat iedereen lijkt te bevredigen. Sommige van hun gebruiken zijn curieus: wie bijvoorbeeld het tapijt van een vrouw bewondert moet met haar huwen. Hoe het ook zij, Ritters vindt men dus niet verscholen onder het gras."

"Het *Handboek* heeft het mis!" kreet Froek, terwijl ze met allebei haar wijsvingertjes wees. "Net nog zag ik een gezicht dat mij aanstaarde van onder het gras!"

Sjoek vroeg vol belangstelling: "Was hij knap?"

"Niet echt; hij had een onbetrouwbare uitdrukking op zijn gezicht."

"Tsa!" mompelde Moncrief. "Pure appelepap!"

"Niet waar," verklaarde Poek. "Ik heb hem zelf ook gezien!"

Moncrief kon zijn ongeduld niet meer bedwingen. "Het is algemeen bekend dat meisjes van jullie leeftijd ten prooi zijn aan waanideeën, die dikwijls zeer onthutsend zijn! Discipline en wijze raad zijn dan van het eerste belang; ik raad jullie een nuchter overdenken aan!"

"Precies!" verklaarde Poek. "Ik heb hem duidelijk gezien. Nuchterder kun je het toch niet hebben?"

Opnieuw was Myron in staat gezaghebbende informatie te verschaffen. "Wat jullie zagen was waarschijnlijk een 'mereng' — wat volgens het *Handboek* een slangachtig wezen is dat wel drie meter lang kan worden. Hij glijdt onder het gras door op zes gedrongen pootjes en is volgens zeggen buitengewoon gevaarlijk. Dus slenter niet het grasland in op zoek naar romantiek."

"Bah!" mompelde Moncrief; hij draaide zich om teneinde de steppe aandachtig te bekijken.

Intussen had Maloof achter de loodsen een bouwseltje van smeltsteen ontdekt dat duidelijk de bank en havenburelen moest herbergen die in het *Handboek* werden genoemd. Hij verliet het groepje en liep over de groenmat naar het eenzame gebouwtje. Aan de zijkant vond hij de deur: een plaat donker hout die aan een stel ijzeren scharnieren hing.

Hij deed een stap achteruit en nam het landschap in zich op: de steppe strekte zich uit tot aan de horizon, met niets anders in zicht dan gras, waarover de wind voer. Hij keerde zich weer om naar de deur en klopte erop: een keer, twee keer, een derde keer, zonder antwoord te krijgen. Hij probeerde de klink; tot zijn verrassing ging de deur soepel open. Even aarzelde Maloof nog; toen leunde hij naar voren en keek door de kier.

Er viel niet veel te zien. Drie hoge vensters lieten meer schemering dan licht binnen; Maloof ontwaarde een bank, een tafel, stoelen, een bureau met een paar documenten met ezelsoren, rondslingerende paperassen, een ietwat gebutste communicator. In de schaduw tegen de achtermuur duidde de omtrek van een deur op een achterkamer. Maloof draaide zich weer om, ongenegen andermans kantoor binnen te dringen. Toen verstarde hij, gegrepen door een zorgwekkende gedachte. Waar was de havenmeester? Lag hij misschien achter die deur, ziek of anderszins onmachtig? Maloof schoof zijn scrupules terzijde en betrad het kantoor.

Links van hem hing iets aan de muur dat zijn aandacht trok: een tapijt, of misschien een deel van een tapijt, anderhalve meter in het vierkant, in een lijst van donker hout. Hij bekeek het eens aandachtiger; het tapijt was duidelijk een kunststuk van grote virtuositeit. Het vakmanschap was onberispelijk en de patronen waren uitgewerkt in ingewikkelde vormen en onconventionele kleuren: stekend blauw, limoengroen, zwavelrood, zwart, granaatappelroze, het bittere gebroken wit van potasverf. Hij wendde zijn ogen af van het wandtapijt en liep naar de deur.

Hij bleef staan, staarde naar het hout, hief toen zijn hand op en klopte. Hij luisterde maar de stilte was volkomen. Hij klopte opnieuw, krachtdadiger nu; de stilte heerste als voorheen. Maar wat was dat? Een zweem van een geluid, niet meer dan een fluistering.

Moed vattend klopte Maloof opnieuw. Van achter de deur klonk het tragische gekreun van iemand die uit een diepe, gezonde slaap wordt gewekt. Opnieuw klopte Maloof en nu hoorde hij een dikke stem mompelen: "Wie bonkt daar op mijn deur? Het is nog niet eens dag; ken je geen genade? Ik verdien mijn rust!"

Maloof riep: "Waar is de havenmeester? Waarom is hij niet op zijn post?"

"Alles op zijn tijd," klonk het mopperend ten antwoord. "Laat me bij m'n positieven komen."

Maloof ging zitten en wachtte.

De tijd verstreek. Maloof werd ongedurig. Hij stond weer op en ging naar de deur en had zijn hand al opgeheven om te kloppen, maar op dat ogenblik zwaaide de deur open en onthulde een vierkant gebouwde man in een volumineus oranje nachthemd dat zijn forse postuur van hals tot enkel omhulde. Hij keek Maloof aan met knipperende ogen en een gemelijk gezicht. "Ik ben havenmeester Gontwitz. Wat is de verklaring voor uw onstuimige gedrag?"

"Ik ben kapitein Maloof van de *Glicca*. Wij zijn twee uur geleden geland; toen u niet kwam opdagen kwam ik me ervan vergewissen dat u niet ziek was. We hebben een vrachtje aan boord bestaand uit tweeëndertig mandflessen voor Port Palactus. We zijn gereed om te lossen, zodra de vrachtpenningen zijn voldaan."

Gontwitz kreet verontwaardigd: "Wat is dat voor een paskwil? De vracht wordt altijd vooruitbetaald in Cax!"

"In dit geval niet. De goederen zijn aan boord genomen in Corocoro als speculatievracht. Het connossement maakt dat wel duidelijk."

Gontwitz stak zijn hand uit. "Toon me dat document, alstublieft."

Maloof reikte hem het papier aan, dat Gontwitz met zorg doornam.

"Ik vraag uw bijzondere aandacht voor de voetnoot," zei Maloof beleefd. "U ziet daar dat de vrachtpenningen binnen drie dagen dienen te worden voldaan. Zoniet, dan kunnen functionarissen van de *Glicca* beslag leggen op de goederen en zonder verdere plichtplegingen vertrekken."

"Bah!" mompelde Gontwitz. "Het is nog te vroeg in de ochtend om te marchanderen. Wacht tot ik het officieel met u kan afhandelen. Ga zitten en houdt u kalm." Hij deed een stap achteruit; de deur gleed dicht.

In plaats van te gaan zitten zoals Gontwitz had voorgesteld, liep Maloof terug om het wandtapijt nog eens te bekijken. Het voorwerp oefende dezelfde bekoring op hem uit als daarstraks. Het vakmanschap was zo te zien onberispelijk; de kleuren waren niet minder indringend dan daareven; de compositie bleek zelfs nog knapper en verfijnder dan bij de eerste aanblik.

De deur gleed open; in de deuropening stond Gontwitz, nu in zijn officiële uitmonstering: een grijze tuniek, wijde witte pantalon en een witte pet met een korte zwarte klep op zijn donkere pijpenkrullen. Hij liep het kantoor in en bleef staan om Maloof eens goed op te nemen. Hij zag dat Maloof belangstelling had voor het wandtapijt en meteen veranderde hij als een blad aan een boom.

"Dat is een experimenteel stuk, geschapen door mijn dochter Treblinka. Ze is twaalf, maar haar werk is van goede kwaliteit."

"Een wonderkind, zo te zien," zei Maloof.

"Misschien, ja! Maar nu moeten we eerst zaken afwikkelen. Er is enige reden tot haast. Vervoer is mijn eerste zorg. Drie wagens dienen wel toereikend te zijn. Ik zal Dockerl oproepen op het Farolstation en als hij er vaart achter zet kunnen de wagens hier binnen drie, vier dagen zijn. Als de Lallankers er niet op verdacht zijn, loopt het allemaal goed." Gontwitz liep naar zijn bureau en bediende de communicator. Nadat er een belletje had geklonken drukte hij een aantal knoppen in en ging toen zitten wachten.

Enkele minuten verstreken. Gontwitz werd ongeduldig en trommelde met zijn vingers op het bureaublad. Uiteindelijk klonk er een aangename stem uit het scherm. "Hier wagenmeester Dockerl! Wie roept mij op met zulk een vrolijk brio?"

Noch het lange wachten, noch de luchthartige begroeting van Dockerl deed Gontwitz' stemming veel goed. Hij boog zich gespannen naar voren en gaf zo krachtdadig een lange reeks instructies door, dat Dockerl de kans niet kreeg om te antwoorden. Gontwitz zweeg noodgedwongen even om adem te halen en ontdekte dat het scherm weer donker was geworden.

Hij leunde achterover met een mismoedige trek om zijn mond, draaide zich toen langzaam naar Maloof om. "Hebt u ooit zoiets meegemaakt? Dat is geen grap meer, zelfs geen trieste grap." Hij liep de kamer weer door. "Als de schmeer schaars is, krioelen de wagens rond de ruimtehaven als insecten op een lijk. Wanneer de schmeerpotten vol zijn en de tapijtknopers breed grijzen, van oor tot oor, waar zijn de wagens dan? Aan het Miskittermoer of in het Zwartwaterkamp of langs de Overlaatse oever of aan de randjes van de steppe! In Palactus kunnen we hoogstens hopen en bidden dat ze hun wumps aanvuren en binnen vier dagen arriveren." Gontwitz schudde nijdig zijn hoofd.

Maloof opperde: "Op een of andere manier zou u toch een betere dienstverlening moeten kunnen afdwingen."

"Wij zijn Ritters; wij dwingen niets af! In vroeger tijd verliep de dienstverlening gezwind. Wagens werden aan de ruimtehaven toegewezen. Ze namen de vracht over zodra die was gelost; de Lallankers stonden machteloos en de distributie geschiedde naar behoren. Maar de radio is een moderne gruwel! Als de Lallankers mijn boodschap hebben onderschept komen ze aansjokken vanuit de steppe, maken zich meester van de mandflessen waar ik bij sta en kuieren er weer vandoor, onder het uiten van strijdkreten."

"Ergerlijk!" zei Maloof.

Gontwitz knikte grimmig.

Na een poosje waagde Maloof een behoedzame opmerking. "Er is hier iets dat mij mysterieus voorkomt. Een ware paradox, lijkt het wel."

Gontwitz toonde weinig belangstelling voor Maloofs dilemma. "U bent een buitenwerelder; onze levenswijze moet u wel verbazen."

"Ongetwijfeld, maar zelfs als ik daarmee volledig rekening houd, blijft het raadsel bestaan. Misschien kunt u enig licht werpen op deze zaak."

"Ik ben geen pandit," zei Gontwitz bruusk. "En dit is geen tijd voor loze overpeinzingen."

"Ik zal het kort houden. Het zal u misschien zelfs belang inboezemen, aangezien het onderwerp uzelf ook raakt."

"O, goed dan," gromde Gontwitz. "Laat ons dat fameuze raadsel dan maar horen, dan hebben we dat gehad."

"Dank u. De situatie is als volgt. Ik ken u nog maar een korte poos, maar ik kan in brede trekken uw karakter al aanvoelen. Naar mijn mening bent u een krachtig, praktisch ingesteld mens, niet beschroomd of meegaand en zeker niet onderdanig."

Gontwitz snoof in somber vermaak. "Ik zal niet trachten u tegen te spreken, maar — om er niet omheen te draaien — wat is het mysterie?"

Maloof stak zijn hand op. "Vreemd genoeg valt me nu net een heel redelijke verklaring in; het mysterie is dus opgelost."

Gontwitz keek Maloof achterdochtig aan. "Dat is goed om te horen, althans dat lijkt me zo; nu kunnen we dus weer voort met onze zaken. Maar wat was de aard van dat zogenaamde 'mysterie'?"

"Het begint met het feit dat ik een redelijk wezen ben! Ik begreep maar niet waarom een man met uw karakter zijn mandflessen niet doeltreffender kon verdedigen. Toen kwam er een nieuw idee bij me op: ik besefte dat de Lallankers een roekeloos, woest volk moeten zijn en dat havenmeester Gontwitz — hoe dapper hij ook mag zijn — gedwongen is ze hun gang te laten gaan en te laten roven en plunderen naar hartenlust, terwijl hij zich in veiligheid stelt in een geheime plaats. Heb ik gelijk of niet?"

"Volstrekt niet!" bulderde Gontwitz. "In elk verband, detail en opzicht! De Lallankers zijn ongedierte en ik ben een Ritter van Sterhuizen! Ik ben mijn eigen leidsman, ik bepaal mijn eigen lot, ik ben autonoom! Op Sterhuizen bestaan geen regels of statuten. Om zelfs maar te trachten de Lallankers aan banden te leggen zou een ontkenning betekenen van de Ritterse vrijheid!"

Gontwitz maakte een weids gebaar om aan te duiden dat het onderwerp was afgedaan. "Welnu, laten we het dan over de lading hebben. Naar ik me herinner waren er tweeëndertig mandflessen kasic, klaar om te worden gelost."

"Dat klopt! Overigens, wat is kasic? Ik vraag het slechts uit nieuwsgierigheid."

Gontwitz antwoordde pinnig: "U kunt het vragen om wat voor reden u maar wilt. De feiten zijn onwrikbaar."

"Hm," zei Maloof. "Op een vreemde wereld waar het wemelt van de paradoxen is dat prettig te horen."

"Bah!" mompelde Gontwitz. "Als ik het u tot in alle kleinigheden uitlegde zou u nog niet meer weten dan nu." Gontwitz draaide zich met een ruk om en marcheerde door de open deur het bleke morgenlicht in, met Maloof achter zich aan. Opeens bleef hij stokstijf staan, als herinnerde hij zich plotseling iets. "Het komt ineens bij me op! Het pakhuispersoneel is niet op post! Ze zijn naar de spelen bij de Ballingaaysporen. Maar dat hoeft niet echt een probleem te zijn; ik neem aan dat uw bemanning de lading voor ons zal lossen, bij wijze van gebaar."

"Zeker," zei Maloof. "Dat soort werk hebben we al eerder gedaan en we kunnen het nog steeds. Ons tarief is standaard vijftig sol."

Gontwitz kreet geschokt: "Horen mijn oren dat goed? Noemde u werkelijk een bedrag van 'vijftig sol'? Bezit u dan volstrekt geen moraal? Hoe kan een heer mij met zoveel aplomb bezwendelen?"

Maloof stak zijn hand op. "Ik zal uw vragen beantwoorden in de volgorde waarin ze gesteld zijn. Ja; uw oren functioneren naar behoren. Ja; de genoemde prijs was 'vijftig sol'. Ja; ik bezit de moraal van een werkend ruimtevaarder, en die is beknopt maar veelzijdig. En wat de grondslag voor ons tarief betreft; maar al te dikwijls verzoekt een functionaris op een of andere ruimtehaven om gratis dienstverlening, als gebaar of bij wijze van persoonlijke gunst. Vervolgens, wanneer wij vertrokken zijn, steekt hij het bespaarde in eigen zak. Ons vergoedingenschema is bedoeld om deze ergernis te betomen."

"Louter kletsika!" tierde Gontwitz. "Bewaar uw smoezen voor naïever oren dan de mijne!"

Hij draaide zich met een ruk om, ging het kantoor weer binnen en liep naar zijn bureau. Hij trok een la open, greep er een handvol roze en blauwe bankbiljetten uit, en kwam weer naar buiten zonder te letten op de biljetten die op de grond fladderden. Hij schudde zijn vuist met geld vlak voor Maloofs ogen. "Zoals u kunt zien is uw vergoeding gegarandeerd!"

Maloof zei: "Ik stel minder belang in garanties dan in het geld zelf."

Grimmig betaalde Gontwitz driehonderdvijfenzeventig sol uit. Maloof noteerde 'Betaling integraal voldaan' op de vrachtbrief.

"Welnu, al uw eisen zijn ingewilligd. U kunt uw mensen aan het werk zetten."

"U zegt het maar."

2

Maloof en Gontwitz stonden aan de kant en keken naar de voortgang van het werk. In het ruim bediende Wingo de loopkat om de mandflessen uit het ruim te brengen en op de grasmat te laten zakken, waar Myron en Schwatzendale wachtten met gemotoriseerde karretjes. Op aanwijzing van Gontwitz reden ze de mandflessen naar het achterste magazijn dat naar Gontwitz' mening het best bescherming bood tegen rovers.

Moncrief kwam over de grasmat naar Maloof en Gontwitz toe kuieren. Moncriefs romantische temperament zette hem aan tot min of meer onschuldige fantasieën, die hem vermaakten en de verveling verdreven. Bij deze gelegenheid stelde hij zich met verve aan Gontwitz voor: "Ik ben Meester Marcel Moncrief, rondtrekkend polyhistor, verbonden aan de redactie van de *Galactische Observator*, op reis met een open opdracht."

Gontwitz nam hem niet bepaald hartelijk op terwijl Maloof met opgetrokken wenkbrauwen toeluisterde.

Moncrief bouwde zijn verzinsel verder uit. "Ik heb geen nadrukkelijk werkprogramma voor deze planeet, afgezien van mijn gebruikelijke verkenning van een wereld en haar cultuur. Mijn naslagwerken maken echter gewag van zekere afgelegen dorpjes waar oude gebruiken nog worden gehandhaafd. Als de tijd het toestaat zou ik graag een of twee van die dorpjes bezoeken om de volkskunst te bestuderen en misschien een paar coupletten van hun ceremoniële zangen op te nemen."

Gontwitz snoof minachtend. "U hebt te veel boeken gelezen! De Ritters zijn nomaden; dorpen bestaan hier niet en onze meest smartelijke muziek bestaat uit de kreten van ellende die men hoort wanneer de schmeerpotten droogvallen."

"Wat is dat, 'schmeer'?"

Gontwitz antwoordde onbehouwen: "Schmeer is de lijm die de rug van onze tapijten vormt. Schmeer is onmisbaar."

"Interessant! Dus de mandflessen bevatten schmeer?"

"Uiteraard niet! De mandflessen bevatten kasic, een katalysator die gebruikt wordt om schmeer te maken."

Moncrief schudde met een glimlachje zijn hoofd. "U bent een kunstenaar met woorden, dat is wel duidelijk. Maar u hanteert een te breed penseel. De compositie is opvallend maar de details gaan verloren in de vegen."

Gontwitz kneep zijn wenkbrauwen samen. "Ik sta verstomd, dat moet ik wel bekennen! Verhelder uw opmerkingen alstublieft."

Moncrief dacht na. "In de grond vraag ik dus: wat is 'kasic'?"

Gontwitz keek woedend, besloot dan deze onwaarschijnlijke geleerde zijn zin te geven. "Zoals ik reeds zei is kasic een component van schmeer. Wanneer het uit de mandfles wordt geschonken is kasic een half stroperige, donkerbruine vloeistof met een vieze geur. Voor elk okshoofd aan schmeer heeft men twee maatjes kasic nodig."

"En wie stelt de stof samen? Een speciale kaste van adepten veronderstel ik?"

"Volstrekt niet! De Ritters vormen een enkel volk; kasten bestaan niet, met uitzondering misschien van de Lallankers."

"Wie maken dan de schmeer?"

"Iedereen. Mijn dochter Treblinka is zeer bedreven."

"En waaruit bestaat haar methode?"

"Het is een standaardrecept. In een vat met de inhoud van een okshoofd giet ze een half okshoofd aan groengrasgom, voegt er een kwart okshoofd eendenmosseldrab aan toe, dan tien pond blaassmeer van merengs om een zalfachtige samenstelling te verkrijgen, drie ankers gekookt rood zeewier, een stoop emalque-extract, een anker vuurolie voor meer pit en twee maatjes kasic. De inhoud van het vat wordt vervolgens aan de kook gebracht en blijft twee uur sudderen, waarna het wordt gezeefd en men het geheel laat bezinken. Na een week is de schmeer klaar."

"Hoogst interessant!" Moncrief keek naar de *Glicca* waar het lossen nog gaande was. "Met zoveel kasic zult u nog omkomen in de schmeer! Hoe kunt u dat allemaal gebruiken?"

"Houd uw verwondering in toom!" zei Gontwitz. "Tweeëndertig mandflessen kasic is maar nauwelijks genoeg. De grootste angst van de tapijtknoper is dat zijn schmeerpot droogvalt."

Moncrief vroeg klaaglijk: "Maar waar is de noodzaak voor zoveel tapijten? Me dunkt dat de tapijtknopers gedreven worden door een obsessie! Zulke uitspattingen van energie zouden toch voor een beter doel kunnen worden aangewend!"

"O werkelijk? Waar dacht u dan aan?"

Moncrief dacht na, terwijl hij met zijn wijsvinger tegen zijn kin tikte. "Om te beginnen een paar beschaafde steden met toeristenhotels, cafeetjes en winkelpassages waar de beste tapijten kunnen worden uitgestald. Dat lijkt me een programma voor vooruitgang."

Gontwitz nam Moncrief lang en aandachtig op. "U bent ongetwijfeld een doorgefourneerd wetenschapper en een meester in de poedeldoedel zonder weerga; bovendien hebt u een paar boeken gelezen. Maar uw kennis van Sterhuizen is warrig en uw theorieën zijn larie."

Moncrief knipperde met zijn ogen maar zijn sangfroid liet hem niet in de steek. "Ik zal uw opmerkingen zorgvuldig bestuderen! Ze kunnen heel wel licht werpen op ongebruikelijke uitwassen van de plaatselijke gebruiken."

"En terwijl u studeert, vergeet een ding niet," zei Gontwitz. "Wij Ritters zijn nomaden, wij zwerven over de steppe naar het ons lust: bij het witte licht van de dag en door het bleke maanlicht des nachts. Nimmer is het uitzicht hetzelfde; het gras gaat op en neer in lange golven als het door de wind bewogen wordt. Soms jaagt de regen neer op de trimbels* maar de wumps kuieren voort en trekken zich er niets van aan. Achter de trimbels worden de tapijten geknoopt op het getouw. Het is een vredig leven zolang kasic op tijdige basis voorhanden is. Als de zending wordt onderschept door Lallankers worden tapijtknopers met kleine schmeerpotten ongerust."

Moncrief stelde de gevoelige vraag: "Wat is toch een 'Lallanker'?"

Gontwitz spuwde op de grond. "Het is een ergerlijk onderwerp maar men kan er niet omheen. Soms groeit een zoon van al te liefhebbende ouders op tot een jongeling die overtuigd is van zijn eigen sublieme belang. Hij dagdroomt, mijdt zijn taken en gaat met de meisjes spelen; hij draagt een blauwe sjerp en doet geen enkele moeite de Ritterweg te leren kennen. Niemand die ingrijpt; wij zijn Ritters en elk

---

* Trimbels: de kleine hutten, gebouwd op de ruggen van de wumps.

moet zijn eigen lot volgen! Hij heeft geen vrienden maar geeft zich af met anderen van zijn soort. Ze zien zichzelf als galante durfallen, die recht hebben op de zoetste vruchten aan de levensboom. Hun meest geliefde streek is een zending kasic te roven en ermee op de steppe te verdwijnen, waar het op grond van de bepalingen van de Ritterse levensbeschouwing hun onvervreemdbaar eigendom wordt. Ze trekken ermee naar een kampement van aanzien, zoals Zwartwaterkamp en verdelen de kasic daar. Als er zes Lallankers zijn, dan maakt elk van hen aanspraak op een mandfles kasic; meer zal hij van zijn leven niet nodig hebben. Wat over is wordt naar willekeur verspreid—wat beter is dan helemaal niet.

"De Lallanker wijdt zich vervolgens aan zijn eigen zaken. Hij versiert zijn trimbel met rode satijnen kussens en spoelt de vacht van zijn wump rijkelijk met bloemenwater. Hij vult zijn proviandkast tot de nok met lekkerbeetjes, zoals flessen bramenwijn en zeldzame zoeternijen uit de voedselsynthetisator. Hij bindt een blauwe sjerp om zijn middel en gaat op pad om zijn favoriete onder de knappe meisjes op te zoeken, die hij vervolgens in zijn trimbel noodt. Hij zet haar op een kussen, giet dan milde groene wijn in fijne kopjes van gesneden bamboe; na een poosje dient hij een feestmaal op met ongewone lekkernijen. Zo verglijdt de middag. Tegen de avond laat hij een kruik kasic zien en vraagt of hij haar dit geschenk mag offreren, als uitdrukking van zijn vurige bewondering. Het meisje reageert met vreugde en dankbaarheid. Intussen kuiert de wump over de steppe, op weg naar de vallende schemering. En zo gaat het dus.

"Elders schrapen de tapijtknopers over de bodem van hun schmeerpot. Over heel de steppe, bij elke zoetwatervijver, aan elk strandje, op elk heuveltje waar de wumps een kampement omgorden, zingen de tapijtknopers hetzelfde lied, en het is waarachtig een lied van droefenis."

Na een ogenblik vroeg Moncrief: "Kan het systeem niet worden gewijzigd, om schmeer te verschaffen voor de ongelukkigen wier potten zijn drooggevallen?"

Gontwitz was onberoerd. "Tweeëndertig mandflessen kasic leveren een omschreven hoeveelheid schmeer op. Dat is de basis voor de ordelijke verdeling van de kasic."

"Aha!" kreet Moncrief met ogen die schitterden van geestdrift. "U geeft daar een probleem aan, waarop ik het antwoord heb!"

Gontwitz had alle belangstelling voor het onderwerp verloren en wilde iets tegen Maloof zeggen, maar Moncrief liet zich niet zomaar passeren. "Mijn concept is eenvoudig maar elegant! Ik beveel het in uw aandacht aan."

Gontwitz slaakte een geduldige zucht. "Goed dan! Zet dat nobele concept uiteen als u wilt."

"Met genoegen! U verscheept eenvoudig tweemaal zoveel tapijten naar Cax; daar zendt men dan tweemaal zoveel kasic terug. De lading dient te worden gelost op een plaats die veilig is voor de Lallankers. Dat is van doorslaggevend belang voor dit plan. De kasic wordt verdeeld met vrijgevige grandeur en de zang van de tapijtknopers zal niet meer worden gehoord." Moncrief deed een stap achteruit, in glimlachende afwachting van Gontwitz' loftuitingen.

"Schokkend!" gaf Gontwitz toe. "En zeker gezien wat er in geïmpliceerd wordt."

"O?" zei Moncrief beduusd, terwijl zijn glimlach vervaagde. "Hoe dat zo?"

"Uw plan," zei Gontwitz, "wrijft de Ritters een onbenullige hersenloosheid aan, waarvan ze gered moeten worden door het advies van een minzame buitenwereldse geleerde."

"Ahum," zei Moncrief. "Wat u bedoelt ontgaat me, vrees ik."

Gontwitz besteedde er geen aandacht aan. "Uw advies is verkeerd en wel om diverse redenen. Om te beginnen zou een toevloed van middelmatige tapijten het verkoopdepot nog meer volproppen. Ten tweede betekent het verdubbelen van de hoeveelheid schmeer ook het verdubbelen van de andere ingrediënten, waarvan het verzamelen een vervelend karwei is. Ten derde zijn er op het ogenblik al velen die de invoer van kasic beperkt willen zien tot tien mandflessen. Ten vierde — maar misschien hebt u al genoeg gehoord. Uw plan is in wezen dus niet aan te raden."

Moncrief maakte een stijve buiging. "Verdere uitweiding is niet nodig. En als u me nu wilt verontschuldigen; ik heb dringend elders iets te doen." Hij draaide zich met een ruk om en beende terug naar de *Glicca*, waar het lossen van de lading intussen voltooid was. Gontwitz vroeg aan Maloof: "Wat is uw volgende bestemming, als ik vragen mag?"

"We hebben goederen voor Cax bij ons, en dat is de eerstvolgende haven die we aandoen."

"In dat geval kan ik u een vrachtje aanbieden voor Monomarche, te Cax, als u belangstelling hebt."

"Zeker heb ik belangstelling."

"De vracht bestaat uit veertien tapijten, opgerold in bundels van tegen de twee meter lang. Ze bevinden zich nu in het depot op de Torqualhoogte. Ik kan ze laten komen per wagen, wat een oponthoud van twee weken zou betekenen, maar er is een betere manier. Dockerl is met drie tot vier dagen hier, met mijn assistent Zitzelman. Zodra Dockerl de mandflessen kasic heeft opgehaald, stel ik voor dat u de *Glicca* overbrengt naar de Torqualhoogte, waar de tapijten kunnen worden geladen; dat is wel zo doelmatig. De vrachtkosten zullen vooruit worden betaald tegen het standaardtarief, te weten honderdvijfenzeventig sol. Heeft u verder nog vragen?"

Maloof dacht na. "Louter uit nieuwsgierigheid: wat is de waarde die aan een enkel tapijt wordt toegekend?"

Gontwitz keek Maloof even aan met een vonkje argwaan, maar antwoordde zonder aarzeling. "We kennen verschillende categorieën. De exemplaren van exportkwaliteit brengen een prijs op van driehonderd sol. Nu en dan, wanneer we een bijzonder apparaat willen hebben, zoals een nieuwe voedselsynthetisator of iets dergelijks, voegen we een extra tapijt toe aan de zending, en dan wordt de transactie voltrokken."

"En u verkoopt uitsluitend aan Monomarche?"

"Dat klopt. Het is een regeling die al zeer lang bestaat."

3

Eenmaal terug op de *Glicca* stelde kapitein Maloof de scheepsgenoten op de hoogte van de wijziging in het schema. "We zullen een aantal dagen oponthoud hebben hier in Port Palactus totdat havenmeester Gontwitz zijn mandflessen heeft verdeeld; dan vliegen we naar de Torqualhoogte en nemen lading in voor Cax. Jullie kunnen de wachttijd beschouwen als een driedaagse vakantie! Een waarschuwing echter: begeef je niet in het steppegras, omwille van wat voor reden dan ook. Volgens Gontwitz zijn de merengs gevaarlijk en ze zullen je in de benen bijten om je omlaag te halen in het gras."

Moncrief glimlachte toegeeflijk. "De opvattingen van Gontwitz zijn vaak extravagant. In dit geval echter, onderschrijf ik zijn standpunt!" Zich tot de leden van zijn troep richtend, sprak hij met grote nadruk. "Onderneem geen enkele poging om de steppe te verkennen! Val de merengs niet lastig en tracht ze ook niet aan te halen; ze zijn kwalijk gezelschap.

"Welaan dan!" Moncrief gaf een klap op tafel en stond op. "Dat oponthoud waarover kapitein Maloof het had, komt op een geschikt ogenblik. Maar het wordt helaas geen vakantie. Ik heb een paar nieuwe nummers uitgewerkt voor de Muizenruiters die naar ik hoop goed zullen overkomen in Cax. Ze wijken wat af van ons gebruikelijke vermaak en moeten met zorg worden gepresenteerd aangezien het publiek in Cax ietwat bijzonder is." Moncrief liet een stapel papieren zien. "Dit zijn mijn aantekeningen. Ik stel voor dat we ze doorlopen en misschien later op de dag een eerste repetitie houden. Kom maar mee." Moncrief liep naar de andere kant van de salon terwijl Froek, Poek en Sjoek achter hem aan dansten en huppelden.

De Kluten zaten het zwijgend, met sardonische gezichten, aan te kijken. Ze mompelden even iets tegen elkaar, hesen zich toen overeind en slenterden de salon door, achter de anderen aan. De meisjes, aanvallig en zedig als altijd, zetten zich op een sofa; de Kluten leunden met een minachtend gezicht tegen de wand.

Moncrief legde zijn papieren op tafel. "Jullie zullen het wel prettig vinden te horen dat we in Cax zullen optreden in het Trevaniaan, wat een buitengewoon groot theater is. Het Trevaniaan is geliefd bij de gewone Blenks maar ook bij de hogere standen. Het publiek is luidruchtig; de Blenks komen er om zich te ontspannen en plezier te hebben; bevalt de voorstelling ze, dan worden de artiesten beloond; als het publiek zich verveelt of ergert, vernemen de uitvoerenden dat al snel, maar zelfs dan dienen ze vriendelijk te blijven. Het Trevaniaan zal een belangwekkende ervaring worden voor ons allemaal. Aan het werk dus." Hij pakte de stapel papieren van de tafel. "Deze nummers wijken af van ons gebruikelijke materiaal, gezien een zo meelevend publiek. Het eerste nummer is een tropisch extravaganza. De meisjes dragen kostuumpjes van groene veren en vogelmaskers. Ze zitten in het gebladerte van een weelderig oerwoud en brengen hoge zangerige melodieën voort, die gebaseerd zijn op vogelkreten. Plotseling beelden ze uit dat ze doodsbang zijn en zwijgen stil. Vanuit de coulissen stijgt een laag, dreunend gerommel op, een geluid dat eerder gevoeld wordt dan gehoord. De vogelmeisjes verbergen zich zo goed mogelijk in het gebladerte. Het gerommel zwelt aan en dan verschijnen de slaven-halers: zware schepsels in de ijzeren wapenrusting van Bugaskykrijgers. Ze ontdekken de vogelmeisjes en vangen aan met hun werk. De vogel-meisjes zijn slim en maken gebruik van allerlei kunstgrepen om niet te worden gevangen. Uiteindelijk raken de slavenhalers gevangen in hun eigen strikken en worden ondersteboven hoog in de bomen gehesen. De groengevederde vogelmeisjes springen en dansen van plezier. Ten slotte weten de slavenhalers te ontsnappen en jagen de vogelmeisjes na, het oerwoud in. Van heel ver klinkt een afschuwelijk geluid. Een lavendelpaarse schemer valt langzaam over het toneel, en dat was dan het eerste nummer." Moncrief keek van de een naar de ander, hopend op geestdrift.

Hunzel mompelde: "Het klinkt allemaal ingewikkeld. Ik heb geen lust om ondersteboven te hangen."

"Maar het zal het publiek plezieren," zei Moncrief opgewekt.

"Voor het tweede stuk ben ik voornemens het oude Zagazignummer te gebruiken, mogelijk een beetje aangepast. Ik vraag me af of we vol-doende durfallen vanuit het publiek het podium op kunnen lokken. Hm. Misschien niet; de Blenks zijn een tikje beschroomd. Hoe dan ook, voor het derde nummer ben ik geneigd een waarachtig vernieu-wend plan te gebruiken dat eenvoudig is, maar dat de Blenks wel moet vermaken, aangezien die altijd klaarstaan voor gerollebol." Hij grin-nikte. "Ze zullen zich de Muizenruiters tot het einde hunner dagen herinneren!" Hij pakte zijn papieren bij elkaar. "Maar nu, en dat is zeer dringend: het oerwoudnummer!" Moncrief reikte papieren uit aan Froek, Poek en Sjoek maar toen hij zich omdraaide naar de Kluten duwden ze de papieren weg en sloegen hun armen over elkaar. "Je moogt je papieren gebruiken op het privaat," zei Hunzel tegen hem.

Siglaf was niet minder beslist. "De nummers doen niet ter zake. Wij zijn hier om ons geld te vangen, en voor niets anders." Hunzel voegde eraan toe: "We wensen geen uitvluchten! Gemonkel en knipoogjes voldoen niet meer; het geld dient ten volle te worden uitbetaald."

Moncrief zuchtte. "Op het ogenblik zijn de financiën van de Muizenruiters niet erg robuust en eerlijk gezegd kan ik naar de reikwijdte van jullie aanspraken niet raden. Kunnen jullie een gespecificeerde factuur opstellen?"

"Dat is onnodig," zei Hunzel. "Wij kunnen het totaal als volgt berekenen: voor Siglaf en mijzelf: tien sol per dag. Voor de meisjes: zeven sol per dag. Alles bij elkaar komt dat op zo'n veertig sol per dag of losweg afgerond tweehonderd sol per week. We zijn nu drie jaar bij je in dienst hetgeen het totaal brengt op ongeveer dertigduizend sol."

Moncriefs wenkbrauwen schoten geschokt in de hoogte. Hij wilde iets zeggen maar Hunzel ging verder: "Van dit bedrag trekken we een redelijke som af voor perioden zonder optredens, verschotten en allerhanden en komen dan op een schappelijk bedrag van twintigduizend sol. Dat is onze rechtvaardige aanspraak."

Moncrief slaakte een diepe zucht. "Dit is verbijsterend! Jullie hebben een onmatig getal uit de lucht gegrepen en wenden dan voor dat zoiets een logische aanspraak is! Ik bestrijd de juistheid van dit bedrag, van begin tot einde! Als jullie willen dat ik jullie ernstig neem dan dienen jullie een nauwkeurig gespecificeerde rekening in te dienen; die zal dan de basis vormen voor onze onderhandelingen."

"We willen geen onderhandelingen," tierde Siglaf. "We willen geld! Ben je van zins te betalen?"

"Jullie aanspraken zijn bespottelijk! Maak een nauwkeurige factuur op, dan zal ik hem aandachtig bekijken, dat op zijn allerminst. Zoals ik al heb aangegeven, zijn de reserves van de Muizenruiters op het ogenblik schamel."

"Dat is niet wat wij wilden horen! Wij verwachten het knisperen van waardepapieren en het rinkelen van sols!"

Moncrief trachtte de getergde gevoelens tot bedaren te brengen. "Laten we nu allemaal redelijk zijn! We kunnen niet toestaan dat een kleine onenigheid roet in het eten gooit! Ik hoop op groot succes in Cax en jullie moeten toch klaarstaan om in het applaus te delen!"

Siglaf bracht een schor gegrom voort dat mogelijk een lach was. "Van 'applaus' zal geen sprake zijn als er geen Muizenruiters zijn! Tenzij we betaling ontvangen, verlaten we in Cax het schip."

Moncrief zei berispend: "Dat is droeve taal! Als jullie het schip verlaten zonder contanten dan zullen jullie als straatbedelaars eindigen."

"Maak je om ons maar niet bezorgd," zei Hunzel met een onfrisse grijns. "De meisjes en wij zullen met spoed een winstgevende zaak opzetten. Aan contanten zal het ons niet ontbreken."

Moncriefs mond zakte open toen de portee van dit voornemen hem duidelijk werd. Met schorre fluisterstem zei hij: "Dat kunnen jullie niet menen! Dat is ondenkbaar!"

"Echt wel," zei Siglaf. "Als je ons niet ons geld uitbetaalt, dan moeten we terugvallen op de productiemiddelen waarover wij de beheersing hebben. Je zult je bij het onvermijdelijke moeten neerleggen."

Moncrief had zijn stem teruggekregen. "Ik leg me nergens bij neer! De meisjes zullen de *Glicca* niet verlaten."

Siglaf stootte haar ruwe lach uit. "Jij bent een dwaze oude man. Je weigert ons te betalen, en dan kwaak je als je de gevolgen verneemt."

"De meisjes gaan met ons van boord in Cax," zei Hunzel. "Ze hebben geen andere keus! Ze zijn wettelijk gehouden te doen wat wij opdragen, zolang hun contracten niet zijn terugverdiend. De wet zal ons hierin steunen."

Moncrief vroeg de meisjes: "Willen jullie in Cax de *Glicca* verlaten en weggaan met de Kluten?"

Froek dacht even na en zei: "Wat mij betreft, zou ik dat liever niet doen."

Poek zei: "Ik blijf liever bij het toneelgezelschap."

"Wij verlaten de *Glicca* niet," zei Sjoek. "Dat andere soort werk lijkt me helemaal niet netjes."

Hunzel zei op scherpe toon: "Dat maken wij wel uit! Jullie contracten bedroegen vierhonderd sol per stuk en jullie hebben maar te doen wat wij zeggen totdat het contract is afbetaald! Zo luidt de wet!"

Moncrief zette zijn meest innemende glimlach op. "Werkelijk, dit soort uitspraken zijn niet erg nuttig en helpen ons niet verder!" Hij keek de salon door. "Daar is kapitein Maloof; misschien kan die ons probleem helpen oplossen."

"Laat hem met rust," gromde Siglaf. "Dit gaat hem niet aan."

"Alles op de *Glicca* gaat hem aan," zei Moncrief. Hij wenkte Maloof die aan kwam kuieren door de salon.

Maloof keek van de een naar de ander. "Niemand lijkt erg blij te zijn; zijn er moeilijkheden?"

"Ja," zei Moncrief. "We zitten in een impasse. Uw advies kan ons van nut zijn."

"Mijn meningen zouden best voor geen der partijen prettig kunnen zijn. Maar ik wil het risico wel nemen, als jullie dat ook doen."

Moncrief beschreef het geschil met zo weinig mogelijk woorden terwijl hij probeerde het objectief te stellen. Siglaf en Hunzel voegden er diverse min of meer bijtende commentaren aan toe en toen spraken de drie meisjes hun standpunt uit.

Maloof keek naar het tafelblad. "Wat zijn dat voor papieren?"

"Mijn aantekeningen voor nummers voor de Muizenruiters, meer niet," zei Moncrief.

Maloof keek om zich heen. Kan iemand hier documenten tonen om zijn of haar eisen te staven?"

"We hebben geen documenten nodig," gromde Hunzel. "We baseren onze aanspraken op wiskundige waarheden."

Maloof keek Moncrief eens aan. "En u?"

"Ik kan alleen wat willekeurige aantekeningen laten zien, een paar ontvangstbewijzen, misschien een paar grootboeken van theaterproducties, en verder indexen en een paar schetsen voor toekomstige Muizenruiterproducties. Misschien dat die een sprankje licht werpen op deze ellendige aangelegenheid, althans dat hoop ik."

"We willen meer dan een sprankje licht; wij willen ons geld!" beet Siglaf hem toe.

Maloof stond op. "Ik adviseer het volgende. Alle partijen verzamelen alle beschikbare documenten, memoranda, contracten, aantekeningen en alles wat verder ter zake dient, en stelt dan een nauwkeurige staffel van aanspraken op, zo gedetailleerd mogelijk. Dan kunnen we terugkeren naar de onderhandelingstafel wanneer het ons uitkomt."

Siglaf en Hunzel trokken lelijke gezichten ten teken dat ze niet voldaan waren en beenden terug naar hun hut.

Moncrief zei somber: "Ik ben een geoefend impresario, met de gave van zowel scheppingskracht als vernuft; ik heb Muizenruitervertoningen georganiseerd en nog veel meer, maar ik ben niet iemand die op nietige details let."

"Je zult je archief met zorg moeten doorzoeken," zei Maloof. "Eén getal is beter dan een dozijn veronderstellingen!"

Maloofs instructies ten spijt werd het overleg dat hem voor ogen had gestaan, verhinderd door een onverwachte gebeurtenis. Gedurende de nacht kwamen onbekende lieden aanzetten uit de steppen, heimelijk als geestverschijningen. Ze hielden stil achter het verste magazijn en togen met geruisloze doelmatigheid aan het werk. Toen ze vertrokken bevonden de tweeëndertig mandflessen kasic zich in hun bezit.

4

Wingo, die vroeg was opgestaan, was een ochtendwandelingetje gaan maken met zijn camera, in de hoop een mereng te verrassen bij een of andere interessante bezigheid. Toen hij langs het verste magazijn liep, ontdekte hij sporen van braak alsmede dooreenlopende sporen in het gras en een tweetal wagensporen die naar het noordoosten verdwenen.

Wingo rapporteerde zijn bevindingen aan Maloof die Myron eropuit stuurde om directeur Gontwitz te waarschuwen. Myron trof Gontwitz aan een ontbijt bestaande uit havermoutpap en thee. Tact en behoedzaamheid hadden geen van beide zin; Myron zei dus: "Slecht nieuws, mijnheer! De kasic is gestolen."

Gontwitz staarde hem onaangedaan met malende kaken aan terwijl hij de laatste pap naar binnen werkte. Toen schoof hij naar zijn radio toe. Myron die ernaast stond hoorde Dockerls opgewekte stem uit het luidsprekerdoek schallen. "Dockerl hier!"

Gontwitz' stem sloeg over van emotie. "Je bent dus nog niet op staande voet naar Port Palactus vertrokken, zoals ik je opdroeg."

Dockerl haastte zich de zaak uit te leggen. "We ondernemen steeds gezwind actie. We maakten ons op voor het vertrek terwijl we wel tien noodsituaties het hoofd moesten bieden! Nu zijn die onder de duim en is ons vertrek aanstaande!"

"Maak je niet onnodig moe," zei Gontwitz droog. "De Lallankers zijn je voor geweest; de kasic is weg. Sta me toe, als je zo goed wilt zijn, kritiek te leveren op de loomheid van je handelingen. Ik vraag je slechts om die te vergelijken met de Rittercode waar die rept over de plicht."

Toen Dockerl er eindelijk een woord tussen kon krijgen riep hij uit: "In plaats van me ter verantwoording te roepen voor iets dat niets is, zou je me complimenten moeten maken om mijn verstandig gedrag, te weten dat ik een vruchteloze dolle rit over de steppe heb voorkomen! Ik vermeed een oefening in nutteloosheid en bespaarde jou een knallende verlegenheid! Bezit je dan geen sikkepitje erkentelijkheid?"

Myron keerde terug naar de Glicca waar hij kapitein Maloof aantrof in overleg met Wingo en Schwatzendale. Hij sloot zich bij het groepje aan en luisterde belangstellend naar hun besprekingen.

"Veel risico kleeft er niet aan en de voordelen liggen voor de hand," zei Maloof. "Iemand een andere mening toegedaan?"

"Niemand," zei Schwatzendale. "Het is een gedegen plan."

"Dat vind ik persoonlijk ook," zei Maloof. "Tref je maatregelen en ga maar."

Schwatzendale, Wingo en Myron lieten de scheepszwever op de grasmat zakken. Ze gingen aan boord en stegen op. Beneden hen strekte de steppe zich naar alle richtingen uit tot voorbij alle horizonten, eenvormig, op een aantal trage golven na, waar de wind het gras beroerde, en het dubbele spoor van de wagens van de Lallankers dat naar het noordoosten voerde.

Op een hoogte van zo'n driehonderd meter volgde de zwever het karrenspoor en na een halfuur kwam de prooi al in zicht: een stoet van vijf wumps die elk op zijn brede rug een trimbel droeg met een voor- en achterbalkon. De hellingen van de hoge puntdaken waren kunstig gewelfd van vorm met pittoresk opstaande dakranden. De balkonnetjes waren verlaten; kennelijk rustten de Lallankers uit van hun nachtelijke arbeid en de daaropvolgende slemppartij. Een lang touw hing af van de achterste wump in de stoet; daarmee werd een wagen voortgetrokken die geladen was met mandflessen.

In de zwever overlegden Schwatzendale, Wingo en Myron waarna ze het eens werden over een strategie die hun eenvoudig en onomwonden voorkwam. Schwatzendale liet de zwever zakken tot ze vlak over het gras scheerden; toen naderde hij de stoet van achteren totdat de zwever bijna de wagen aantikte.

Myron sprong in een van de wumpsporen waar het gras was plat-gewalst en holde naar de voorkant van de wagen. Met een scherp mes sneed hij het touw door dat slap viel en door het gras slierde achter de van hen weg sjokkende wump aan. Myron liep om de wagen heen terug naar de zwever voordat er een mereng uit het gras tevoorschijn kon komen om zijn been te grijpen. De stoet wumps vervolgde hun weg naar het noordoosten terwijl de Lallankers onkundig waren van het verlies van hun buit.

Schwatzendale nam contact op met de Glicca en rapporteerde het gebeurde aan kapitein Maloof. "De Lallankers lijken allemaal te slapen. Hun wumps verdwijnen al in de verte en alles is volkomen rustig; die zullen verbaasd zijn als ze eenmaal weer wakker worden."

Vijftien minuten later zweefde de Glicca omlaag uit de lucht en landde vlak bij de wagen. Het laadruim werd opengeworpen en de mandflessen werden naar het ruim overgebracht. De Glicca steeg op en keerde terug naar Port Palactus, om een mijl ten zuiden van de ruimte-haven te landen, midden in het gras.

"We zijn hier met een bepaald doel," zei Maloof tegen zijn beman-ning. "Gontwitz is een complex iemand en tevens een Ritter. Al met al onderhandel ik liever hier met hem, dan in zijn kantoor."

Schwatzendale was sceptisch. "Je theorie is gedegen," gaf hij toe, "maar zal Gontwitz —"

"Dat staat nog te bezien. Hoe dan ook, jij mag hem nu aanspreken op zijn kantoor en hem aan boord van de Glicca noden."

Op de ruimtehaven was Gontwitz recalcitrant, zoals al verwacht was, maar Schwatzendale slaagde er ten slotte in hem zover te krijgen dat hij aan boord van de zwever kwam om naar de Glicca te vliegen. Maloof ontving hem bij de buitendeur en nodigde hem hoffelijk aan boord.

Het tweetal nam plaats aan de vergadertafel in een hoek van de salon. Wingo bracht thee en koekjes waar Gontwitz geen acht op sloeg. "Waarom hebt u me hierheen gehaald, in het lange gras?" vroeg hij. "Ik doe liever zaken met u in mijn officiële ruimten."

"Precies," zei Maloof, "maar ik dacht dat we het hier misschien wat gerieflijker zouden hebben."

"Hoe het ook zij, het doet niet ter zake! Wees zo goed me het doel van deze ontmoeting te ontvouwen."

"Om te beginnen wil ik mijn medeleven uitdrukken voor het verlies van uw mandflessen."

Gontwitz haalde zijn schouders op. "Maak u niet druk. Als Ritter verdraag ik alles met dezelfde gelijkmoedigheid. De vector van mijn leven is de Ritterweg."

"De diefstal laat u onverschillig?"

Gontwitz trok een donker gezicht. "Uw uitdrukkingen slaan de plank op een vreemde wijze mis. Natuurlijk heb ik liever dat de kasic op gepaste wijze door de daartoe aangewezen gezaghebbende — dat is te zeggen: mijzelf — zou worden verdeeld. Maar zoals gebruikelijk hebben de Lallankers alle fatsoen aan hun laars gelapt; ze rommelen nu op hun wumps over de steppe naar Maagdenwater of zo'n ander berucht ontspanningsoord waar ze de kasic zullen omzetten in een groot brouhaha van sybaritische dwaasheden."

"Gelukkigerwijs," zei Maloof, "kan ik nu onthullen dat de Lallankers slechts een overmaat van verdriet en smart zullen kennen en wel hierom: mijn bemanning heeft het spoor van de Lallankers gevolgd in de zwever en is stilletjes van achteren genaderd. Ze hebben de wagen losgemaakt zonder de aandacht te trekken en we hebben de mandflessen aan boord van de Glicca gebracht, waar ze zich nu bevinden."

Een poosje bleef Gontwitz er zwijgend bij zitten, de onthutsend nieuwe toestand overpeinzend. Toen zei hij, terwijl hij zijn best deed niet onbeleefd te klinken: "Wat bent u van plan te doen met de kasic? Ik hoop dat deze weer onder geëigend beheer zal worden gebracht."

"Dat is ook een mogelijkheid," zei Maloof. "Op het ogenblik zijn wijzelf het geëigend beheer, aangezien we de kasic hebben gered van de onverantwoordelijke Lallankers. Maar onder zekere voorwaarden zou de kasic heel wel weer naar uw beheer kunnen worden overgebracht."

Met ijzige stem vroeg Gontwitz: "Wat zijn deze voorwaarden?"

"Ik zal ronduit spreken," zei Maloof. "U hebt ons verteld dat er op de Torqualhoogte honderden, zo niet duizenden tapijten in het depot liggen opgeslagen."

"Iets in die geest heb ik inderdaad gezegd," beaamde Gontwitz toonloos.

"Uiteindelijk zullen deze tapijten onder dergelijke omstandigheden verschimmelen en wegrotten. Een grote schande om zulke schatten en hun zinderende schoonheid zo te verspillen, terwijl ze tot constructief nut zouden kunnen dienen."

"Dat is waar, tragisch genoeg."

Maloof knikte. "Vijftig tot zestig van deze tapijten zouden nooit gemist worden."

Gontwitz zei behoedzaam: "Theoretische bestaan er mogelijkheden, vooropgezet dat zekere maatstaven van decorum worden erkend."

"Dat is vanzelfsprekend!" verklaarde Maloof. "We verhuizen in elk geval naar de Torqualhoogte, om de tapijten voor Monomarche in te laden. Ik stel u voor dat het laden zonder ophef geschiedt; het hele proces kan snel en vaardig worden afgewikkeld, zonder dat iemand er lucht van krijgt, als wij zelf het laden voor onze rekening nemen."

"En de kasic?"

"De mandflessen worden in uw hoede gegeven waar u maar aangeeft ze te willen hebben."

"Dat is bevredigend," zei Gontwitz.

Hoofdstuk VI

Een uur voor zonsopgang vertrok de *Glicca* van Sterhuizen met tweeënzestig tapijten in rolletjes in het achterste laadruim. Een pakket van veertien tapijten zou worden afgeleverd aan Monomarche te Cax; achtenveertig tapijten had directeur Gontwitz overgedragen aan kapitein Maloof in ruil voor tweeëndertig mandflessen kasic. Op twee van deze tapijten maakte Myron Tany aanspraak voor privédoeleinden; de overige zesenveertig zouden door kapitein Maloof zo gunstig mogelijk van de hand worden gedaan, wanneer de omstandigheden een dergelijke verkoop mogelijk maakten.

Op de ochtend van de tweede reisdag hervatten kapitein Maloof en de Muizenruiters het overleg, dat enkele dagen voordien in Port Palactus was afgebroken.

De groep kwam bijeen rond dezelfde tafel als tevoren. Kapitein Maloof was de eerste die aankwam, gevolgd door Moncrief en de drie meisjes en ten slotte door de gemelijke Kluten. Maloof nam plaats aan het hoofd van de tafel, de Kluten aan het andere uiteinde, Moncrief rechts en de meisjes links.

Maloof nam het groepje eens op maar trof daar niet meer jovialiteit aan dan tijdens de eerste zitting. De Kluten mompelden tegen elkaar en wierpen nu en dan woedende blikken op Moncrief; Moncrief zat erbij met een uitdrukking van milde lijdzaamheid, met zijn handen bescheiden gevouwen op tafel.

Maloof nam het woord, en probeerde een positieve opstelling uit te stralen. "Vandaag gaan we verder waar we de laatste maal gebleven waren en ik hoop dat we nu tot een overeenstemming kunnen komen waarmee iedereen in elk geval vrede kan hebben. Ik zal optreden als onpartijdig scheidsrechter. Ik ben geen juridisch deskundige maar gedurende mijn diensttijd bij de IPCC heb ik veel praktische kennis opgedaan van het Gaiaanse recht, en dat ben ik nog niet vergeten. Bij onze laatste bijeenkomst heb ik jullie gevraagd jullie papieren door te kijken en al het materiaal mee te brengen dat jullie aantroffen met betrekking tot deze zaak. Ik hoop dat dit gebeurd is."

Siglaf zei knorrig: "We hebben geen papieren aangetroffen van het soort dat u in gedachten had, maar dergelijke documenten zijn ook niet van node, aangezien we onze aanspraken zullen bewijzen met gebruikmaking van heel gewone rekenkunde."

Maloof richtte zich tot Moncrief. "En u, heer Muizenruiter? Hebt u ons iets te laten zien?"

Moncrief glimlachte, bijna verontschuldigend. "Ik heb mijn mappen doorgenomen en een aantal facturen, ontvangstbewijzen, bankafschriften en memoranda van algemene aard aangetroffen, voornamelijk materiaal van weinig gewicht. Ik stootte in de rommelstapel echter op een paar documenten die wellicht belangwekkend zijn." Hij tastte in zijn zak en pakte een bruin mapje dat hij op tafel legde.

Maloof richtte zich weer tot de Kluten. "Waaruit bestaat nu precies de substantie van jullie aanspraken?"

"Eenvoudiger kan het niet," stelde Hunzel. "Moncrief is ons geld schuldig. Hij kan niet langer dreutelen of het onderwerp uit de weg gaan; hij moet nu betalen."

Siglaf hield haar hoofd schuin en trok een grijns die bijna onzindelijk was te noemen. "Hij zal armoede aanvoeren, met tranen in zijn ogen! Maar let daar niet op; tussen zijn bezittingen schuilt een heel vermogen."

Moncrief lachte droevig. "Was dat maar waar! Dat zou lurulu zijn van de meest verheven orde! Ik zou nooit meer Muisrijden."

"Bah," mopperde Hunzel. "Je spot getuigt van wansmaak en vermaakt niemand. Betaal ons liever ons geld uit, in plaats van onze tijd te verspillen met je geweeklaag over geldgebrek."

"Ik was mij er niet van bewust dat ik jullie geld schuldig was."

De Kluten staarden hem ongelovig aan en slaakten toen stuk voor stuk een korte, sarcastische lach. "Dat is weer een van je kwinkslagen," zei Hunzel. "Doet er niet toe; we kunnen ons gelijk bewijzen. Je hebt geen been om op te staan."

"Alstublieft," zei Maloof. "Jullie kunnen nu de details van de zaak voorleggen."

"We ontmoetten Moncrief in Frippen, bij de Schele Heuvels op Numoy," begon Hunzel. "We waren uit de heuvels gekomen om verslag uit te brengen aan de Endersvallei Vondelingenhoeve waar we twee jaar tevoren de meisjes onder onze voogdij hadden laten stellen. Om een of andere reden maakten we Moncriefs belangstelling gaande. Hij sprak met ons — en nog veel langer met de meisjes. Hij zei dat hij het hoofd was van het befaamde gezelschap de Muizenruiters en dat er op dat moment vacatures waren, die hij probeerde te vervullen; hij vroeg of we lust hadden ons bij zijn gezelschap te voegen. Hij vertelde prachtige verhalen over opwindende avonturen en reizen tussen de sterren, over wonderlijke oorden die we zouden bezoeken en de honderden vreemde lieden die we zouden ontmoeten — terwijl we al die tijd geld zouden verdienen. Hij zag dat we belangstelling hadden en deed ons voorstellen over hoe we het zouden regelen. Hij sloeg dit voor en dat en vertelde wat de voordelen van het ene en het andere plan waren, tot we helemaal in de war waren. Toen schreef hij de keuzemogelijkheden op. We kozen het plan dat ons het gunstigst leek en zo werden we Muizenruiters.

"Een poos lang trokken we rond door de diverse provincies van Numoy. Toen bracht een ruimteschip ons naar Lally Komar op de planeet Spangard. Daarna trokken we van hot naar haar en zoals Moncrief ook toegezegd had was het overal anders — soms goed en soms ook niet zo best. Maar elke keer als we geld wilden hebben, kreeg Moncrief zenuwtrekken. Hij kwetterde en monkelde en danste van zijn ene voet op zijn andere; en dan zei hij dat hij zijn boeken moest raadplegen. Soms kneep hij zijn mond zuinig samen terwijl zijn blik wazig werd en dan tastte hij in zijn zak en haalde er een paar sol uit die hij een voor een in onze handen uittelde. En zo ging het steeds, totdat Siglaf uiteindelijk berekende hoeveel hij ons schuldig was.

"Hij had toegezegd Siglaf en mijzelf elk zes sol per dag te betalen en de meisjes elk vier sol per dag, uit te betalen aan ons, aangezien de meisjes onder contract staan en onder ons toezicht werken. Ze hebben nooit geprobeerd hun contract, dat honderd sol per persoon waard is, af te kopen, en onze hoop is de bodem ingeslagen."

Siglaf leunde naar voren. "Moncrief is van een verfijnde listigheid. In Frippen probeerde hij ons in de war te brengen door eerst linksom te praten en dan rechtsom. Maar wij waren verstandiger dan hij en nu is hij wanhopig. Hij heeft elke mogelijke kunstgreep geprobeerd om ons onrechtmatig ons geld te onthouden, maar we zijn vastbesloten. Als hij ons niet betaalt, verlaten we de Muizenruiters in Cax."

Maloof stak zijn hand op. "Nu gaat u veel te snel en te ver. Hoeveel is Moncrief jullie volgens jullie berekeningen schuldig?"

"Dat bedrag is eenvoudig te bepalen," zei Hunzel. "Eenvoudigheidshalve rekenen we met vijf dagen in de week en vijftig weken in het jaar. Siglaf en ik verdienen elk zes sol per dag, ofwel dertig sol in de week, ten bedrage van vijftienhonderd sol per jaar. Na drie jaar hebben we elk vijfenveertighonderd sol verdiend, dat is in totaal negenduizend sol. De meisjes verdienen duizend sol per jaar maal drie, maal drie jaar, geeft een totaal van negenduizend sol en een algeheel totaal van achttienduizend sol."

"Hm," zei Maloof. "Dat is een aanzienlijk bedrag."

"Dat is het zeker," zei Siglaf. "Van tijd tot tijd heeft Moncrief wel een paar sol uitbetaald: vijf sol hier, en nog eens tien sol daar, nog een paar dinkets als hij in een rijke bui was. Door de jaren heen heeft hij, als hij een aanval van schuldbewustzijn had, weleens tweehonderd sol uitbetaald! Wij zijn daarentegen goedgeefs: als bewijs van onze persoonlijke ruimhartigheid vragen we slechts vijftienduizend sol. Maar dat bedrag moet hij betalen, of we verlaten het gezelschap in Cax en dan kan Moncrief in zijn eentje in het Trevaniaan de kazatzka gaan dansen terwijl hij op de fluit speelt."

Moncrief schudde zijn hoofd vol verwondering. "Nimmer had ik zulk een extravagante verbeelding achter de Kluten gezocht! Hun beweringen zijn uiteraard pure verzinsels."

Maloof zuchtte. "Wat is dan uw versie van het gebeuren?"

"Dat zal ik met genoegen uitleggen! Het relaas van de Kluten is in zijn algemeenheid correct. Onze eerste ontmoeting was in Frippen, op Numoy. Ze maakten een dramatische indruk op me. Ik was juist bezig met een reorganisatie bij de Muizenruiters en zocht nieuw personeel. Ik zag dat de Kluten met hun dreigende bonkige gestalte en woeste gezichten — in opvallende tegenstelling tot de drie meisjes met hun bekoorlijkheid, onschuld en vroegrijpe ondeugd — waardevolle aanwinsten zouden zijn voor de Muizenruiters. Ik bood hun een dienstverband bij mijn gezelschap aan, hetgeen ze gevijven aanvaardden, zonder enige aarzeling. De Kluten wilden weten hoeveel ze zouden verdienen. Ik legde uit dat ze lid konden worden van het gezelschap en dan een aandeel in de winst zouden ontvangen — na aftrek van gemaakte kosten; of ook konden ze de tweede optie kiezen en op uurbasis werken: zoveel uur voor voorstellingen, voor repetities en wanneer ze maar doende waren voor het gezelschap, in welk geval ze hun eigen onkosten zouden moeten betalen.

"Gedurende de drie daaraan voorafgaande maanden had het gezelschap rondgetrokken in de provincies van Fiametta, waar we twee voorstellingen per dag gaven. De Kluten zagen dat ze onder dergelijke omstandigheden aanmerkelijk konden verdienen en kozen voor de tweede optie. Om er zeker van te zijn dat ze begrepen wat hun keuze inhield, zette ik de voorwaarden voor Optie Een en Optie Twee uitgebreid op papier, zo duidelijk als ik kon. Ik stond erop dat ze hun keuze zouden aankruisen en dan zouden tekenen, hetgeen ze deden.

"Ze legden uit dat de meisjes onder contract bij hen stonden en dus niet behoefden te tekenen, hetgeen ik voor waar aannam."

"En hebt u dat document bewaard?"

"Jazeker! Door scha en schande wijs geworden heb ik geleerd wat een zorgvuldig bijgehouden archief waard is." Moncrief sloeg het bruine mapje open en haalde er een vel papier uit dat hij Maloof overhandigde. De Kluten keken toe met ogen die van achterdocht half toegeknepen waren.

Maloof nam het document door. De tweede alinea was geparafeerd en ernaast stonden twee handtekeningen in een schrift dat zo excentriek was, dat het vrijwel onleesbaar was. Hij keek naar de Kluten aan het eind van de tafel. "Ik neem aan dat jullie je herinneren dat jullie dit document hebben getekend?"

De Kluten haalden hun schouders op en keken elkaar aan. Siglaf zei: "Dat was drie jaar geleden. Het papier is vergeeld en oud en het schrift is verouderd. Leg dat papier weg en laten we de zaken aanpakken zoals ze er nu voor staan."

Maloof schudde zijn hoofd. "Dat is misschien het gebruik in de

Schele Heuvels op Numoy, maar elders in het Gaiaanse Bereik gaat het anders."

"Doet er niet toe," zei Siglaf. "Op onze cijfers valt niets af te dingen."

"Het zijn inderdaad mooie cijfers!" zei Maloof. "Het ontbreekt ze echter aan enige binding met de onderhavige zaak, en ze dienen verworpen te worden."

De Kluten staarden hem koppig aan.

Maloof keek naar Moncrief. "Hebt u nog meer op papier staan?"

Moncrief deed opnieuw zijn mapje open en haalde er twee opschrijfboekjes uit: een zwart en een groen exemplaar. "In het zwarte opschrijfboekje noteer ik de details van al onze optredens en de bijbehorende repetities, alsook overige pertinente informatie. In het groene boekje houd ik alle onkosten bij met betrekking tot het gezelschap. Deze feiten neem ik over in mijn gegevensverwerker wanneer mij dat uitkomt, zodat ik toegang heb tot aankopen en betalingen van allerlei aard; want waarachtig, die machine verschaft me meer gegevens dan ik nodig heb. Ik kan er de uren uit aflezen die door zowel de Kluten als de meisjes gewerkt zijn, en wat zij daarmee verdiend hebben. In het groene boekje staan alle kosten die met betrekking tot de bezigheden van de Muizenruiters zijn gemaakt. In die kosten zijn voedsel, onderdak en vervoer ten behoeve van de Kluten en de meisjes begrepen. Ik wil erop wijzen dat de Kluten, in weerwil van hun contract, nog geen dinket hebben vergoed van deze kosten, die niet onaanzienlijk waren. Waarom heb ik toegestaan dat ze zolang in gebreke bleven? Omdat ik ook het totaal kende van hun verdiensten en zag dat deze twee bedragen te allen tijde dichtbij elkaar in de buurt kwamen. En bovendien: wanneer hun verdiensten in belangrijke mate de onkosten overtroffen, betaalde ik hen zoveel uit dat het evenwicht weer werd hersteld. Ik heb ontvangstbewijzen om aan te tonen dat ik in drie jaar meer dan zo'n negenhonderd sol heb uitgekeerd. Misschien is er nu weer een klein verschil; ik heb dat niet kortelings nagegaan."

Maloof zei tegen de Kluten: "Jullie hebben de verklaring van Moncrief gehoord. Willen jullie zijn boeken nalopen?"

"Met wat voor doel?" mompelde Siglaf. "We kunnen zijn wormsporen toch niet ontcijferen. We zijn alleen zeker van onze eigen cijfers die drie jaar hard werk vertegenwoordigen."

Hunzel zei: "Moncrief dient een definitieve toezegging te doen, anders verlaten we het schip in Cax. Dat is het enige wat we nog kunnen doen."

Moncrief breidde zijn armen uit alsof hij om matiging smeekte. "Hoe kan ik gelden uitbetalen die ik niet bezit? Jullie vragen het onmogelijke!"

Siglaf gromde grof. "We komen dan wel uit de Schele Heuvels maar dommekrachten zijn we niet. We weten dat je een dikke bulk sols tussen je spullen verborgen houdt. Wij willen ons deel!"

Hunzel zei: "De zaak is duidelijk! Je betaalt ons, of wij verlaten met ons vijven het schip in Cax."

Moncrief klakte met zijn tong in wanhoop. "Jullie kunnen de meisjes niet meenemen! Die horen bij mijn gezelschap."

"Desniettemin gaan ze met ons mee."

"Dat is genadeloze snoeverij! Cax is een somber oord. Jullie zouden er maar heen en weer zwerven, koud en hongerig. Jullie kunnen de meisjes niet aan dergelijke ellende blootstellen!"

"Wij kunnen anders ook best vooruitdenken!" zei Siglaf. "We beginnen een onderneming en zetten de meisjes aan het werk. Met hun natuurlijke eigenschappen zullen ze heel wat geld in het laatje brengen en we houden onze prijzen hoog. Voor hen zal het een leuke nieuwigheid zijn."

Moncrief hervond zijn stem. "Dat is een gruwelijk idee! Wij zullen niet toestaan dat de meisjes het schip verlaten!"

Hunzel lachte honend. "Dat is iets wat je niet kunt voorkomen. Wij bezitten hun contracten en de meisjes staan onder onze voogdij. Dat is volgens de wet en als je daar tegenin gaat komt het je duur te staan!"

De meisjes keken van de een naar de ander. Froek vroeg: "Waar hebben jullie het over? Het schijnt over ons te gaan; jullie moeten ons vertellen wat er gaande is!"

Moncrief zei op afgemeten toon: "De Kluten zijn van zins jullie in Cax van de *Glicca* af te halen. Ze zullen mannen naar jullie toe brengen om jullie te bekijken en nemen vervolgens geld aan van elke man die jullie 's nachts in zijn bed wil gebruiken, of jullie nu willen of niet. Dat zal jullie werk zijn."

De meisjes keken de Kluten ongelovig aan. "Dat kan toch niet waar zijn! Zouden jullie dat echt met ons doen?"

"Het is een snelle manier om aan geld te komen," zei Siglaf. "Op Cax zullen we geld nodig hebben en jullie wennen vast snel aan het werk; het is beter dan hongeren en bibberen in de regen."

"Ik wil niet hongeren of bibberen," zei Froek. "Maar ik geloof niet dat ik dat soort werk leuk vind."

Poek zei: "Ik wil liever op de *Glicca* blijven en bij de Muizenruiters werken."

Sjoek zei: "Als Siglaf en Hunzel in die branche willen gaan werken, dan mogen ze van mij, maar wij blijven liever op de *Glicca*."

"Wat jullie liever willen is niet van belang," beet Siglaf hen toe. "Jullie staan onder contract en jullie moeten doen wat wij zeggen. Zo luidt de wet en jullie hebben geen andere keus."

De meisjes zaten er zwijgend en terneergeslagen bij.

Maloof stond op. "We hebben geen compromis weten te bereiken; sterker nog, de betrokkenen zijn in een impasse terecht gekomen. Ik heb beide partijen nu gehoord en naar mijn mening is Moncriefs boekhouding zeer overtuigend. Ik adviseer dat de Kluten doorgaan als tevoren, maar wat nauwkeuriger de financiën bijhouden. Als zij te Cax het schip willen verlaten dan kunnen ze zulks doen, maar wat dat meenemen van de meisjes betreft — in heel het Bereik is er geen tribunaal dat de bevoegdheden van een leercontract zo ver zou oprekken, dat dergelijke onfrisse doeleinden eronder begrepen zouden kunnen zijn." Hij dacht even na en zei toen tegen de Kluten: "Ik zou die leercontracten weleens willen zien, als ik mag."

"Dat mag niet!" beet Hunzel hem toe. "Dat zijn privépapieren."

"Niet per se," zei Maloof. "De meisjes hebben uiteraard het recht ze te bekijken wanneer ze maar willen."

Hunzel zei tegen de meisjes: "Jullie willen nu niet naar die papieren kijken, neem ik aan; waar of niet?"

Froek zei, "Ik ben er nieuwsgierig naar; ik zou die papieren graag zien."

Poek zei, "Ik ben ook nieuwsgierig. Ik wil ze zien."

Sjoek zei, "En ik ook."

Siglafs ogen fonkelden. "Goed dan! Jullie krijgen ze te zien, wanneer we wat meer privé onder elkaar zijn."

Froek vroeg: "Waarom nu niet? Er is hier niemand, alleen Moncrief en kapitein Maloof. Dat is privé genoeg."

De Kluten zaten rechtop op hun stoelen, stijf als stenen standbeelden. Na een ogenblik prevelde Hunzel, "Het komt nu niet uit om onze bezittingen overhoop te halen voor een dwaasheid."

Maloof zei, "Dit ogenblik komt prima uit. Breng ons de papieren en wel nu, anders zal ik mijn gezag als kapitein van de *Glicca* moeten laten gelden en ze zelf gaan zoeken."

De Kluten keken elkaar aan; toen hees Siglaf zich overeind en beende naar de hut die ze met Hunzel deelde. Een ogenblik later kwam ze terug met een vaalgele envelop die ze voor Maloof op tafel gooide alvorens haar plaats weer in te nemen.

Maloof keek de drie meisjes eens aan. "Zal ik de envelop nu openmaken?"

De meisjes knikten, voelend dat dit mogelijk een omwenteling in hun leven aankondigde.

Maloof maakte de envelop open en haalde er drie vellen dik beige papier uit. Hij legde ze op tafel en begon te lezen. Na een poosje glimlachte hij en toen begon hij te grinniken.

Moncrief kwam over zijn schouder meelezen. Hij sprak in een vreemde expressieve taal: *"Ton-ton eskoy!"*

"Precies," zei Maloof.

Poek vroeg bezorgd: "Wat staat er, en waarom lachen jullie?"

Maloof sprak zachtjes alsof hij een fragment lyrische poëzie opzegde. "Het groteske neemt soms zulke verheven niveaus aan dat het bijna subliem wordt." Hij wierp een blik op de Kluten; die keken woedend terug zonder aanzien des persoons.

Maloof zei tegen de meisjes: "Deze papieren schijnen officiële formulieren te zijn, uitgegeven door de Endersvallei Vondelingenhoeve, in de provincie Maundrydal, te Frippen op de wereld Numoy. Dat staat allemaal bovenaan de pagina.

"Het certificaat verleent de voogdij over Prasilian Sklavo, oud 14 jaar—"

"Dat ben ik," zei Froek.

"—'aan Siglaf en Hunzel Podeska, van de Cauterfelhof in Tado's Kerspel in de heuvels van de provincie Maundrydal, onder de volgende voorwaarden: de voogdessen beloven hun pupil een gerieflijk en veilig onderkomen te bezorgen en haar voedzame maaltijden voor te zetten van goede kwaliteit en naar de smaak van de pupil. De voogdessen dienen de pupil een normale schoolopleiding te geven alsook medische verzorging en tandzorg wanneer nodig, en dienen te trachten een vrolijke huiselijke sfeer te scheppen, waaronder tevens de gebruikelijke voorzieningen voor ontspanning. De pupil zal voldoende vrije tijd worden toegestaan voor gepaste maatschappelijke activiteiten maar dient tezelfdertijd worden behoed voor onfris gezelschap. De pupil zal niet gevraagd worden andere werkzaamheden uit te voeren dan de gebruikelijke kleine huishoudelijke taken. Van de pupil mag niet worden gevergd dat ze moeilijke, inspannende of gevaarlijke arbeid verricht.

" 'Belangrijk! De voogdijverlening geldt uitsluitend binnen de provincie Maundrydal. De pupil mag niet buiten de provincie of anderszins buiten het gezag van het Instituut worden gebracht; bij een dergelijke overtreding wordt de voogdijverlening ingetrokken. Het perceel waar de pupil gehuisvest is zal regelmatig worden geïnspecteerd door personeel van het Instituut om te zorgen dat aan de reglementen van het Instituut de hand wordt gehouden.

" 'In het geval dat de voogdessen in verband met de pupil buitengewone kosten moeten maken van wettige en verdedigbare aard, mogen genoemde voogdessen de pupil een verplichting of leer/werkcontract opleggen, hetwelk echter de honderd sol niet te boven mag gaan. Dit document dient ter wettiging van een dergelijk werkcontract voor zover de schuld is ontstaan en wordt afgelost binnen de provincie Maundrydal en het Instituut hiervan op hoogte is gesteld. Wordt de pupil buiten de provincie gebracht dan verliest enig werkcontract zijn geldigheid.

" 'De handtekening van beide partijen volgt hieronder.' "

Maloof bekeek de twee andere certificaten. "Ze luiden allemaal precies hetzelfde, alleen wordt in deze Lulanie Sklavo genoemd en in de andere Thalasso Sklavo, die naar ik aanneem Poek en Sjoek zijn."

"Dat klopt helemaal," zei Poek.

"En we zijn van dat contract af en hoeven de Kluten niet meer te gehoorzamen?"

"Precies. Deze papieren zijn waardeloos." Maloof keek naar de Kluten. "Zal ik ze verscheuren?"

De Kluten haalden hun schouders op en staarden bars naar de tafel. "Doe ermee wat je wil."

Maloof sprak gehaast: "Ik zal ze in mijn archief bewaren ter referentie, mocht dat ooit nodig zijn."

Maloof vouwde de papieren op, stopte ze in de vaalgele envelop en reikte die aan Moncrief.

Froek vroeg bezorgd: "Moeten we dan het schip uit in Cax?"

"Nee," zei Maloof. "Jullie zijn de Kluten niets verschuldigd; ze hebben geen gezag over jullie. Als jullie Muizenruiters willen worden en bij Moncrief willen werken, dan denk ik dat hij met zo'n regeling wel zal instemmen."

"Dat zou ons heel goed uitkomen," zei Sjoek. "En de Kluten — wat gebeurt er met hen? Verlaten die het schip in Cax om hun onderneming op te zetten?"

Siglaf zei nonchalant: "Misschien blijven we wel bij de Muizenruiters; we hebben niets beters te doen."

Moncrief nam de Kluten nadenkend op. "Ik zal het idee in beraad nemen. Ik kan niet ontkennen dat jullie een waardevolle rol spelen in vele van onze nummers; maar jullie zijn vervangbaar. We zien nog wel."

Na een poosje zei Maloof: "De onenigheid die op Sterhuizen begon is nu opgelost. Ik hoop dat alle betrokkenen ervan verzekerd zijn dat de oplossing strikt rechtvaardig was."

Siglaf en Hunzel gaven geen commentaar, maar stonden op en gingen naar hun hut.

Hoofdstuk VII

1

DE ORANJE STER Moulder regeert tweeëntwintig ver afstaande planeten, waaronder een enkele bewoonbare wereld, waaraan plaatsbepaler Abel Blenkinsop zijn eigen naam verbond. Nu, drieduizend jaar later, is het de thuiswereld van een hard, somber ogend volk, de Blenks, die wonen in grote steden en werken in een van de uitgestrekte industriële complexen waar goederen worden vervaardigd voor de helft van de werelden in de plaatselijke sector.

Noch het klimaat, noch het landschap van Blenkinsop mag bijzonder aangenaam heten. Doorgaans gaat de hemel schuil achter een dun wolkendek waardoor de reusachtige ster Moulder zich vertoont als een vage oranje schijf. De seizoenen lijken sterk op elkaar, ofschoon in wat nominaal de wintermaanden zijn, stortbuien en felle wind de smalle stadse straten vaker onveilig maken en voetgangers naar hun bungalow jagen, of ondergronds, het treinenstelsel in. De poolcontinenten in noord en zuid vormen bittere woestenijen van gletsjers tussen bergen van zwart gabbro. Van de zes resterende continenten bestaan er vier uit drassig moerasgebied, doorsneden door trage waterwegen. Op de twee andere continenten hebben de Blenks hun steden gesticht, om redenen die niemand zich meer heugen kan. De steden liggen ten noorden van de golvende heuvels en de industrieterreinen liggen nog weer noordelijker.

Door de jaren heen heeft de bevolking binnen haar gelederen drie burgerlijke klassen geschapen, die met de tijd tot duidelijk te onderscheiden kasten zijn gestold. Het meeste aanzien hebben de in verhouding weinige Shimerati, die langs de zoom van de zuidelijke hooglanden leven in paleizen, verborgen achter exotische tuinen. De volgende en lagere kaste is die van de Hummers, die financiers en mercantilisten van het hoogste niveau omvat, alsmede de juridische, medische en technische beroepsgroepen en de intelligentsia in het algemeen. Hun herenhuizen, die tegen de hellingen van het hoogland liggen, zijn opvallend pretentieuzer dan de eenvoudige maar elegante paleizen van de Shimerati. De derde kaste omvat de werkende klasse van Blenkinsop, die huist in stevige kleine bungalows die zich aaneenrijgen langs de onafzienbare straten van de stad.

Er is weinig verkeer in de nauwe straten: een paar sleperskarren en bestelwagens, handkarren voortgeduwd door stoere oude vrouwtjes en een paar gemotoriseerde riksja's op hoge wielen, die de Blenks tot taxi dienen. Voor normaal vervoer maakt men gebruik van de ondergrondse die onder de meeste straten loopt.

Uittreksel uit het *Handboek der Planeten*:

BLENKINSOP, Moulder 17

Afgezien van een enkele uitschieter is de typische Blenk makkelijk te omschrijven. Hij is van gemiddelde grootte en gedrongen bouw, meestal een paar pondjes te zwaar — een gegeven dat hem onverschillig laat, aangezien hij zeer weinig ijdelheid bezit. Zijn kleren kiest hij op duurzaamheid, en niet om de stijl; mocht hij toevallig in de spiegel kijken, dan aanvaardt hij zijn beeltenis zonder enige reactie; dit is hijzelf in zijn unieke eenzelvigheid.

Zijn persoonlijke optreden is nogal bot en bruusk en van tact en gratie is hij gespeend. Maar tot zijn eer strekt dat hij loyaal is, goedgeefs, zachtzinnig jegens vrouw en kinderen en uitermate moedig. Op zijn werk spreidt hij wedijver tentoon, aangezien zijn uitgangspunt en doel bestaan uit het vooruitkomen in status en rang.

Hij bezoekt het Trevaniaan zo vaak hij kan, soms met zijn gezin en soms alleen, en naar dat laatste gaat zijn voorkeur uit. In het warme waas van de murmelende duisternis vallen de spanningen van het dagelijks leven van hem af; hij heeft vrede met zichzelf en zijn omgeving. Hij zinkt weg in zijn stoel; de voorstelling vangt aan. Voor het grootste deel kijkt hij passief toe en is zelden onderhevig aan emotie. Aan het eind van de avond staat hij met tegenzin op van zijn stoel en verlaat langzaam het Trevaniaan, nog enigszins opgaand in een semi-euforische stemming. Hij gaat met de ondergrondse naar huis, waar de kinderen slapen en zijn vrouw een warme kom soep voor hem klaar heeft staan.

Het Trevaniaan wordt ook bezocht door de hogere kasten. De Shimerati bezetten het hoge balkon, waar ze kunnen worden gezien door de spelers op het toneel, mochten die de moeite nemen om te kijken — ofschoon ze dan alleen een paar bleke, ovale vlekken zouden ontwaren, altijd verstoken van bezieling. De Hummers op het balkon daaronder vallen veel meer op; ze dragen hun meest schitterende kostuums en gedragen zich in overeenstemming met een geritualiseerde etiquette. De dames veroorloven zich de vrije hand in monumentale coiffures, die fonkelen van kleine lichtgevende versieringen en waarvan gekleurde linten laag afhangen. Hun gedrag is bij die gelegenheid zeer overdreven; ze gebaren met wapperende vingers; ze lachen gemaakt, pruilen en staren naar het plafond in gespeelde wanhoop wanneer onvergeeflijkerwijs op hun wensen geen acht wordt geslagen. Ze wenken hun kennissen en kirren en werpen boeketjes naar hun favorieten, terwijl ze genieten van de verversingen die door bedienden in livrei worden opgediend.

Eenzelfde voorliefde voor overdaad en overdrijving uit zich in de Hummerse bouwstijl, die het ongebruikelijke, het bizarre en fantastische, alsmede rococo voorschrijft. Op de in de helling aangebrachte fundering verheffen de Hummerse herenhuizen zich drie verdiepingen hoog, elk met zijn uitmonstering van koepeltjes, erkers, balkonnetjes, privéterrasjes en hangende glazen bollen, geheel gestoffeerd ten behoeve van diegenen die gaarne theedrinken en petit-fours of bevroren mousse tot zich nemen, terwijl ze zoetjes heen en weer schommelen in het vage oranje zonlicht.

Heel anders zijn de paleizen der Shimerati, die laag zijn, on-
regelmatig en bedrieglijk eenvoudig, gebouwd volgens de voor-
schriften van een ingetoomde élégance, met gebruik van porfier,
maansteen en git, en heel nu en dan een zuiltje van malachiet.

2

Vanuit de stuurhut van de *Glicca*, verscheen de ster Moulder eerst als
een oranje vonkje tegen een achtergrond van verre, vaag zichtbare
sterrengroepen. Naarmate de *Glicca* naderbij kwam groeide de vonk tot
een enorme oranje schijf met een gevolg van tweeëntwintig planeten.

Kapitein Maloof stuurde de *Glicca* naar de zeventiende van die
werelden, die lang geleden door plaatsbepaler Abel Minger Blenkinsop
was geregistreerd, met gebruikmaking van zijn eigen naam.

De wereld Blenkinsop beneden hen groeide. Maloof maakte contact
met het ruimtevaartkantoor in Cax en kreeg landingsinstructies. De
Glicca daalde door wolkendek en ochtendgloren en koerste naar Cax in
het vroege ochtendlicht. Maloof zocht het landingsterrein en stuurde
de *Glicca* naar de haar toegewezen standplaats.

Zodra de buitendeur was geopend en de loopplank was uitgelaten, verlieten drie functionarissen in uniform het havenkantoor en
draafden over het terrein naar de *Glicca*. Ze overlegden een ogenblik,
gingen dan de loopplank op en betraden de salon. Een halfuur lang
onderwierpen ze de opvarenden en het schip zelf aan de standaard
inreisformaliteiten.

Zodra ze verklaringen van geen bezwaar hadden afgegeven en vertrokken, liep Myron in zijn hoedanigheid als administrateur met hen
mee over het terrein naar het lange, lage gebouw waar hij het kantoor
van de directie van de ruimtehaven verwachtte te vinden. Hij liep tegen
de oprit van een laadperron op. Een paar meter naar links was een gang
die het gebouw binnenvoerde. Op een bord met een pijl die naar binnen wees stond:

—— NAAR HET KANTOOR VAN DE DIRECTEUR ——▶

Myron sloeg een hoek om en stond bijna meteen voor een hoge
deur waarop alweer een bord hing:

RICO YAIL
Directeur
Kom maar binnen

Op Myrons aanraking gleed de deur al open; hij kwam binnen in een ruime kamer, schaars gemeubileerd met een groot bureau, een paar stoelen en een hoge archiefkast. Aan de wand hing een enkele versiering: een affiche in tinten van zwart, grijs en donkerrood, waarop vijfentwintig typen ruimteschip waren afgebeeld die op dat ogenblik in gebruik waren. Achter het bureau zat op zijn gemak een forse man van onbestemde leeftijd, met een loom, knap gezicht. Het bureau torste geen documenten, grootboeken of dossiers; als dit inderdaad de directeur was dan leek hij niets omhanden te hebben en een stuk nonchalanter te zijn dan Myron verwacht had. De man zei hoffelijk: "Meneer, neem plaats als u wilt en leg me uit hoe ik u helpen kan."

Myron zette zich op een van de stoelen en legde een stapeltje papieren op het bureau. "Ik ben Myron Tany, administrateur op de *Glicca* die zojuist is aangekomen. Wij hebben een gemengde lading aan boord, inclusief tien balen huiden van de planeet Madlock, een aantal gevarieerde colli van Fluter en elders, en van Sterhuizen een zending van veertien tapijten voor Monomarche, dat naar ik aanneem een plaatselijk koopmanshuis is."

"In heel algemene zin hebt u gelijk," zei Yail. "In elke stad op Blenkinsop bestaan een paar grote warenhuizen die lijken op Monomarche, zij het op bescheidener schaal. Deze warenhuizen leveren goederen van elke aard, plaatselijke zowel als buitenwereldse. Ze bedienen de gewone Blenks zowel als de bovenste kasten. Monomarche is de meest prestigieuze van deze groep bedrijven en bezit aanzienlijke invloed. Excuseert u mij heel even." Hij sprak in zijn communicator, luisterde, en zei toen tegen Myron: "Wat voor transporttarieven of andere bedragen staan er uit voor de tapijten?"

"Geen. Alle kosten werden vooruitbetaald op Sterhuizen."

Yail richtte zich opnieuw tot de communicator. Hij sprak een paar woorden, luisterde, plaatste het toestel toen weer in zijn houder. "Alles is nu geregeld," zei hij tegen Myron. "Ze zullen iemand sturen om de tapijten op te halen, dus daar hoeft u zich geen zorgen meer om te maken. Ik zal tevens een werkploeg sturen om de rest van de vracht voor Cax te lossen en daarmee eindigt uw verantwoordelijkheid."

Myron begreep het niet goed. Hij wees naar de documenten die hij op het bureau had gelegd. "Hier zijn de betrokken connossementen, facturen, certificaten en een aantal formuleren die nu direct dienen te worden ingevuld." Hij wilde ze over het bureau schuiven maar Yail hief zijn hand op ten teken dat hij niet verder moest gaan. "Doorgaans is er een klerk bij de hand om dergelijke zaken af te wikkelen maar vandaag is hij vrij, dus u kunt de paperassen in gindse prullenmand deponeren, waar ze ons geen kwaad zullen doen."

Myrons mond viel open. "Meent u dat werkelijk?"

"Natuurlijk! Morgen komt er hier weer een klerk; die mag het afval doorzoeken als hij wil. Dat is zijn voorrecht. Maar wij hebben belangrijker zaken te doen."

Zonder verder tegen te spreken volgde Myron zijn aanwijzingen op.

"Mooi!" zei Yail terwijl hij achteroverleunde. "Welaan dan: welke havens doen jullie hierna aan?"

"De route ligt voor zover ik weet nog niet definitief vast," zei Myron. "We hebben geen staande verplichtingen; feitelijk zijn we vrij om eventuele vrachten te accepteren die u mocht willen verschepen."

"Voortreffelijk! We kunnen vracht bieden met uiteenlopende bestemmingen; de meeste, dat moet ik wel zeggen, liggen bezijden de standaard ruimteroutes — wat niet noodzakelijkerwijs een nadeel behoeft te zijn, aangezien onconventionele reisschema's dikwijls winstgevend zijn. Bovendien zijn alle tarieven en transportkosten vooraf betaald, tot aanmerkelijk gemak van de administrateur voor wie het innen van dergelijke bedragen in exotische oorden een avontuur op zichzelf kan zijn. En ter compensatie voor bijzonder afgelegen bestemmingen behoort twintig procent opslag op de vrachttarieven tot de mogelijkheden."

"Dat zou zeker een beweegreden kunnen zijn," zei Myron. "Als u me een lijst van deze vracht kunt geven, met de bijbehorende bestemmingen en de te verwachten vrachttarieven, dan neem ik die mee naar kapitein Maloof en trachten we vanavond een aantal haalbare routes uit te werken."

Yail draaide zich om naar zijn gegevensverwerker. Hij drukte op een paar knoppen; het scherm werd roze, met helder blauwgroene tekstregels. Yail bekeek het getoonde, bracht een paar wijzigingen aan, drukte op een knop en uit een gleuf kwam een vel papier. Hij gaf het aan Myron die het in zijn zak stopte. "We gaan hier vanavond mee aan de gang," zei Myron. "Als we succes hebben laat ik het u zo spoedig mogelijk weten."

Myron maakte zich op om weg te gaan, maar aarzelde toen. Yail keek hem vragend aan vanachter zijn bureau.

Myron zei, half verontschuldigend: "Als u een paar minuutjes de tijd hebt, zou ik erkentelijk zijn voor uw advies."

"Op het ogenblik is er niets dringends," zei Yail. "Zet uw probleem uiteen, dan kan ik u zeggen of mijn raad van nut zou zijn."

Myron zette zijn gedachten op een rijtje. "De situatie is als volgt; op Sterhuizen verzetten we de *Glicca* van Port Palactus naar het tapijtendepot op de Torqualhoogte, waar we de tapijten voor Monomarche zouden laden. In dat depot troffen we honderden tapijten aan, het puikje van de zalm, die daar lagen opgeslagen. Een paar dagen tevoren hadden dieven op Port Palactus tweeëndertig mandflessen kasic gestolen! We hadden de dieven nagezet en hen de mandflessen afgenomen. Gontwitz, de directeur van de ruimtehaven, wilde graag zijn mandflessen terug en we ruilden dus de kasic tegen zesenveertig tapijten uit het depot op de Torqualhoogte. Deze tapijten liggen nu in ons achterste vrachtruim en we zouden ze graag zo gunstig mogelijk van de hand doen maar we weten echter niet hoe we te werk moeten gaan."

Yail knikte nadenkend. "U hebt de moeilijkheden juist geschat. Zodra u enige actie ondernam zou u zijn ingesponnen in een cocon van bureaucratie. Maar laat ik u geen angst aanjagen; met de juiste tactiek kan men deze obstakels omzeilen. De autoriteiten kunnen tenslotte niet iets aan regels of taxen onderhevig laten zijn, als ze er niet van weten. Dat is een universeel geldende wetmatigheid die op Blenkinsop bijzonder diepgaand in voege is. Monomarche heeft vrijwel een monopolie op de Sterhuizener tapijten die ze verkopen aan de Shimerati — met fraaie winst, ongetwijfeld. De andere warenhuizen zouden dat monopolie maar al te graag doorbreken en misschien zouden die discreet benaderd kunnen worden." Hij schoof een stukje naar voren. "Wat voor soort prijs had u in gedachten? Zou u bijvoorbeeld 300 sol per tapijt accepteren?"

"Hm," zei Myron peinzend. "300 maal 46, dat levert 13.800 sol op, hetgeen een indrukwekkend bedrag is. Maar ik moet mijn collega's raadplegen voordat ik iets kan toezeggen."

Yail draaide zich om en staarde uit het raam, zijn voorhoofd gefronst in diep nadenken. Ten slotte draaide hij zich weer om naar Myron. "Het bedrag dat ik noemde is natuurlijk bij benadering. Als u zou proberen de zaak zelf af te handelen, dan stel ik me voor dat de beste prijs die u zou kunnen krijgen met hangen en wurgen 200 sol zou zijn. Onder mijn leiding zou de prijs ietwat hoger uitvallen; ik zou daarvoor echter een redelijk honorarium verwachten. Ik stel voor: twintig procent van alles wat boven de grens van 300 sol per tapijt uitkomt. Als ik bijvoorbeeld een tapijt zou verkopen voor 400 sol, zou mijn honorarium twintig procent van honderd sol bedragen, dus twintig sol. U zou het tapijt dan verkopen voor 380 sol. Zou u bereid zijn een dergelijke afspraak te accepteren?"

"Het klinkt beter dan 200 sol per tapijt," zei Myron. "Maar ik kan op dit ogenblik nog niet definitief beslissen."

3

Myron ging terug naar de *Glicca* waar hij kapitein Maloof in de kombuis aantrof, samen met Wingo en Schwatzendale. Myron beschreef zijn ontmoeting met Yail. "Hij is een verrassing — niet het soort Blenk dat wij geleerd hadden te verwachten. Hij is ontspannen en soepel; ik heb er niets van gemerkt, dat hij van zenuwspanningen last zou hebben."

"Heeft hij vracht voor ons?" vroeg Maloof.

Myron haalde de lijst tevoorschijn die hij van Yail had gekregen en gaf hem aan Maloof. "Er schijnt een aantal colli te zijn voor havens ietwat bezijden de normale ruimteroutes. Ik heb hem gezegd dat we de lijst zouden bekijken en een haalbaar reisschema zouden proberen op te stellen."

Maloof bestudeerde de lijst met opgetrokken wenkbrauwen. "Van de meeste van die havens heb ik nog nooit gehoord. En ik vermoed dat die zogenaamde vrachtjes overgeschoten colli zijn, die geen enkele andere vervoerder wenst te accepteren; ze liggen in de uithoeken van

Yails entrepots te kwijnen als een troep weeskinderen, wachtend en hopend op een wonder!"

Maloof legde ten slotte de lijst op tafel. "Maar bij elkaar lijkt het wel een ordentelijke lading te worden, waar we nog winst op kunnen maken ook, vooropgesteld dat we een route kunnen vinden die ons niet ruïneert. Vooral als we die twintig procent opslag opstrijken voor de meest buitenissige omwegen." Hij pakte de lijst op en bestudeerde hem opnieuw. "Desalniettemin is het geen goede bedrijfsvoering om honderd lichtjaar om te reizen, om een zak vogelvoer te bezorgen."

"Misschien pikken we onderweg nog een vrachtje of wat op," speculeerde Myron.

"Dat is altijd een mogelijkheid."

Maloof doorliep de lijst nog eens. "Hm. Deze plaatsen zijn wel heel obscuur. Maar ze zullen toch wel bestaan, anders stuurde Yail er geen vracht heen! Vanavond zullen we de Index raadplegen om ze op onze kaarten te vinden en een route te bepalen."

"Ja, dat wordt nog een uitdaging," peinsde Myron.

"Zeker, maar misschien kunnen we, door ons gezamenlijk vernuft te berde te brengen en er een paar zigzags in te gooien, toch nog een haalbaar reisschema opstellen."

Na een poosje zei Myron: "Er is een andere zaak die ik met Yail heb besproken. Ik heb het gehad over onze tapijten en hoe we die het gunstigst konden verkopen. Yail waarschuwde dat we het beter niet zelf konden proberen, vanwege het risico op bureaucratische complicaties. Hij vroeg wat onze vraagprijs per tapijt was; ik zei dat we nog niet zo ver hadden doorgedacht. Hij vroeg of we tevreden zouden zijn met 300 sol per tapijt, ofwel 13.800 sol voor het geheel; ik zei dat 300 sol per tapijt adequaat leek, maar dat ik met mijn scheepsgenoten zou overleggen en zo snel mogelijk bij hem terug zou komen.

"Hij zei verder dat hij, als we dat wilden, kon optreden als onze agent. Zijn commissie zou 20 procent bedragen van het verschil tussen 300 sol en de uiteindelijke verkoopprijs. Bij wijze van voorbeeld noemde hij een hypothetische verkoopprijs van 400 sol; dan zou hij 20 sol verdienen en wij 380 sol ontvangen. Het voorstel scheen mij redelijk toe en ik gaf hem mijn voorwaardelijk akkoord, behoudens de goedkeuring van de bemanning."

Schwatzendale schreef cijfers op een stuk papier. "Als we 46 tapijten verkopen dan vangen wij 17.480 sol en Yail 920 sol."

"Klinkt redelijk," zei Maloof. "Vooropgesteld dat we het bedrag contant ontvangen bij aflevering van de tapijten."

Myron ging terug naar het kantoor van de havendirecteur. Net als tevoren zat Yail ontspannen achter zijn bureau; hij gebaarde dat Myron plaats moest nemen. "Hebt u een verkoopopdracht voor me?"

"Jazeker. Uw voorstel is aanvaard, mits er contant wordt betaald bij aflevering van de tapijten."

"Uw voorwaarden zijn aanvaard," zei Yail. "Aan het werk dus. Er zijn elf warenhuizen groot genoeg om een transactie van deze omvang te willen overwegen, waaronder Monomarche. De handel in deze tapijten is zeer profijtelijk aangezien de Shimerati over zulke grote vermogens beschikken dat ze nooit op de prijs letten, wat er ook voor iets wordt gevraagd. Monomarche heeft geen reden om inhalig te zijn en voor zover ik heb kunnen nagaan, worden de tapijten verkocht voor rond de 500 sol per stuk.

"Ik zal de markt eens peilen. Komt u later terug — misschien heb ik dan nieuws voor u."

4

Gedurende het begin van de middag nam de ochtendlijke regen af tot een fijne motregen en hield vervolgens helemaal op, waarna de oranje schijf van Moulder achter de wolkensluier verscheen. Moncrief kleedde zich met zorg aan en toog op pad om het Trevaniaan te zoeken, waar hij hoopte een gunstige boeking voor de Muizenruiters in de wacht te slepen.

Een paar uur eerder hadden de Kluten de *Glicca* verlaten voor een wandeling om de stad op eigen houtje te verkennen. De omstandigheden waren troosteloos; er viel een lichte regen en de straten wasemden een zurige lucht uit.

De Kluten marcheerden door de smalle straten met hun regenkapjes over hun hoofd. Hier en daar keken winkeltjes uit over de straat — met een bekrompen pui, en donker vanbinnen, met soms het half geziene bleke gezicht van de eigenaar dat door de vuile ruitjes tuurde.

Verder zagen de Kluten weinig dat hen belang inboezemde. Na een poosje keerden ze terug naar de ruimtehaven, grimmig en ontevreden door de regen benend en in de plassen stampend tot ze de *Glicca* eindelijk hadden bereikt.

Ze trokken droge kleren aan en gingen naar de kombuis waar Wingo ze warme thee en cakejes gaf.

"En, hoe vonden jullie de stad?" vroeg Wingo opgewekt.

"De straten lijken net donkere steegjes en stonken naar dode hond. De regen hield maar niet op en stroomde in onze nek als een bergbeek. We probeerde een theeschenkerij te vinden om een verversing te gebruiken maar er was er niet een."

Siglaf voegde eraan toe: "We trokken door straten vol Blenks, die zich met een noodgang voortbewogen als kwamen ze ergens te laat. Ik geloof dat ik, ondanks de hersenloze dwaasheid, dan toch de voorkeur geef aan Fluter."

Na een poosje vroeg Wingo tactvol: "Dus jullie blijven wel bij de Muizenruiters?"

Hunzel dacht even na en gromde toen, wat van alles kon betekenen. "We staan voor een paar zware keuzes. Wij bevinden ons in een overgangstoestand."

Siglaf verduidelijkte: "Wat wil zeggen dat we openstaan voor elk geschikt voorstel."

5

Intussen was Moncrief zelf ook op avontuur uit gegaan. Voor het havenkantoor ontbood hij de diensten van een gemotoriseerde riksja, bestuurd door een schriele jongeman met holle wangen en een lange, met glanswas ingesmeerde snor. Voordat het hem behaagde zijn vehikel in beweging te zetten bekeek de bestuurder Moncrief van top tot teen en vroeg toen: "Wat is je bestemming?"

Moncrief zei vorstelijk: "Je moogt me naar het Trevaniaan brengen, zo snel je kunt."

De bestuurde knikte kortaf, ten teken dat hij de bestemming acceptabel vond. "Klim erin. De ritprijs is tien dinkets; voor minder vervoer ik iemand van jouw omvang niet."

Moncrief vond het optreden van de bestuurder op het onbeschofte af — het beviel hem niets, en al helemaal niet toen de man kritiek had op de manier waarop Moncrief in het voertuig klom. "Een beetje opschieten, opa! Overdag dien je te springen en te draven; als je moe bent ga je maar ergens anders slapen."

Met inzet van al zijn waardigheid klauterde Moncrief op het smalle bankje in het vehikel; de bestuurder schakelde en de taxi toog op weg over het landingsterrein, gevaarlijke bochten nemend door de plassen, terwijl Moncrief zich vol doodsangst vastklampte. De taxi rammelde het terrein af en de straten in en arriveerde na een poosje voor het Trevaniaan. Moncrief stapte stijf uit en stond een ogenblik vol ontzag te kijken naar de beroemde Blenkse vermakelijkheidszaal.

De bestuurder mepte ongeduldig op zijn claxon. "Schiet op, ouwe sukkelaar! Betaal me die tien dinkets nu meteen, anders reken ik een toeslag voor de wachttijd."

Moncrief voldeed haastig de ritprijs die de bestuurder aanpakte zonder iets te zeggen. Met een laatste scherpe bocht door een plas verdween de riksja.

Moncrief stak over naar het Trevaniaan. Een zware deur van glas en ijzer gleed opzij bij zijn nadering; hij stak een kleine hal over en belandde in een grote achtkantige foyer, vooral opmerkelijk vanwege de gangen die er vandaan voerden, in elk van de acht muursegmenten een. Hij bleef staan; voor hem lag een veelvoud aan keuzemogelijkheden. Welke gang voerde er naar het kantoor van de programmadirecteur? Aan de overkant zag hij een lang wit bord aan de muur hangen met daarop allerlei informatie: een wegwijzer misschien? Hij liep erheen en bestudeerde het bord. De tekst was hem niet direct duidelijk. Aha! Een verwijzing naar Overman Murius Zank, Programmadirecteur. Moncrief las de tekst die ernaast stond en stuitte op de volgende zin: 'Teneinde het kantoor te bereiken, make men gebruik van de oranje aanwijzer.' Moncrief fronste zijn wenkbrauwen; dat was waarlijk cryptisch! Wat was een 'oranje aanwijzer'?

Hij deed een stap achteruit en keek de foyer rond, op zoek naar aanwijzers, van welke kleur dan ook, en meteen ging hem een licht op. In elke gang liep precies over het midden een streep van niet mis te verstane kleur. Moncrief keek om zich heen en vond een gang gemarkeerd door een oranje streep. Zonder enige aarzeling volgde Moncrief de oranje streep in de onderbuik van het Trevaniaan.

Gang en streep verdwenen in de verte. Met zekere intervallen verschenen er links of rechts genummerde deuren.

Algauw kwam Moncrief bij een dubbele deur met een bord, waarop stond:

OVERMAN MURIUS ZANK
Programmadirecteur

Moncrief raakte de klink aan en de deuren zwaaiden wijd open. Hij betrad een ruime kamer met een hoog plafond. Achter een balie begon een kantoorgedeelte waar een tiental klerken bezig was in houdingen die opperste ijver uitdrukten. Moncrief liep naar de balie, waar hij de pose aannam van een gewichtig persoon, en wachtte tot een klerk naar hem toe zou komen om hem te vragen hoe hij hem van dienst kon zijn.

Van het wachten maakte Moncrief gebruik de ruimte eens op te nemen. Aan het ene eind van het gedeelte waar hij stond was met een gebeeldhouwde houten balustrade een zo te zien aparte wachtruimte geschapen, mogelijk ten behoeve van dignitarissen. Op dit ogenblik was er niemand.

In de achterwand van het kantoorgedeelte nam Moncrief een deur waar. Een bord vermeldde:

OVERMAN MURIUS ZANK
⇀ PROGRAMMADIRECTEUR ↽
Bij groen licht kunt u naar binnen.

Boven de deur brandde nu een rood lichtje. Moncrief richtte zijn aandacht weer op het kantoor. Hij werd ongeduldig en klopte met zijn knokkels op de balie. Op zijn teken werd niet gereageerd.

Het bureau vlak naast de balie werd bezet door een jonge man met een blozend gezicht, een tikje aan de mollige kant en modieus in de kleren. Op een bordje op zijn bureau stond: 'Bayard Desosso'. Net als zijn collega's werkte Bayard zo noest voort, dat niets meer tot hem doordrong. Moncrief staarde naar hem, in een poging zijn aandacht af te dwingen door pure wilskracht. Zonder succes; Bayard werkte zo mogelijk nog vlijtiger door.

Op dat ogenblik drong onverwacht groot tumult vanuit het privé-kantoor tot de wachtkamer door: woedende stemmen, gestamp en gebeuk, verontwaardigd en ook honend gekrijs. Geschrokken keek Bayard op, waarbij zijn blik de starende blik van Moncrief kruiste. Ogenblikkelijk stak Moncrief zijn vinger uit. "Jij daar, Bayard! Kom hier, en snel!"

Een treurige uitdrukking gleed over Bayards gezicht, maar veranderde direct in vastberaden hoffelijkheid. "Zeker, mijnheer! Natuurlijk!" Hij kwam haastig naar de balie toe. "Hoe kan ik u van dienst zijn, mijnheer?"

"Ik ben Meester Moncrief, leider van het beroemd gezelschap de Muizenruiters. Ik ben hier om directeur Zank te spreken; hij zal de Muizenruiters beslist in zijn rooster willen opnemen. De tijd dringt."

Bayard keek achterom. Het rode lampje brandde nog. Bayard zei spijtig: "Op dit ogenblik mag de directeur niet gestoord worden."

Moncrief hield luisterend zijn hoofd schuin. "Ofwel hij houdt een repetitie van een zeer onstuimig nummer, ofwel hij wordt stevig afgerammeld."

"Dat men zich zo aan hem zou vergrijpen is ondenkbaar!" riep Bayard, maar wierp een angstige blik op het privékantoor.

"Desniettemin," zei Moncrief beslist, "stel ik voor dat je tenminste aankondigt dat Meester Moncrief van de befaamde Muizenruiters aanwezig is. Het is van belang dat hij me direct ontvangt!"

Bayard schudde glimlachend zijn hoofd. "U stelt een enormiteit voor." Hij zweeg even om te luisteren naar het gebonk van stampende voeten. "Op ditzelfde ogenblik tracht hij de Futin Putos tot bedaren te brengen, en zoals u ongetwijfeld merkt zijn zij hardnekkig."

"Wie zijn die 'Futin Putos'?" informeerde Moncrief.

"Dat is een gezelschap acrobaten uit het Donkere Woud," antwoordde Bayard. "Overman Zank heeft een grote afkeer van hun domme capriolen. Maar ze zijn populair bij een zeker segment van het publiek en hij voelt zich wel verplicht ze van tijd tot tijd in te zetten."

De geluiden uit Zanks kantoor waren afgezwakt tot een stemmengemurmel, dat plotseling opvlamde in boosheid en dan weer rustig werd.

De minuten verstreken en Moncrief trommelde met zijn vingers op de balie. Opeens vloog de deur van Zanks kantoor open en tuimelde er een wirwar van tien harige kerels naar buiten, die elkaar verdrongen en opzij duwden en vochten om een zitplaats op de beklede bankjes achter de balustrade die bedoeld waren voor het comfort van bezoekende waardigheidsbekleders. Na veel gekronkel, ellebogenwerk, gemopper en gegrom, begonnen de Futin Putos te staren naar de kantoorklerken aan de andere kant van de balustrade, met de nieuwsgierigheid van dierentuinbezoekers.

Moncrief keek met misprijzen naar wat hij beschouwde als de meest onbehouwen groep lieden die hij ooit was tegengekomen. Ze waren normaal van lengte maar zo zwaar gespierd dat ze vierkant leken. Slap zwart haar hing van hun hoofd af tot naast de zware, zwarte baard, die ze kort onder de kin recht hadden afgeknipt. Ze droegen leren vesten en korte leren kuitbroeken die donker waren van het vuil en het vet.

"Smakelijk zijn ze niet," zei Moncrief terwijl hij zijn neus ophaalde en zich afwendde.

"Laat geen overduidelijk misprijzen merken!" waarschuwde Bayard hem haastig. "Als zij een belediging bespeuren nemen ze op felle wijze wraak! Op het toneel vertonen ze spectaculaire kunsten, maar mocht een van hen een fout maken, dan slaan ze hem tegen de grond en schoppen hem net zolang, tot hij vernederd wegkruipt."

"Voor de ogen van het publiek?" vroeg Moncrief ongelovig.

"Zeer beslist! Hun publiek moedigt hen zelfs aan."

Moncrief nam Bayard niet al te goedkeurend op. "Toen ik het kantoor binnenkwam en naar de balie toe liep, negeerde je me alsof ik lucht was! Wat is je verklaring voor zulk gedrag?"

Bayards gezicht kreeg een koppige trek. "Wij moeten handelen volgens de nieuwe regels."

"Hoor ik dat goed?" vroeg Moncrief. "Is het hier het beleid de cliënten te negeren? Dat lijkt me excentriek, op zijn zachtst gezegd!"

"Dat gaat ons niet aan. Over het algemeen zijn onze regels niet onredelijk."

Moncrief keek de kamer door, maar zag nog geen groen licht. Hij keek Bayard weer aan. "Vertel me dan over die nieuwe regels."

Bayard keek verveeld en antwoordde werktuiglijk: "Artikel Een omschrijft de noodzaak van punctualiteit en geeft een schaal van bestraffingen, gecorreleerd aan gradaties van te laat komen. Artikel Twee verbiedt gesprekken, gezang, gebabbel, geroddel en dergelijke. Artikel Drie stelt werkquota's vast voor het gehele kantoorpersoneel — en deze quota's worden als zeer stringent ervaren! Artikel Vier beknibbelt op een oud gebruik; wanneer in het verleden een cliënt aan de balie arriveerde werd hij begroet door vier, vijf klerken, die naar de gezondheid van zijn gezin informeerden, een babbeltje met hem maakten en details vernamen van het doel van zijn bezoek. Daarna werd de cliënt ofwel doorgestuurd naar een andere afdeling, ofwel voorzien van goede raad, over hoe hij zich het best ten overstaan van Overman Zank kon gedragen. Door de nieuwe regel is deze procedure veranderd; wanneer er een cliënt verschijnt dient de eerste van de klerken die hem opmerkt zich naar de balie te haasten en de cliënt geheel alleen te bedienen, met strakke doelmatigheid. Helaas vervult de klerk die clienten helpt nooit zijn arbeidsquotum. Maar we hebben een oplossing gevonden voor dit dilemma; er staat nergens gespecificeerd dat van klerken wordt geëist dat ze de balie angstvallig in het oog houden; als dus de klerk zich geheel op zijn werk concentreert kan men hem geen verzuim verwijten."

"Ingenieus!" verklaarde Moncrief.

Van verder commentaar kwam het niet; Moncrief werd afgeleid door het licht boven Zanks deur dat nu groen was. "Het groene licht is verschenen!" riep Bayard. "Kom mee, als u Zank wenst te spreken!"

Moncrief nam een statige pose aan, ging door het hekje in de balie en betrad het kantoorgedeelte.

De Futin Putos werden opeens heel stil en dromden toen samen langs de balustrade waar ze begonnen te jouwen en te honen. "Hé daar, ouwe sakker! Waar draaf jij zo parmantig naar toe?" riep er eentje.

"Zeg maar tegen die ouwe Zank dat we een heel goed geheugen hebben."

"En als je het vergeet trekken we je aan je neus, of wat dat ook is dat tussen je benen bengelt."

Moncrief negeerde de boertige scherts en liep achter Bayard aan de kamer door.

Bij de deur bleef Bayard staan. "Ik ga eerst naar binnen om u aan te kondigen. Met het bezoek van de Futin Putos heeft het sangfroid van directeur Zank misschien wat van slijtage te lijden gehad."

De Futin Putos bleven ongevraagde adviezen roepen; Moncrief wachtte met zoveel aplomb als hij kon opbrengen.

Even later ging de deur open en daar stond Bayard. Hij zei, ietwat zelfvoldaan: "Ik heb de Muizenruiters genoemd tegen Overman Zank en volgens mij heeft dat al een goede indruk gemaakt. U kunt nu naar binnen. Wees beleefd, maar niet uitgelaten. Kom binnen, alstublieft."

Moncrief liep achter Bayard aan een ruime kamer binnen die spaarzaam was gemeubileerd en slechts werd bevolkt door een magere oude man die roerloos achter een zwaar halfcirkelvormig bureau zat.

Bayard nam een vormelijke houding aan en stelde de heren aan elkaar voor. Tot Moncrief zei hij: "U bevindt zich in tegenwoordigheid van Overman Murius Zank, Programmadirecteur." Tot Zank zei hij: "Deze heer is professor Moncrief, meester van het gezelschap de Muizenruiters. Hij hoopt een of enkele programma's ten beste te geven in het Trevaniaan, zo de omstandigheden dat toestaan."

Zank keek Moncrief even aan, beduidde Bayard toen met een beweging van zijn vingers dat hij kon gaan. Bayard boog met grote nauwgezetheid en verliet het vertrek.

De mannen namen elkaar op. Moncrief zag een kleine, broodmagere man met een benig, kaal hoofd. Zanks ogen waren rond; zijn neus was een kleine, hebzuchtige kromme haak; zijn mond was smal en kleurloos. Mocht hij ooit emoties voelen dan gaf zijn gezicht daar geen blijk van.

Na een ogenblik nam Zank het woord. "Als u wilt gaan zitten, dan kan dat."

Moncrief liet zich behoedzaam zakken op een stoel met een rechte rug die er nogal breekbaar uitzag en die kraakte onder zijn gewicht.

"Wat onze programmering betreft komt u niet op een erg geschikte tijd," zei Zank. "Het rooster voor deze week is helemaal volgeboekt, op een paar openingen na in de 'dode uurtjes' na middernacht.

"Er is echter een enkele opening overmorgen, waarvan de Futin Putos beweren dat ze er recht op hebben — en dat op zeer rauwe wijze. Maar ik ben het niet met hen eens en dit is enigermate een bron van onenigheid tussen ons. Bij voorkeur zou ik hen linea recta terugsturen naar het Donkere Woud. Ik aarzel slechts omdat ze populair zijn bij een bepaald segment van het publiek dat ik niet kan negeren; nochtans heb ik hen de gewenste plek niet toegezegd."

"Hm," zei Moncrief. "Ze lijken me een uitermate onmatig groepje."

Een zweem van een barre glimlach deed Zanks dunne lippen vertrekken. "Ze hopen mij te intimideren, maar dat is ijdele hoop."

Bayard had toen hij het kantoor verliet, verzuimd de deur behoorlijk dicht te trekken. Door een kier loerde een aantal fonkelende ogen.

Moncrief en Zank zetten hun bespreking voort, niet wetend dat ze gadegeslagen werden. Moncrief zei ietwat gewichtig: "Als vreemdeling in Cax zou ik mijn mening misschien voor me moeten houden, maar ze komen mij voor als een bende sadistische woestelingen, gespeend van elke bekoorlijkheid."

"Dat is een aardige inschatting," zei Zank. "Vertelt u me nu eens over de Muizenruiters."

"Met genoegen! Ik behoef u niet uiteen te zetten dat onze programma's in opmerkelijk contrast staan tot de groteske bokkensprongen der Futin Putos. De Muizenruiters worden geïnspireerd door een andere visie; onze nummers paren koene avonturen aan romantiek en mysterie. Wij staan bekend om onze creatieve uitbeelding zodat elk nummer een mengeling is van muziek, schoonheid en de bekoring van verre oorden.

"Ik heb drie nummers in gedachten, die op een of andere wijze tot een eenheid worden verbonden. Als ik het zeggen mag zou de opening overmorgen ons zeer goed uitkomen, aangezien ons verblijf in Cax maar kort zal zijn."

"Dat lijkt me redelijk," zei Zank na een ogenblik nadenken. "Vooral omdat het strookt met mijn eigen voorkeur. De Futin Putos spelen maar in de dooie uurtjes; als ze bezwaar maken mogen ze elkaar terugjagen naar het Donkere Woud."

De deur vloog met een klap open en de Futin Putos stormden in buitelende vaart Zanks kantoor binnen.

Zank mompelde tegen Moncrief: "Ga achter me staan en zeg niets." Moncrief gehoorzaamde gezwind.

Zank sprak op harde toon: "Wat hebben jullie in de zin? Verlaat mijn kantoor ogenblikkelijk; dit is lokaalvredebreuk."

De aanvoerder schuifelde een stap naar voren. "Maar dat is jouw schuld! Je hebt ons uitgemaakt voor 'stinkende beesten' en de spot gedreven met onze kunstigheid! Je hebt samengespannen met die dikke Muizenruiter en hem onze mooie programmatijd gegeven; je hebt ons verzet naar ver voorbij middernacht, wanneer de zaal leeg is! Dat is verraad en iemand zal daarvoor boeten!"

Zank hief zijn hand op en richtte zijn vinger alsof het een wapen was, waardoor de Futin Putos onzeker tot stilstand kwamen. "Jullie zijn hysterisch," zei hij op zachte toon. "Pas op, anders loopt het slecht met jullie af."

Voor het ogenblik afgeschrikt stonden de Futin Putos in elkaar gedoken woedend naar hem te kijken, op drie meter afstand van het bureau.

Zank nam opnieuw het woord en er klonk een metalige boventoon in zijn stem. "Ik ben de directeur en ik stel de programma's op naar mijn goeddunken! Wees tevreden met wat je wordt toegewezen, of maak dat je wegkomt naar het Donkere Woud! Ga nu!"

"Nog niet," zei de aanvoerder. De Futin Putos begonnen voetje voor voetje naar voren te schuifelen, terwijl ze keelachtige geluiden slaakten, kreunden, hijgden en bliezen. Moncrief deinsde achteruit tegen de muur. De Futin Putos waren niet meer voor rede vatbaar! Hoe droevig, hoe merkwaardig, om hier te sterven, in het Trevaniaan!

Maar Zank scheen zich geen zorgen te maken. "Gaan jullie haast?" vroeg hij.

"Zodra we onze wraak hebben voltrokken!" antwoordde de aanvoerder. "Eerst geven we de Muizenruiter wat hem toekomt en daarna rekenen we met jou af!"

Zank tikte een knop op zijn bureau aan. De deur naar het kantoor gleed open; Bayard stond in de deuropening. "Ja, meneer?"

"Verwijder deze indringers," zei Zank. "Ze zijn hier niet welkom."

Bayard ging voor de Futin Putos staan. "Ontruim het kantoor; jullie hebben de directeur wel gehoord! Jullie zijn hier niet welkom! Een beetje snel; allemaal op een rij, alsjeblieft!"

De Futin Putos grepen Bayard beet en gooiden hem naar elkaar toe als een grote slappe zitzak, geen acht slaand op zijn protesten en dreigementen. Ten slotte werden ze het spelletje moe en smeten hem de deur uit, waarna ze zich weer op Overman Zank richtten. Stap voor stap drongen ze opnieuw op naar het bureau.

Ongehaast stak Zank zijn hand uit en raakte een andere knop aan; een zwaar halfrond glazen paneel kwam omhoog uit een vatting in de vloer en vormde een barrière rond het bureau van zo'n anderhalve meter hoogte.

Beduusd bleven de Futin Putos opnieuw staan. Toen slaakte de aanvoerder een minachtende lach: "Wat verwacht je van die snuisterij? Ik ben er met een sprong overheen!"

De groep loeide honend. Zank leunde achterover in zijn stoel en zei op lichte toon. "Doe zoals je wilt. Ik raad jullie echter aan, dit kantoor onverwijld en in goede orde te verlaten."

"Pas als er recht geschied is," verklaarde de aanvoerder.

"Het recht staat er klaar voor," zei Zank luchtig.

De aanvoerder kromde zijn schouders, dook in elkaar en sprong toen naar de bovenkant van de glazen wand. Een oogverblindend snoer blauwe vonken snelde over zijn armen en benen en deed het haar op zijn hoofd zowel als zijn baardhaar rechtop staan en verstijven, zodat hij een enorme pluizenbol leek, waarvan alle haartjes knetterden van de vonken; hij slaakte een verstikte kreet en tuimelde omlaag met een achterwaartse salto. Toen zijn voeten de vloer raakten, spatten de blauwe vonken ervan af, om geleidelijk aan te bedaren terwijl de aanvoerder ronddanste en hoge sprongen maakte en zijn makkers toekeken met hun mond wijd open van verbazing.

Op dat ogenblik kwamen zes Monitoren in zwart met gele uniformen op een rijtje stil het kantoor binnen. Zwijgend wijdden ze zich aan de Futin Putos. Na een korte worsteling en een paar tikken met de overredingsstokken, werden de Futin Putos stuk voor stuk met de nek aan een lange ketting vastgelegd en, op een teken, zonder plichtplegingen afgemarcheerd, het kantoor uit.

Moncrief kwam een tikje schaapachtig vanachter het bureau vandaan. Hij nam weer plaats op zijn stoel en probeerde te doen alsof er niets bijzonders was voorgevallen. Na een poosje vroeg hij: "Wat gaat er nu met ze gebeuren?"

"Niet zoveel," zei Zank. "Om slaag geven ze niet, en dus zouden de Monitoren zich in het zweet werken voor niets. En gevangenisstraf bezorgt alleen de Monitoren ergernis, aangezien de Futin Putos niets anders doen dan slapen en alleen lang genoeg wakker worden om hun cel te bevuilen. Als we ze wegsturen naar het noorden, naar het Windeneiland, begint hun publiek over een paar maanden verschrikkelijk te protesteren. Maar als ik ze drie, vier maanden om middernacht programmeer, zien ze misschien hun fouten in."

"Hm," zei Moncrief peinzend. "Moet men hun dreigementen serieus nemen?"

Zank dacht na. "Op zijn hoogst kan ik u zeggen dat ze onvoorspelbaar zijn. Ze zijn kwaadaardig en wraakzuchtig, zonder twijfel, maar of een wraakoefening afhangt van de gelegenheid, en of ze wellicht door een andere streek ervan af zijn te leiden, valt moeilijk te zeggen. Mijn advies aan u luidt: dwaal 's nachts niet op uw eentje door donkere straten."

Zank rechtte zijn rug in zijn hoge zetel. "Maar nu dient u Overman Skame te raadplegen in verband met uw decors." Hij drukte een van de knoppen op zijn bureau in.

Bayard kwam hinkend de kamer in. "Ja, meneer?"

Zank nam hem eens op, met opgetrokken wenkbrauwen. "Bayard, gelieve Meester Moncrief naar het kantoor van de decorontwerper te brengen."

"Jazeker, meneer; ogenblikkelijk!" sprak Bayard.

Zank bekeek hem met kille blik. "En loop, voordat je daarna je gebruikelijke werk hervat, even de kleedkamer binnen en fris jezelf op. Op het ogenblik zie je er bedroevend uit. Ik sta erop dat mijn personeel een verzorgd uiterlijk heeft en daar trots op is."

"Jazeker, Overman!" antwoordde Bayard. Hij boog stijf en wendde zich toen tot Moncrief. "Als u zover bent, mijnheer, dan breng ik u naar Overman Skame."

Moncrief gaf uitdrukking aan zijn erkentelijkheid jegens Overman Zank en liep toen achter Bayard aan het kantoor uit.

6

Via een zijgang bracht Bayard Moncrief naar een gang met een blauwe streep die hen naar een zware ijzeren deur bracht, versierd met honderd zilveren rozetten. Op het bord stond:

OVERMAN LUCAN SKAME
Directeur Decor en Kostuums

Bayard voegde hem enkele geruststellende woorden toe. "Overman Skame is soepel van aard en luistert altijd naar uw denkbeelden. U vindt hem aanvankelijk misschien wat onthutsend, maar let daar maar niet op." Hij drukte op een paneel en de deur gleed opzij. "Ik wens u succes." Bayard boog en liep toen weer terug door de gang.

Moncrief stapte naar binnen maar bleef meteen weer staan, zeer onder de indruk van wat hem daar wachtte. Chaotische rommel leek het gehele kantoor in beslag te nemen, op een plek aan het andere einde na, waar hij Overman Skame aan een buitengewoon bureau zag zitten, tegenover een paar klerken die over gegevensverwerkers gebogen zaten.

Niemand sloeg acht op Moncrief; hij knipperde met zijn ogen en keek van de ene kant naar de andere, van de hoge zoldering naar de vloer. Moncrief liep langzaam verder, terwijl hij de aaneenschakeling van vorm, kleur en complexiteit die rondom hem lag in zich opnam. De ruimte stond vol tafels, beladen met allerlei maaksels waarvan de toepassing hem onbekend was, evenals materiaal dat hem vertrouwder voorkwam. In vitrines stonden honderden dieren opgesteld, bewoners van evenzovele werelden; poppen in karakteristieke kledij stonden in groepjes bijeen of waren doende met typerende werkzaamheden. Overal stonden, en zo te zien niet in enige volgorde, schaalmodellen van bouwsels uit velerlei tijden en oorden. Er waren modellen van particuliere woonhuizen bij; paviljoens en paleizen, vreemde kleine bungalows en buitenhuizen in de bergen; er waren torens bij en opeenstapelingen van kegels en bollen. Aan het plafond hingen aan bronzen kettingen lampen en lantaarns in wel honderd stijlen — oud, archaïsch of primitief, en allemaal stralend met de juiste soort lichtbron. Her en der verspreid stonden honderden mechanische en elektrische apparaten waarvan het doel duister was. Rondom het vertrek liepen planken langs de wand, waarop sporen waren aangelegd waarlangs voertuigen zich voortbewogen van velerlei uitvoering, sommige onder het uitstoten van zacht getoeter of gefluit.

Moncrief gaf het maar op de verscheidenheid die dit kantoor behelsde helemaal in zich op te nemen. Hij bereikte het bureau van Skame — een excentriek ontwerp dat aan de uiteinden een tafel van meer dan een meter breed was, maar dan gebogen in een halve cirkel, waarbinnen de directeur was gezeten, omvat door vleugels ter rechter- en linkerzijde. Skame's aandacht was gevestigd op de bladzijden van een foliant waarin modieuze jonge vrouwen stonden afgebeeld, niet noodzakelijkerwijs Blenks, met lijf en leden verwrongen in vreemde poses, en gehuld in kledingstukken in buitensporige stijl. Zo gespannen was zijn belangstelling dat hij zich onbewust leek van Moncrief die voor zijn bureau tot stilstand was gekomen.

Moncrief bekeek Overman Skame aandachtig. Hier, zo dacht hij, zag hij iemand met een ongetwijfeld opmerkelijk karakter. Net als Yail en Zank en mogelijk Bayard, leek hij af te wijken van de karakteristieke Blenkse volkskenmerken, alsof hier een aanlenging met een andere bloedlijn had plaatsgevonden. Shimerati misschien? Moncrief vroeg het zich af. Skame was lang en broodmager, met smalle schouders en dunne armen. Zijn gezicht was lang, bleek en smal met een magere neus, bleekgroene ogen onder bijna onzichtbare wenkbrauwen en een brede, scheve mond. Hij droeg een wijd gewaad met donkerblauwe en groene strepen, met een bolvormige opaal van twee duim doorsnee om zijn hals aan een fraaie ijzeren ketting; op zijn hoofd droeg hij een hoed met een platte bol van dikke, geelbruine stof met een buitensporig wijde rand, die gewaagd schuin stond.

Overman Skame werd Moncrief ten slotte gewaar; hij sloeg de foliant dicht en zwenkte om met zijn stoel. "Mijnheer, u moet mij verontschuldigen; ik ging geheel op in mijn gedachten; ik was, naar het zich laat aanzien, me van niets anders meer bewust!

"Hoe dan ook, u geniet nu mijn volledige aandacht. Hoe kan ik u van dienst zijn? Maar gaat u eerst zitten, alstublieft! Verwijder die mantel van engelenveren van gindse stoel, dan kunt u hem gebruiken waartoe hij bedoeld is; en dan zullen we ons bezighouden met waarvoor u gekomen bent."

Moncrief deed wat hem gezegd was en stelde zich toen voor. "Ik ben Marcel Moncrief, meester van het gezelschap de Muizenruiters. Wij zijn ingeroosterd voor overmorgen; Overman Zank heeft me

aangeraden u onverwijld te raadplegen in verband met decor, aankle-
ding en rekwisieten die ik nodig mocht hebben."

"Ja, natuurlijk. Wat is de aard van uw programma?"

"We zullen een collage presenteren van drie nummers, die elk verschillend zijn. Ik hoop dat dit geen te grote aanspraak maakt op wat u
vermag."

Skame glimlachte en schudde zijn hoofd waardoor de brede hoe-
drand in golvende beweging geraakte. "Dat is onwaarschijnlijk. In het
Trevaniaan kunnen we vrijwel elke gewenste achtergrond verschaffen,
zowel binnen als buitenshuis. Voor zekere extravagante effecten, zoals
zeeslagen, of de verwoesting van grote steden, of gevechten tussen
groteske monsters van verbijsterende omvang, of astronomische spek-
takels als botsingen tussen zwarte gaten, of zonnevlekken, of andere
galactische stuipen, maken we gebruik van holografische projectie.
Kortom, we kunnen binnen zeer korte tijd elk decor leveren dat u
aanvraagt."

Moncrief zei vol ontzag: "Dat is zeer indrukwekkend!"

Skame lachte, ondeugend bijna. "Zo lijkt het wel! Maar ons systeem
is in de grond heel eenvoudig. Ik zal het u uitleggen zo u wilt."

"Ja, daar heb ik zeker belangstelling voor!"

Skame ging rechter zitten. "Het toneel van het Trevaniaan heeft de
vorm van een enigszins uitgerekte cirkel, met een wand over de lange
middenas. Terwijl de helft die naar het publiek toegewend is wordt
gebruikt, zijn de toneelknechten bezig de verborgen helft in te richten
met behulp van de duizenden onderdelen die in onze magazijnen liggen.
Aan het eind van een scène valt het doek en draait het toneel rond, zodat
wanneer het doek weer opgaat, een geheel nieuw decor zichtbaar wordt.

"Als u me nu de gegevens wilt verschaffen over uw gezelschap en uw
nummers, en de decors die u hiervoor in gedachten had, zal ik het werk
in gang zetten."

Moncrief deed zoals hem verzocht werd. Toen hij uitgesproken
was dacht Skame een poosje na en zei toen: "De nummers zijn voor
het overgrote deel zeer vernuftig. De tegenstelling in stemming tussen
het eerste en tweede nummer is doeltreffend aangebracht. Het eerste
nummer oefent een vreemde kracht uit; de gebeurtenissen spelen zich
af met de afgemeten vaart van het noodlot zelf."

"Ik ben blij dat u er zo'n gunstige mening over heeft," zei Moncrief bescheiden.

Skame neeg het hoofd waardoor zijn hoed weer begon te golven. "Vervolgens: het tweede nummer maakt gebruik van een geheel andere stemming, vrolijk en blij als een dansje tussen witte en gele bloemen! Het denkbeeld van de drie meisjes die om beurten trachten een marmeren standbeeld tot leven te brengen, met alle erotische bijgedachten van dien, is fascinerend. En de laatste scène, waarin de meisjes de open plek dansend verlaten en het standbeeld — eindelijk tot leven gewekt — hen tracht te volgen, maar alleen een paar wankelende stappen doet, alvorens languit tussen het riet te vallen terwijl de meisjes wegdansen, zal menige gevoelige snaar raken."

Moncrief haalde zijn schouders op ten teken dat het niets was. "Ik prijs me gelukkig met de kwaliteit van mijn gezelschap."

Skame kneep schattend zijn lippen opeen. "Ongetwijfeld! Wat uw laatste nummer betreft, moet ik bekennen dat ik het niet goed begrijp. Dit stuk lijkt me, in weerwil van zijn riante eigenschappen, toch wat te avant-gardistisch voor een Blenks publiek."

Moncrief lachte toegeeflijk. "Absurd! Het is bedoeld als coda, om het gehele programma samen te binden."

Skame bleef twijfelen. "Een coda? Niemand zal het woord herkennen, laat staan uw bedoeling — mocht de verbijstering hen zelfs nog de ruimte laten om na te denken!"

"Dat doet er niet veel toe; het effect zal hetzelfde zijn. Nadat men een paar maal met de ogen geknipperd heeft zal vrolijk gelach opklinken, vergezeld van luide juichkreten."

Skame dacht nog een ogenblik na en haalde toen kort zijn schouders op. "Mogelijk. Ik vermoed dat het hoe dan ook weinig kwaad kan, afgezien van een of twee voortijdige bevallingen. In ieder geval zouden de Blenks zeker de voorkeur geven aan een dierenoptreden of een kleine erotische klucht!"

"Onmogelijk. Mijn dieren en de meisjes zijn pijnlijk puriteins. Ze zullen nimmer zelfs maar een blote bips tonen, tenzij ze uit een raam moesten springen om te ontsnappen aan brand in hun slaapkamer! Maar wat de andere zaken betreft, dat ligt allemaal binnen uw vermogen, hoop ik?"

"Voor de eerste twee nummers zijn er geen bijzondere problemen. In allebei zie ik een paar moeilijkheden die onze technici
zonder moeite zullen kunnen oplossen. Voor het derde nummer
hebben we moeilijkheden van andere aard, maar ook die zijn oplos-
baar. We halen parafernalia tevoorschijn uit onze verzameling
Middeleeuwse Krijgskunde. De toestellen zijn zowel massaal als
indrukwekkend."

"Voortreffelijk!" zei Moncrief. "Goed, en wat betreft de kostuums?"

"Net wat u aangeeft. U kunt mijn folianten raadplegen als u wilt. U
zult een toereikend scala van keuzemogelijkheden aantreffen."

Na een aangenaam halfuurtje de folianten van Skame te hebben ver-
kend, koos Moncrief de kostuums waarvan hij meende dat ze optimaal
waren voor zijn doeleinden.

"Heel goed!" zei Skame. "U toont een gevoelige blik in uw keuze.
Als u uw personeel morgenochtend hier wilt brengen om te passen,
dan zijn de kostuums in het begin van de middag klaar."

"Ik waardeer uw hulp ten zeerste," zei Moncrief. "Hij is meer dan
onschatbaar voor me geweest! Het Trevaniaan is beslist het meest
grandioze theater in het Bereik, zeker in mijn ervaring."

"Dank u," zei Skame. "Ik stel uw mening zeer op prijs."

"Een puntje nog," zei Moncrief. "De avond dat wij optreden komt
het gezelschap plus de bemanning van de *Glicca* met de zwever van het
schip naar het Trevaniaan. Waar kunnen ze het beste landen?"

Zonder aarzelen antwoordde Skame: "Er is een landingsplatform
aan de noordzijde van het Trevaniaan, op de tweede verdieping;
handiger kan welhaast niet. Het is bedoeld voor diegenen onder de
Shimerati die naar de voorstelling verkiezen te komen per persoonlijke
luchtwagen, maar het is nooit volledig bezet. Een gang voert van het
platform naar een soort salon, naast het toneel. De hogere kasten die
in hun luxevoertuigen aankomen, zullen geen belemmering vormen.
Een paar rijen stoelen in de salon verschaffen van zeer dichtbij uitzicht
op het toneel. Ik beveel de bemanning dan ook aan daar gebruik van te
maken."

Moncrief drukte nogmaals zijn erkentelijkheid uit en nam afscheid.

7

De volgende ochtend ging Myron over het terrein naar het kantoor van de directeur van de ruimtehaven. Hij trof Rico Yail aan, precies als op de vorige dag, hangend achter zijn zware bureau.

Yail gaf Myron een achteloos knikje en gebaarde naar een stoel. "Ga zitten. Wat heeft u voor mij?"

Myron nam plaats en schoof zijn routekaarten over het bureau. Yail leunde naar voren en bestudeerde de route met belangstelling.

Ten slotte keek hij op. "Voor zover ik kan zien, en zonder rekentuig erbij, lijkt die route me zo doeltreffend als maar mogelijk is. Wat zijn die rode vinkjes hier, bij Glame op Sussea en bij Croy op Nieuwe Hoop?"

"Dat is een beetje ingewikkeld om uit te leggen," zei Myron. "Na vertrek van Eerste Kamp op Welters gaan we naar Glame, en vandaar naar Croy. Maar als u op de kaart kijkt, zult u zien dat Fluter niet ver van die route ligt. In Coro-coro wacht een groep pelgrims op een over-tocht naar Impy's Aanleg op Kyril. Het zou ons wel schikken om een omweg te maken langs Fluter, de pelgrims op te pikken en dan door te gaan naar Croy — en zeker als u een lading vracht voor Fluter voor ons zou kunnen vinden."

"Dat is makkelijk gedaan."

"Na Kyril gaan we verder naar Oceaanstad op Lavendry, de laatste haven op de lijst. Na Lavendry buigen we waarschijnlijk af richting Naharius, waar we privé een kleinigheid te doen hebben."

"Naharius?" zei Yail nadenkend. "Ik heb geruchten gehoord met betrekking tot Naharius — niet per se geloofwaardig maar zeker tot nadenken stemmend."

Myron glimlachte droevig. "Mijn tante is naar Naharius gegaan om de geheimen van jeugd en schoonheid te leren kennen. Ik vraag me af wat ze er gevonden heeft."

Yail keek weg door het raam met een peinzend glimlachje. "Geruchten vliegen langs de ruimtewegen als vuurvliegjes in het Donkere Woud. Soms zijn ze fascinerend. Ongetwijfeld worden er zelfs verhalen gefluisterd over Blenkinsop, de vijf steden, de Shimerati, en zelfs de verworpenen in het Donkere Woud."

Yail ging weer recht voor zijn bureau zitten. "Goed dan; de tapij-ten. U kunt een voordelige transactie verwachten. Ik heb bedekt geïnformeerd bij vijf belangrijke warenhuizen in de vier andere steden; ze reageerden onmiddellijk. Er is mij vierhonderd tot vierhonderdvijfentwintig sol per tapijt geboden, afhankelijk van inspectie, hetgeen ik met een slag om de arm heb aanvaard. Als u ermee instemt, dan komt degene die de inspectie verricht zo dadelijk, met een sleperswagen."

"Ik stem ermee in. Het lijkt me een mooie prijs."

"Dat vind ik zelf ook. Zodra de tapijten zijn gelost begint mijn personeel met het laden van de vracht. Voor middernacht kan alles rond zijn zodat u klaar bent voor vertrek morgenochtend."

"We blijven nog een dag langer," zei Myron. "Moncrief en zijn gezelschap treden morgenavond op in het Trevaniaan. We vertrekken de ochtend daarna."

De telefoon naast Yail rinkelde; hij nam op. "Met directeur Yail; hoe kan ik u van dienst zijn?"

Het antwoord was aanleiding voor Yail om zich ineens te gedragen met gelijkmatige, onpersoonlijke vormelijkheid. "Nee, mijnheer; zo zit de zaak niet in elkaar. Wat u oppert was verre van onze bedoeling." Yail zweeg, luisterde en zei toen: "Ik treed op als informeel adviseur in dit geval. De principaal is een jonge buitenwerelder van uitstekende achtergrond maar niet op de hoogte met de Blenkse handelsgebruiken. Hij is zeer zeker bereid zaken te doen met Monomarche, andere zaken gelijkblijvend, uiteraard." Na nog een poosje geluisterd te hebben, antwoordde Yail: "Het gaat om zesenveertig tapijten van opperste exportkwaliteit, rechtstreeks uit Sterhuizen. De vraagprijs is vijfhonderd sol per stuk. Tot nog toe was het hoogste bod vierhonderdvijfentwintig sol."

Yail luisterde opnieuw en antwoordde: "Ik zal uw aanbod voorleggen aan mijn principaal die op dit ogenblik op mijn kantoor is. Een ogenblikje alstublieft." Hij keek op naar Myron. "Monomarche biedt vierhonderdvijfenderdertig sol per tapijt, afhankelijk van de inspectie. Neem ik het aan?"

"Uiteraard!" zei Myron.

Yail gaf gevolg aan Myrons opdracht en legde toen de hoorn neer. "Het is gebeurd," zei hij tegen Myron. "Van oponthoud zal geen sprake zijn; de sleperswagen en de inspecteur zijn hier binnen het uur."

"En ze brengen het geld mee?"

"Wel zeker! Geld is het levensbloed van de handel!" Yail maakte een berekening. Na aftrek van mijn provisie, houdt u netto 18.768 sol over. Strookt dat met uw cijfers?"

"Volkomen."

"Dat was een profijtelijke transactie," zei Yail. "Ik wens u nog vele van dergelijke blijde gebeurtenissen."

"En ik u!"

"Een kleinigheid is er nog," zei Yail. "Ik doel op de voorlopige overeenkomst die ik met Overman Garloc van warenhuis Parre was aangegaan, en die nu moet worden afgezegd." Yail sprak telefonisch met Overman Garloc en maakte zijn verontschuldigingen, die Garloc aanvaardde met vormelijke beleefdheid. Yail legde opgelucht de telefoon neer.

Myron zei: "Zodra de tapijten gelost zijn kunnen de arbeiders beginnen met laden. Zodra we de bijbehorende connossementen hebben is de *Glicca* klaar voor vertrek."

HOOFDSTUK VIII

AAN HET EINDE van de dag, vlak voordat de schemer zou vallen, liet Schwatzendale de zwever uit het ruim zakken en bracht de Muizenruiters, met kapitein Maloof, Wingo en Myron naar het landingsplatform in de noordwand van het Trevaniaan.

Het groepje betrad de gang. De Muizenruiters gingen naar de kleedkamers om zich klaar te maken voor het eerste nummer, terwijl de bemanning van de *Glicca* zitplaatsen innam met ongehinderd uitzicht op het toneel.

De zaal begon vol te lopen met vroege bezoekers die hoopten een geliefd plekje te veroveren. Sommigen waren langsgegaan bij de kraampjes die aan de kant stonden in de grote gang om zakken lekkernijen te kopen — gebakken mosselen, zoete worstjes, gedroogde pensstaafjes en dergelijke — om zich tijdens de voorstelling te sterken. Anderen hadden heel andere zaken ingekocht: dode vis, pakjes bedorven vlees, rottende vruchten en emmertjes slijm en drek die gebruikt werden om een ontoereikende artiest te gispen. Achter de kraampjes bevond zich een trap naar een magazijn met een ruime voorraad van dit soort artikelen.

De tijd verstreek. De lampen flakkerden en doofden; uit hoge luidsprekers klonk muziek van koperen hoorns, gongs en trommels in marstempo. Een zware gong bracht drie klankrijke tonen voort en toen zweeg de muziek. Een stem weerklonk. "Het Trevaniaan biedt u vanavond een programma van ongebruikelijke voortreffelijkheid! Om te beginnen wagen de Siluriërs zich aan een opmerkelijke lichaamsoefening die zij 'Kronkels' noemen en die u 'ongelooflijk' zult heten!" Een kort verspreid applaus klonk op.

"Dan komt de Podderjongen uitleggen hoe hij zijn listige moeder aanpakt. Po-po moet zijn hersens tot het uiterste inspannen. Maar is dat behoorlijk gedrag?" Enthousiast applaus van het publiek.

"Daarna presenteren we een buitenwerelds gezelschap, wijd en zijd bekend: Meester Moncrief en zijn Muizenruiters. Zij brengen ons drie nummers uit hun uitgebreide repertoire." Het applaus was plichtmatig en werd verstoord door een paar ontmoedigende kreten.

De spreekstalmeester ging verder met het opnoemen van de komende optredens en besloot: "Ten gevolge van administratieve formaliteiten zullen de Futin Putos vanavond niet in het programma verschijnen." Een koor van boegeroep en gesis begroette de aankondiging, maar de stem vervolgde zonder zich er iets van aan te trekken: "En dan nu: de Siluriërs en hun verwonderlijke 'Kronkels'!"

Het doek ging op en onthulde een steigerwerk van twaalf palen van bijna tweeëneenhalve meter hoog, die in een dubbele rij stonden, bijna twee meter van elkaar, en die bovenaan door stangen en dwarsstangen met elkaar waren verbonden. Van links rolden zes ronde grijze bundeltjes het toneel op, om elk bij een paal stil te houden. De bundels ontvouwden zich en werden lange gedaantes die van hoofd tot voeten in een hoes van grijze stof staken. Op een voor het publiek onmerkbaar teken grepen de zes gedaantes naar de palen en klommen omhoog naar de dwarsstangen. Daar vormden ze met hun allen een patroon dat tien hartslagen standhield en toen werd verbroken; en zo begon de eerste fase van 'Kronkels'. De grijze gedaanten gingen heen en weer; over de stangen en er onderdoor, zwenkend en kronkelend, patronen scheppend die het bevattingsvermogen te boven gingen, om ten slotte terug te keren tot het oorspronkelijke statische patroon. Dit hielden ze een poosje vast, toen gingen ze uiteen en ving de tweede fase aan. Nu bewogen ze zich in een zwaarwichtig tempo, met noodlottige vastberadenheid alsof ze een ontzagwekkend geheim prijsgaven. En toen keerden de gedaanten stilletjes weer terug tot stasis; twintig seconden lang verroerden de gedaanten zich niet en toen gingen ze over tot de derde fase. Opnieuw waren de variaties op het patroon bedachtzaam en voor de toeschouwer niet te peilen; soms kronkelden er slechts vier over de stangen, dan leken het er wel acht te zijn. Patronen ontloken gaandeweg om te vervallen via onwaarschijnlijke oplossingen die onnoembare gevoelens uitdrukten. Ten slotte gleden de gedaanten stilletjes van de palen af en rolden het toneel af.

De gordijnen gleden dicht. Een poosje zat het publiek stil te knipperen met zijn ogen, en zette toen een aarzelend applausje in, alsof ze niet goed wisten waarvoor ze eigenlijk klapten. De lichten gingen aan zodat het publiek kon bijkomen. Er werd tijd gelaten om de kraampjes te bezoeken voor verversingen, voor wie dat wilde.

Toen werden de lampen opnieuw gedoofd en de zaal was in duisternis gedompeld. Uit de hoge luidsprekers kwam de stem van de spreekstalmeester. "De Siluriërs zijn vertrokken en nu kijken onze ogen alle kanten tegelijk uit. Maar dat hindert niet: ergens hier in de buurt is Po-po de Podderjongen, die altijd zoveel tragische ellende meemaakt en een enkele keer een triomf — zoals toen men hem vroeg podders naar zijn stervende grootvader te brengen als geschenk! Maar meestal zijn z'n verhalen tragisch. De Podderjongen komt eraan; luister!"

Het publiek werd muisstil, de oren gespitst voor het eerste vermoeden van de aanwezigheid van Po-po de Podderjongen. Het theater bleef donker, met uitzondering van een plek zacht licht midden op het voortoneel. Er verscheen iets in de spleet tussen de gordijnen: een knobbeltje, zo klein dat het niet werd opgemerkt. Het voorwerp werd verder het toneel op geduwd en nu werd een zwak krabbelen, als van een rat die aan de plint knaagt, steeds duidelijker hoorbaar: "Knaag, knaag, knaag!" Eindelijk had het publiek het vooruitstekende ding thuisgebracht als zijnde een neus en begon kreten te slaken van blijde herkenning. Het gordijn bewoog; door de opening loerde een vollemaansgezicht met roze wangen, steil muisbruin haar en een kort knobbeltje van een neus. Po-po stond te knagen op iets dat hij bij zijn mond hield. Hij slikte het laatste stukje door. Toen trok hij zich, met een lepe blik op het publiek, terug waarna het gordijn weer strak viel.

"Po-po! Po-po! Po-po!" riepen de toeschouwers terwijl ze met hun voeten stampten. Iemand riep: "Podders voor het oprapen! Kom je podders halen!" Het gordijn ging open en Po-po danste het toneel op in een wijde bruine bloes en een roestbruine broek die wijd uitliep beneden de knie. Hij was opvallend mollig en een paar duimbreedten korter dan gebruikelijk. Een parmantige rode muts hield zijn haar in bedwang; zijn ogen waren rond en stonden ver uit elkaar. Hij gaf even een paar vreemde horlepieppassen ten beste, bleef toen staan en begon te declameren met een ijle, hoge, zangerige stem: "O, ik ben de Podderjongen! Ik eet ze op waar ik ze vind. Ze proberen me van mijn kostbare podders te beroven, maar ik spoor ze op met mijn speurneus en dan is het smullen! Mijn podders zaten in een pot maar toen ik het deksel oplichtte keek er een rat me aan, met de laatste restjes van mijn podders in zijn snorren. Mijn moeder dacht dat ze een lekker maaltje kreeg maar ik pakte haar podders en legde de gekookte rat op haar bord! Ik at heerlijk alleen."

Po-po haalde een kleine podder uit zijn zak en wierp hem hoog de lucht in, schoot toen opzij, en ving hem op in zijn mond. "Gisteren beging een zwarte hond een grof vergrijp: hij stal mijn lekkerste podder! Ik volgde zijn spoor door de bosjes, greep mijn knuppel en roste hem af met gepaste ijver. Op dat ogenblik kwam er een andere zwarte hond voorbij, met mijn lekkerste podder in zijn muil; ik had de verkeerde hond afgeranseld! Maar niet getreurd; de vergissing was snel rechtgezet en opnieuw was ik in het bezit van mijn beste podder." Po-po voerde weer enkele passen uit van zijn excentrieke dansje. "O, ik ben de Podderjongen; ik snuffel met mijn speurneus; ik volg hun aroma en vind ze; ik steel ze van mijn gierige moeder! Ik sla de zuigeling en neem hem zijn podder af! O, ik ben de Podderjongen!"

Po-po zette de sage van zijn ellende en triomfen voort, zong de lof van de verrukkelijke knol, zijn act doorspekt met bokkensprongen en danspassen. Hij trachtte te kopjeduikelen, maar slaagde er niet in; een poos lang stond hij zich in te spannen met zijn brede zitvlak in de lucht terwijl de podders uit zijn zakken buitelden. Ten slotte volvoerde hij de duikeling en begon wanhopig zijn ongehoorzame podders op te zoeken. Toen hij ze eenmaal terug had verdween hij onder hartelijk applaus door de gordijnen. Het applaus duurde voort; Po-po kwam nog even terug op het toneel en maakte een kuitenflikker, die hem gefluit, voetgestamp en loeiende toejuichingen opleverde en was toen weer verdwenen.

De lichten gingen aan opdat men de kraampjes kon bezoeken, en daarna werd de zaal weer duister. Uit de luidsprekers in de hoogte klonk weer de stem van de spreekstalmeester. "Po-po heeft ons voorlopig verlaten; hij is gebrand op zijn avondmaaltje, dat waarschijnlijk

zal bestaan uit een lekker bord podders, mogelijk verschaft door zijn
moeder. Ongetwijfeld komt Po-po binnen afzienbare tijd terug met
het laatste nieuws.

"Maar op dit ogenblik staan Meester Moncrief en de opmerkelijke
Muizenruiters klaar. Ze brengen ons een programma van drie exotische avonturen in een wonderlijk land van schoonheid en magie! Ik
stel u voor ter beoordeling: Meester Moncrief!"

Na de boertige malligheid van Po-po was het publiek er niet zo op
gebrand buitenwereldse indringers hartelijk te verwelkomen en dus
werd de aankondiging met minimale geestdrift ontvangen.

Moncrief kwam het toneel op en zijn wereldse verschijning wekte
al evenmin de sympathie van het publiek op. Hij droeg een elegant
kostuum van zwart fluweel met een grijze cape, die langs de zoom was
geborduurd met hermetische tekens. Enig gehinnik en enkele honende
kreten begroetten hem toen hij glimlachend het publiek overschouwde.
Nog immer glimlachend neeg Moncrief het hoofd naar links en rechts
bij wijze van hoffelijke groet. Toen sprak hij en zijn versterkte stem
galmde uit de luidsprekers in de hoogte.

"Bewoners van de stad Cax, met zijn nobele hoogten en achter-
landen; ik heb u weinig te zeggen, behalve dat het een voorrecht is op te
treden in het Trevaniaan — beslist een van de meest grandioze theaters
in het Gaiaanse Bereik!

"Ik voorzeg dat u op het punt staat een unieke ervaring te ontdekken,
te weten, een voorstelling door de opmerkelijke Muizenruiters — Meer
niet, nu! Ik zal u niet langer ophouden." Moncrief groette statig en verliet het toneel. Enigszins verzoend bracht het publiek hier en daar wat
applaus voort en ging er toen voor zitten om de wonderen te beoor-
delen waarvan Moncrief iets had laten doorschemeren.

Het doek ging op en onthulde een tropisch regenwoud, met op de
achtergrond een rij purperen bergen, verschaft door middel van holografische projectie.

Het nummer werd opgevoerd tot de laatste macabere ogenblikken en het doek viel. Het publiek bleef even stil zitten, kennelijk niet
goed wetend wat het van zo'n vreemd programma moest vinden, maar
reageerde ten slotte met behoedzaam applaus. De bemanning van de
Glicca die toekeek vanuit de aparte salon, was eens te meer tot aan

ontzag grenzende emotie bewogen door de innemende competentie van het gezelschap.

Het doek ging weer op, en toonde nu een arcadisch landschap. Het nummer begon met een dans van nimfen in korte witte japonnetjes waarna het verhaal zich in zijn onherroepelijke noodlottigheid ontvouwde tot het beklagenswaardige einde.

Het doek viel op de troosteloze weide. Het applaus was matig, alsof het publiek niet wist hoe het diende te reageren op zulke ongewone nummers.

Opnieuw kwam Moncrief voor het gordijn. Hij hief zijn handen op, als om genadiglijk een donderend applaus te doen bedaren, en sprak: "Wij hebben nu twee nummers gepresenteerd voor uw vermaak; het doet mij deugd een zo gretig besef van onze creatieve doelstellingen waar te nemen. 'Kunst' is het overbrengen van gevoelens, gebruikmakend van onderling herkenbare symbolen; en duidelijk is wel, dat de Blenks van Cax zeer sterk ontvankelijk zijn voor dezelfde drijfveren die onze esthetische doelstellingen aandrijven!

"Als waardering voor deze ontvankelijkheid zullen wij nu, in plaats van een derde nummer dat wellicht als een anticlimax zou worden ervaren, in feite een coda bewerkstelligen tot onze eerste twee nummers — een coda waarmee wij het best onze meest waarachtige gevoelens jegens de Blenks en de boeiende Blenkse samenleving tot uitdrukking kunnen brengen. Vele werelden hebben we bezocht; vele opmerkelijke culturen hebben we gadegeslagen, maar geen heeft eenzelfde indruk op ons gemaakt als de cultuur van de Blenks!

"Kortom, wij zijn zeer verlangend onze erkentelijkheid voor uw gastvrijheid en uw gulle waardering voor ons programma uit te drukken. Het is onze hoop u te verrassen en te verrukken — en dus sluiten wij ons optreden af op een wijze die u zich nog lang zult heugen!"

Moncrief keek om naar de coulissen en gaf een teken. Alle Muizenruiters verschenen daar, nu in daagse kleding. "Aha!" riep Moncrief. "Daar hebben we ons hele gezelschap; ik zal hen niet een voor een aan u voorstellen; dat zou een irrelevante vertoning zijn." Tegen de artiesten zei hij: "Neem uw plaatsen in, met gezwinde spoed en grote precisie."

De zes leden van het gezelschap sprongen omlaag, op het plankier dat voor het toneel langs liep. Op gezette afstand van elkaar stond daar zesmaal een tweetal omvangrijke voorwerpen, verhuld onder dekzeilen.

"Welaan," zei Moncrief. "Neem uw plaatsen in." De drie meisjes en de Kluten stelden zich elk achter de omfloerste vormen op, terwijl Moncrief zelf achter het resterende tweetal postvatte.

"En dan nu: attentie! Ik tel af. Het moet allemaal precies tegelijk gebeuren! Klaar! Eén!"

Ze bogen zich naar voren en trokken de dekzeilen los, die ze op de vloer lieten vallen. Daar stonden twaalf houwitsers, hun vuurmonden bedekt met zilverpapieren slingers en rozetten van roze lint.

"Twee!" riep Moncrief. Tegelijk legden ze hun handen op de rode knoppen, links en rechts van hen.

"Drie!" Twaalf knoppen werden ingedrukt wat een afgrijselijk twaalfvoudig lawaai voortbracht, waarna een reusachtige hoeveelheid spullen over het publiek werd uitgebraakt. Maar in plaats van de snoepjes, snuisterijen, gekonfijte vruchten en geparfumeerde confetti waarmee Moncrief de mondingen had gevuld, werd het publiek bekogeld met dode vis, drek, fijngesneden ingewanden, rottende vruchten en allerlei andere rommel. Een deel daarvan kwam zelfs op het tweede balkon terecht, hetgeen de Hummers kreten van verbazing ontlokte; alleen de Shimerati ontkwamen aan de euvele aanval en velen van hen prezen zichzelf gelukkig met het feit dat ze bij deze opmerkelijke avond tegenwoordig waren geweest.

Heel even was de zaal in de greep van een eigenaardige stilte. Toen steeg er een traag gerommel op waarvan een oneindige dreiging uitging, een gerommel dat aanzwol tot een genadeloos gebrul, en het publiek begon op te rukken naar het toneel.

Moncrief reageerde meteen. "Naar boven!" riep hij tot zijn gezelschap. "Naar boven en weg!"

Dat behoefde het gezelschap niet te worden gezegd. Ze sprongen van de omloop het toneel op en draafden naar de aangrenzende salon, met Moncrief op hun hielen. De eerste golf razende Blenks klauterde al op de omloop. In de coulissen aan het andere eind van het toneel zag Moncrief diverse Futin Putos staan die hun vuisten in de lucht schudden en vol leedvermaak hun witte tanden toonden. "De wraak van de Futin Putos is zonder genade," zei Moncrief bij zichzelf.

Het gezelschap, Moncrief en de bemanning van de *Glicca* draafden het platform op en sprongen in de zwever. Schwatzendale steeg op, net toen de Blenks het platform op holden om zich te verdringen en het vertrekkende toestel na te staren en na te schreeuwen vol gedwarsboomde hartstocht.

Op de ruimtehaven aangekomen hesen Schwatzendale en Myron de zwever in het ruim en gingen aan boord van het schip dat prompt opsteeg. Cax werd kleiner, beneden. Hoger steeg de *Glicca*, door het wolkendek. Toen zwenkte ze af, de hemel in, en liet Blenkinsop achter zich.

Hoofdstuk IX

1

Na haar vertrek uit Cax begon de *Glicca* aan een reisschema dat haar, na verafgelegen streken van het Bereik te hebben doorkruist, uiteindelijk terug zou brengen naar Coro-coro op Fluter.

Na verloop van tijd werd het dagelijkse bestaan aan boord hervat, maar toch was er verschil. Moncrief was somber; door de haast waarmee hij het Trevaniaan vaarwel had moeten zeggen, had hij verzuimd zijn honorarium te incasseren — een verzuim dat hem door het hart sneed. Uren was hij bezig vergeldingsmaatregelen te bedenken tegen de kassiers van het Trevaniaan, en intussen verwaarloosde hij zijn werk met de Muizenruiters. De Kluten waren norser dan ooit en zaten in elkaar gedoken in een hoekje van de salon woedend om zich heen te kijken en tegen elkaar te mompelen. De meisjes waren ook veranderd, in heel subtiele zin. De afloop in het Trevaniaan had hen overdonderd; nooit eerder hadden de gebeurtenissen hen met ontzag geslagen en nu hadden ze enigszins aan zorgeloze onschuld ingeboet.

De eerste haven die ze aandeden was Falziel, op de planeet Mirsten. Het enige bewoonbare vasteland werd beheerst door een centraal bergmassief terwijl het land in de kuststreken volledig begroeid was met bos, waar buitenwereldse soorten op gelijke voet opschoten met inheemse variëteiten. De bevolking buitte de natuurlijke bronnen van het bos nijver uit en exporteerde kostbare houtsoorten naar Cax en elders. In de stad Falziel bevonden zich de kantoren van het Instituut; van oorsprong het Dendrologisch Instituut en nu de hoogste instelling op de planeet die zowel de uitvoerende als de rechtsprekende macht over geheel Mirsten uitoefende.

Na enige tijd daalde de *Glicca* neer op de ruimtehaven van Falziel. Het schuin invallende licht van de namiddag deed de befaamde stad met haar honderden glimmende mahoniehouten koepels dramatisch uitkomen.

In het *Handboek der Planeten* wordt Falziel in zekere mate van detail behandeld. Volgens de tekst:

De reiziger kan wijd en zijd door het Bereik rondtrekken, maar zal er nimmer een stad vinden die in louter bravoure de evenknie van Falziel is. De gebouwen beslaan bij elkaar een stuk grond van minder dan een mijl lang en breed; de grens is strikt getrokken; er zijn geen genaaste of onderhorige gemeenschappen; de stad is een organische eenheid. De vorstelijke gebouwen staan op percelen die langs de alleeën zijn gelegen; sommige reiken zeven verdiepingen hoog, andere zijn lager. Ze zijn stuk voor stuk gebouwd naar dezelfde specificaties en verschillen alleen in grootte. Ze bezitten allemaal dezelfde voorgevel, maar door een wonder van proportie wordt hiermee een onbeschrijflijke elegantie bereikt. Elk gebouw wordt bekroond door een koepel van glimmend roodbruin mahoniehout, terwijl zich op het hoogste punt een slanke sierspriet verheft.

De bewoners van Mirsten staan in schril contrast tot hun luisterrijke stad. Over het algemeen zijn het praktische lieden maar ze koesteren een paradoxale angst voor spoken en andere onnatuurlijke wezens die men in donkere, eenzame oorden kan aantreffen.

Dit geloof komt het meest voor in afgelegen bergdorpjes, waar het volk op donkere, stormachtige avonden bijeenkruipt rond de haard en deze onaardse overlevering doorgeeft aan hun geboeide kinderen.

Meteen na aankomst in Falziel togen Maloof en Myron naar het havengebouw om het lossen van hun lading te regelen. Ze vonden een kantoortje met een bord op de deur waarop stond:

DIRECTIE RUIMTEHAVEN
Arman Rouft
– KOM BINNEN –

Het tweetal duwde de deur open en stapte binnen in een kantoor dat betimmerd was met lichtbruin hout. Achter een balie stond een man van middelbare leeftijd en gemiddeld postuur, ietwat geneigd tot een bescheiden embonpoint dat wees op een voorliefde voor het goede leven. Zijn gezicht, onder een kransje dik wit haar, was rond en opgewekt. Toen Maloof en Myron op hem af liepen zette hij een aardewerk mandflesje dat hij had staan bekijken opzij en sprak met een joviale, zangerige stem: "Heren als u de havendirecteur zoekt, dan hebt u hem gevonden. Ik ben Arman Rouft, tot uw dienst."

Maloof stelde zichzelf en Myron voor. "Wij zijn officieren van de *Glicca* die zojuist is gearriveerd, zoals u ongetwijfeld hebt gemerkt. Wij hebben vrachtgoed aan boord voor Falziel, dat in Cax is geladen. We zijn gereed om deze vracht te lossen wanneer het u uitkomt."

"Die vracht zal tot morgen moeten wachten aangezien de werklieden al naar huis zijn."

"Dat is uitstekend," zei Maloof. "Dan hebben we de gelegenheid uw opmerkelijke stad eens te verkennen."

Rouft grinnikte en schudde zijn hoofd. "Als u bent als de doorsnee ruimtevaarder die wil passagieren in een vreemde stad, dan wordt u wellicht teleurgesteld. Er zijn hier geen resorts noch sociale etablissementen waar men ongebonden kan brassen. Over het geheel genomen zijn wij een gezapig volkje."

Maloof lachte ongelovig. "Maar het was geen gezapig volkje dat deze gedurfde stad heeft gebouwd!"

"Dat hoeft elkaar niet noodzakelijkerwijs in de weg te zitten," zei Rouft. "Waarschijnlijk is het juist die karaktereigenschap waaraan Falziel haar bestaan dankt." Hij keek van de een naar de ander. "U staat voor een raadsel?"

Maloof gaf het toe. "Misschien wilt u die paradox uitleggen?"

"Zeker! Het verhaal is niet overmatig lang, maar spreken maakt de keel droog. Gelukkig hebben we een remedie bij de hand." Hij zette drie bekers op de balie, lichtte de mandfles op en goot in elk een neutje goudgele likeur. Twee bekers schoof hij over de balie naar Maloof en Myron. "Dit is onze beste pruimenbrandewijn; oningewijden wordt aangeraden hem met ontzag te bejegenen!"

Maloof en Myron pakten hun bekers en zagen dat die met sierlijke verfijning gesneden waren uit een zware, zwarte houtsoort. Rouft hief zijn beker op en sprak een heilwens uit: "Op hoge bomen en vruchtbare vrouwen!" Hij wipte de inhoud van zijn beker in een keer tot achter in zijn keel en slikte het vocht vervolgens weg.

Maloof en Myron probeerden het voorzichtiger met de brandewijn die koppig, etherisch en intens bleek te zijn. Uiteindelijk volgden ze het voorbeeld van Rouft, en sloegen de borrel achterover, tegen de achterwand van hun keel, waar hij explodeerde in een scherpe damp.

Rouft vroeg bezorgd: "Bent u al klaar voor een tweede neutje? Een mens komt niet zo ver, hinkend op één been."

"Voorlopig even niet," zei Maloof met dikke stem. "Maar ik kan natuurlijk niet voor Myron spreken."

"Strakjes misschien," zei Myron.

Rouft schonk zichzelf echter een tweede neutje in en sloeg het net als het eerste in een keer achterover. "Aha!" zei hij; "Nu kunnen we beginnen. Ik ga dan terug naar zeshonderd jaar geleden, toen de oude havenstad Skolpnes verwoest werd bij een zware overstroming. Desondanks was het echter een tijd van voorspoed en de factoren van het Dendrologisch Instituut stelden voor een nieuwe stad te bouwen — maar dan zodanig dat ze recht zou doen aan de vooraanstaande handelspositie van Mirsten.

"In die tijd woonde er een bouwkundig genie op Mirsten, een zekere Riyban Trill. Trill had overal in het Bereik gewerkt en een opmerkelijke reputatie opgebouwd van alles overtreffende creativiteit alsook technische uitmuntendheid. Hij had zich vervolgens op Mirsten gevestigd om min of meer stil te leven.

"Vanaf het begin waren de factoren vastbesloten dat Trill bij dit grootse nieuwe project betrokken zou worden, ook al was hij niet meer een van de jongsten en was zijn gezondheid niet al te best.

"Toch kreeg Trill een formeel aanbod en het verzoek zijn creatieve talenten in te zetten. Trill dacht een week over het voorstel na en reageerde toen met een document waarin de omstandigheden waren uiteengezet waaronder hij de opdracht wilde aanvaarden. In wezen verlangde hij volstrekte zeggenschap over elke fase van het project, zonder de mogelijkheid van enige inmenging. Hij legde de factoren slechts twee keuzes voor: ze konden erop ingaan of ze konden zijn eisen afwijzen; inschikken en compromissen sluiten was niet aan de orde. Schoorvoetend aanvaardden de factoren Trills voorwaarden. Het contract werd getekend en voorzien van het lakzegel van het Dendrologisch Instituut en Trill toog meteen aan het werk.

"Het terrein werd afgebakend, een stratenplan werd uitgezet en een eerste gebouw werd opgetrokken op een perceel aan de centrale plaza. Toen het gereed was, besloeg het zeven verdiepingen; het was geheel vervaardigd uit weelderig roodbruin mahonie en werd bekroond door een koepel met een verrukkelijke welving. Uiteindelijk zou dit gebouw de kantoren van het Dendrologisch Instituut huisvesten. Het gebouw werd algemeen gunstig ontvangen; zelfs hen die op Trill afgedongen hadden was de mond gesnoerd.

"Maar juist op dat ogenblik, op het toppunt van Trills loopbaan, liet zijn gezondheid hem in de steek; hij kreeg een beroerte die hem ver-zwakte, zijn vermogens aantastte en zijn lichamelijk functioneren voor het overgrote deel inperkte.

"Hij begreep dat hij de stad niet volgens plan zou kunnen afmaken, maar bedacht vrijwel onmiddellijk een plan dat al zijn moeilijkheden onderving; met een pennenstreek gelastte hij dat alle gebouwen in de stad naar dezelfde specificaties zouden worden uitgevoerd als het modelgebouw; alleen in de grootte zouden er verschillen zijn.

"Trills stoutmoedigheid deed iedereen versteld staan. De factoren deden een storm van protesten opgaan, vergezeld van de mening dat Trills plan, aangezien het duidelijk de onverantwoordelijke gril was van een geesteszieke, onverwijld ongeldig moest worden verklaard.

"Maar dat denkbeeld riep onbehagen op bij het volk. Ik heb al gezegd dat we een gezapig volkje zijn — een karaktertrek waarbij een met de paplepel ingegeven eerbied hoort voor de individuele onaf-hankelijkheid en voor de onschendbaarheid van een officieel contract. Deze overtuiging is bepalend voor de plaatselijke ingesteldheid en afwijkingen worden niet getolereerd; uiteindelijk riep het voorstel van de factoren om Trills contract te schenden zulk een verontwaardiging op, dat de factoren hun plan lieten varen en zo kwam de nieuwe stad tot stand.

"Vrijwel onmiddellijk werd de nieuwe stad beschouwd als een werk van een opperst genie en Trill werd geëerd als nimmer tevoren. Hem werd een adelbrief verleend en hij werd volwaardig Gezel van het Instituut dat hem een krans van goud toekende, die hij op zijn schouder kon dragen.

"En daar staat het dus: Falziel, een eerbewijs aan zowel Trills roekeloze creativiteit als aan de standvastige trouw van de bevolking!" Rouft wees naar het kruikje. "Zullen we nog een neutje of wat nemen, om de gelegenheid te gedenken?"

Maloof keek Myron aan die gelaten de schouders ophaalde. "Nou, misschien een bewijsje, dan."

Rouft hanteerde de buikige kruik met de losse pols en vulde de bekers tot aan de streep, net als eerst, en bracht toen een nieuwe heildronk uit: "Op lange vrouwen en vruchtbare bomen!"

De bekers werden geheven als tevoren; het vurige vocht werd in passende stijl weggewerkt.

Toen Maloof zijn stem weer terug had vroeg hij ietwat haperend: "Kunt u ons een taveerne aanbevelen, waar we het plaatselijke bier kunnen proberen?"

"Met gemak! Het 'Hof van Koning Cambrinus' komt me direct in gedachten. Het is een gelegenheid waar ik zelf een vaak geziene bezoeker ben. Het Donkerling Bruin is wat te zwaar naar mijn smaak, maar hun Bittere Siluriaan is boven alle lof verheven. De taveerne is gunstig gelegen. Ga langs gindse allee tot de eerste kruising en ga daar naar links; vijftig meter verder zult u een zuilengang zien met daarop een beeld van de halfgod Atlas, die de globe van de Oude Aarde op zijn schouders torst. Oudergewoonte is dat beeld het kenmerk van alle taveernen van Falziel."

"Interessant!" zei Maloof. "Dat zou een waardevol gegeven zijn, als wij wat meer tijd hadden om de stad te verkennen."

Rouft zuchtte. "Ik wens vaak dat ik in staat was in twee taveernes tegelijkertijd te drinken; het zou de vele energieverspilling van het heen en weer lopen voorkomen."

Myron mompelde voor zich heen: "Als iemand daartoe in staat zou zijn, dan wel onze machinist, Fay Schwatzendale."

2

Kort na zonsondergang kuierden kapitein Maloof en zijn bemanning de ruimtehaven af; Moncrief en de Muizenruiters bleven liever aan boord van de *Glicca*. De mannen liepen een eind de allee af, sloegen linksaf bij de kruising en kwamen al spoedig bij de zuilenportiek met het standbeeld van Atlas met de Oude Aarde op zijn schouders, die het Hof van Koning Cambrinus markeerde.

Het viertal ging de taveerne binnen en stond in een lange, smalle, zwak verlichte gelagkamer met een gewelvenplafond en muren die waren betimmerd met gewreven houten planken, die de kleur hadden van donkere honing. Tafeltjes stonden verspreid over de hele lengte van de ruimte en een tapkast flankeerde de rechtermuur. Het was er niet druk; aan een tafeltje helemaal achteraan zaten twee ouwe mannetjes over een schaakbord gebogen, met bierkroezen naast zich. Op de wand achter hen had een schilder lang geleden Koning Cambrinus uitgebeeld, in majesteit op zijn gouden troon gezeten. In zijn ene hand hield hij een scepter, in de andere een kroes met schuimend bier. De gezichtsuitdrukking waarmee hij de gelagkamer overzag was tegelijk streng en welwillend. Achter de toog stond een dikke tapper in een witte kiel met een klein wit mutsje. Hij nam nota van de komst van nieuwe gasten met een vertoon van geringe belangstelling en sprak met volle, ronde bariton: "Goedenavond, heren; u bent aan de late kant, maar we zullen ons best doen uw dorst te lessen." Hij maakte een weids gebaar naar de tafeltjes. "U kunt gaan zitten onder het voor u juiste hermetische teken. Of ik kan u ook adviseren, als u dat liever hebt."

"Dat lijkt me verstandig," zei Maloof. "De tekens zijn ietwat mysterieus."

"Dat is zo," zei de tapper. Hij dacht even na en wees toen. "Dat is een gezellige tafel. Hij is betrouwbaar en heeft duizenden kroezen getorst en maar zelden vermorst. Hij schijnt tot minzaamheid en goedgeefsheid aan te sporen, zelfs onder vreemden. Er is nimmer een verstopping van de keel voorgevallen aan deze tafel en evenmin heeft ooit iemand daar vergeten zijn rekening te voldoen."

Het viertal nam plaats aan het aanbevolen tafeltje. De tapper vroeg: "Wat kan ik inschenken?"

"Beschrijft u maar waaruit we kiezen kunnen," zei Maloof.

"Heel goed; onze bieren en pilsener zijn voortreffelijk. Wij schenken Donkerling Bruin, Dankwel's Speciale, Wyvern, Oude Pestkop, Gothische Bleke en Bitterbruin."

Maloof koos Bitterbruin, net als zijn metgezellen.

Het bier werd geserveerd in kroezen die waren gedraaid uit blokken zwaar donker hout.

Maloof bestudeerde zijn kroes aandachtig en wendde hem heen en weer. Aan de tapper vroeg hij: "Heeft dit zwarte hout ook een naam?"

"Natuurlijk; het is moerasknoest, van een boom die half onder water groeit in de moerassen en niet hoger wordt dan drie meter en niet breder dan een meter, misschien iets meer. De boom kan niet ter plaatse worden omgehakt; hij moet in zijn geheel uit de ondergrond worden getrokken met behulp van een drijvende bok. De zijtakken worden gekapt en de stam wordt in balken gezaagd en moet dan vijf jaar drogen. Daarna wordt het hout in blokken gezaagd die op een speciale draaibank worden voorgevormd tot onafgewerkte kroesvormen, de zogeheten 'platen'. Deze worden drie dagen lang in speciale olie gezoden en daarna met de hand uitgehold, vormgegeven, en afgewerkt. Dan zijn het kroezen geworden waarvan er niet twee hetzelfde zijn; ze zijn onbreekbaar en gaan eeuwig mee."

Maloof hield de zware zwarte kroes omhoog. "Ze spreken me bijzonder aan. Zijn deze te koop en zo ja, waar?"

De tapper keek naar de klok aan de muur achter hem en zei: "Wat ik u te vertellen heb is gunstig maar ook minder gunstig." Hij wees door het raam naar een winkel aan de overkant van de straat, met een stralende groene ster boven de deur. "De winkel ginds wordt bestierd door een ware galardinette genaamd joffer Florice. Ze verkoopt curiosa, siervoorwerpen en allerlei prullaria aan toeristen, ruimtevaarders of plaatselijke bewoners, zonder aanzien des persoons, zolang ze maar kunnen betalen. Ze heeft een toereikende voorraad kroezen die ze tegen redelijke prijs verkoopt. Dat is het gunstige bericht. Over vijf minuten doet ze de verlichting uit en sluit haar winkel met onwrikbare vastbeslotenheid — dat is het minder gunstige bericht."

Maloof keek op de klok. "Vijf minuten?"

"Min tien seconden — u hebt net tijd om uw bier op te drinken, te betalen en de straat over te rennen en dan hebt u nog naar schatting twee minuten en dertig seconden om uw aankopen te doen, in het geval joffer Florice met u meevoelt in uw netelige situatie. Ikzelf sluit mijn zaak op hetzelfde tijdstip."

De vier dronken snel hun kroezen leeg. Tussen grote slokken door gebaarde Myron naar de schakers, waarvan er een net een zet had gedaan.

"En die dan?"

De tapper haalde zijn schouders op. "Die zetten hun spel voort bij kaarslicht en morgenochtend tref ik ze hier weer aan."

Maloof betaalde en het viertal verliet het Hof van Koning Cambrinus en haastte zich de straat over, naar de winkel onder de groene ster.

Joffer Florice was een lange vrouw met een lange, benige neus; ze nam haar late klanten met ongenoegen op. "U bent overmatig slordig; de winkel gaat haast sluiten. Voor vandaag zijn de zaken gedaan."

"Nog niet helemaal," verklaarde Maloof. "Er is nog tijd om mij zes kroezen van moerasknoest te verkopen."

Myron voegde eraan toe, "En terwijl u kapitein Maloof bedient kunt u tijd sparen als u er voor mij ook alvast zes meebrengt."

Joffer Florice zei op scherpe toon: "Tegen dat ik het bestelde uit het magazijn heb gehaald is het tijd om het licht uit te doen. Was u van plan in het donker te betalen?"

"Het zou misschien handiger zijn als u uw openingstijden nog een minuutje of misschien anderhalve minuut verlengde," opperde Maloof. "Maar u moet het helemaal zelf weten."

Joffer Florice draaide zich met een ruk om en beende weg naar het magazijn. Het viertal maakte van het oponthoud gebruik door rond te kijken in de winkel; Myron vond een klein beeldje van Atlas die op zijn knieën zat, met de Oude Aarde op zijn schouders. Het beeldje was ongeveer vijftien centimeter hoog en was uit zwaar, wit hout gesneden. Romantisch als altijd was Myron helemaal bekoord; dit was een vermakelijk aandenken aan Falziel en haar taveernes, en hij voegde het beeldje aan zijn aankopen toe. Een ogenblik later ontdekte hij een rek waaraan een aantal fijngesneden kettingen hing van anderhalve meter lang. Myron keek nog eens goed en zag dat de kettingen elk met verfijnde precisie waren uitgesneden uit een lange staf van bleek hout.

Intussen was juffer Florice teruggekomen uit het magazijn met de kroezen en had zich verzoend met de geheel nieuwe ervaring, nog werkzaam te zijn na de gebruikelijke openingstijden. In antwoord op Myrons vragen legde ze uit dat de kettingen werden gesneden door een kransje oude vrouwen in een afgezonderd gelegen bergdorpje. Deze vrouwen werden door de plaatselijke bevolking voor heksen gehouden, aldus Joffer Florice. Dat was louter onzin uiteraard, voegde ze er met een ijzige glimlach aan toe, de kettingen werden gesneden uit lange takken van de berghazelaar en het werk was onnatuurlijk precies, maar hekserij? "Bah! Louter bijgeloof!" Myron zag dat joffer Florice ondanks haar boude woorden heimelijk een teken beschreef met de vingers van haar linkerhand. Hij koos twee kettingen uit, bedoeld om als halsketting een zekere Tibbet, in Duvray op de wereld Alcydon, in verrukking te brengen.

De ruimtevaarders betaalden en keerden, zeven minuten na de gebruikelijke sluitingstijd, naar de ruimtehaven terug.

De volgende ochtend verschenen er arbeiders en werd er vracht gelost. Op het middaguur steeg de *Glicca* op van de ruimtehaven. De glimmende mahonie koepels werden steeds kleiner beneden, en toen zwenkte de *Glicca* de ruimte in, op weg naar de volgende haven.

3

De twee havens na Falziel waren Chancelade op Avente en vervolgens Organon op Archimbal. Ondanks grote onderlinge gelijkenis, verschilde de bevolking van de twee werelden aanmerkelijk in de maatschappelijke filosofie die ze aanhingen; de mensen op Avente waren verdraagzaam, gevoelig voor de subtiliteiten van het schone, en zich intens bewust van zichzelf als individu; de lieden op Archimbal, dat een gelijkwaardige beschaving bezat, waren gemeenschapsmensen die zich het prettigst voelden als ze in groepen met elkaar konden

samenwerken, langs lijnen van vooruitgangsdenken en allesomvattende onbaatzuchtigheid. In Organon zouden kapitein Maloof en zijn
bemanning in schokkende en hogelijk verrassende omstandigheden
verzeilen, waardoor hun bezoek daar zeer memorabel werd; maar eerst
was de *Glicca* in Chancelade op Avente geland, waar zich een niet minder belangwekkende gebeurtenis voltrok.

Nog voor de vracht geheel was uitgeladen bood de directeur van
de haven van Chancelade Myron al nieuwe vracht aan en wel op zulke
gunstige voorwaarden dat Myron onmiddellijk met de transactie
instemde, al betekende het een oponthoud van drie tot vier dagen
voordat de vracht gereed zou zijn.

Die ligdagen werden door iedereen aan boord van de *Glicca* ver-
welkomd: de bemanning evenzeer als de Muizenruiters, aangezien
Chancelade een aangename stad was met vele bekoorlijke plekjes,
pittoresk, romantisch en achteloos elegant. De stad lag in een parkland-
schap aan de samenvloeiing van drie rivieren die gezelschap kregen van
een tiental trage grachten. Langs de oevers van zowel de rivieren als de
grachten lagen winkels, salons, cafeetjes, restaurants, muziekscholen
en revuetheaters, rendez-vous locaties voor gemaskerde harlekijns,
gamins, dryaden en nimfen, podia gewijd aan het onverwachte en het
absurde. Ten oosten van de stad verhieven zich massale bergen: pieken
en ravijnen, hooggelegen meren, wouden en tientallen vakantieoorden
in de wildernis, sommige rustiek, andere verfijnd en weelderig.

Meteen bij aankomst toog Moncrief op weg om werk voor de
Muizenruiters te vinden, en was daarin succesvol. De bemanning
ging ook op pad om de stad te verkennen en haar mogelijkheden te
beproeven. De tijd verstreek snel. Vroeg op de dag van vertrek kwam
de vracht al op de ruimtehaven aan en werd aan boord van de *Glicca*
geladen.

De bemanning koos voor een laatste middag en avond uit, om hun
favoriete plekjes in de stad nog eens te bezoeken. Die middag, terwijl
de bemanning afwezig was, kwamen de Muizenruiters aan boord, pakten hun bullen bij elkaar en vertrokken, zonder ook maar een keer om
te zien. Toen de bemanning terugkwam op de *Glicca* ontdekte Maloof
een briefje op de tafel in de kombuis met een som gelds. Hij las de brief
hardop voor.

Aan de zeer gewaardeerde kapitein Maloof
en de andere bemanningsleden:

Door een gelukkige omstandigheid is ons voor langere tijd em-
plooi aangeboden in de vakantieparken in de bergen. De con-
tracten zijn zeer lucratief en dus moeten wij hier wel op ingaan.
Onze beste wensen voor iedereen op de Glicca; wij zullen u niet
snel vergeten. Ik voeg een bedrag bij dat toereikend zal zijn om
onze rekening te voldoen. Met oprechte hoogachting:

Meester Moncrief en de Muizenruiters.

Maloof wierp het briefje op de kombuistafel. "Zo. Ze zijn dus weg."
Hij staarde naar het briefje. "Al met al is hun manier van vertrekken
lofwaardig te noemen — dunkt mij in elk geval."

Wingo zei met een somber gezicht: "Het schip zal heel stil lijken
zonder hen."

Schwatzendale leunde achterover in zijn stoel en keek naar het plafond. "Het is waar, hun vertrek komt iedereen goed uit. De sfeer aan
boord was oud en muf geworden. Moncrief was een wrak. Zijn betove-
ring was verbleekt. De Kluten hurkten als klonten ranzig vlees in de
schaduwen. En de meisjes waren hersenloze schepseltjes uit een verloren land; ze dansten hun eigen dansjes en zongen hun eigen liedjes; ze
hadden van verantwoordelijkheid geen weet en leidden ons allemaal af.
Nu laten ze slechts bitterzoete herinneringen na."

Met een bleek glimlachje zei Maloof: "Dat is een roerend getuige-
nis."

"Bah," gromde Wingo. "Het lijkt meer een grafschrift."

"Hun vertrek heeft een leemte geschapen," beaamde Myron. "Maar
zonder hen is het leven wel eenvoudiger."

"Bah!" zei Wingo opnieuw, maar deze keer hartgrondig. "Wat hebben we aan eenvoud? Zelfs hun dwaasheid was tenminste iets! Met de
Muizenruiters was alles mogelijk."

Myron knikte somber. "Inclusief de mogelijkheid dat ze de *Glicca*
nooit zouden verlaten en voor altijd aan boord zouden blijven."

Maloof kromp ineen. "Dat is een schrikwekkend denkbeeld. Het is bijna een onbehoorlijkheid." Myron bood zijn verontschuldigingen aan en daarmee eindigde het gesprek.

De volgende ochtend vroeg vertrok de *Glicca* uit Chancelade en zette koers naar Organon op Archimbal. Het schip leek onnatuurlijk stil; Wingo hield abrupt op met het maken van nieuwe soorten gebak. Het hoekje van de salon waar de Kluten somber hadden zitten mompelen leek vreemd leeg.

Maar na verloop van tijd verbleekten de herinneringen aan de Muizenruiters en verdrong de nieuwe werkelijkheid allengs de oude.

4

De *Glicca* kwam op de ruimtehaven van Organon aan halverwege de ochtend ter plaatse. De vracht werd gezwind gelost en toen toog de bemanning eropuit om de stad te verkennen. Mochten ze onderweg een gastvrije taveerne ontdekken waar ze de kwaliteit van het bier konden uitproberen, des te beter.

Een omnibus bracht de vier mannen via een boulevard met aardig uitzicht naar de centrale plaza: een smetteloze ruimte, geplaveid met platen gepolijst graniet. In het midden speelden fonteinen rond de sokkel van een heroïsch standbeeld ter ere van de legendarische plaatsbepaler Hans van der Veeke, die als eerste voet op de planeet Archimbal had gezet. Hij was afgebeeld met een zwarte pandjesjas en een platte zwarte hoed. Zijn pose was plechtig, met de ene arm hoog geheven ten groet aan de toekomstige generaties. Langs de rand van het plein stonden smalle gebouwen in een spaarzame, ja bijna broodmagere stijl, doorgaans van vijf, zes verdiepingen. Op straatniveau verbraken winkels van een ingehouden élégance enigszins de strengheid van de panden waarin ze gevestigd waren. De meeste boden waren aan van een discrete luxe; ook waren er restaurants te vinden, evenals een aantal agentschappen en salons.

Toen de vier buitenwerelders uit de omnibus waren gestapt bleven ze even staan om hun omgeving op te nemen. Stadsbewoners slenterden rond de plaza. Mannen zowel als vrouwen droegen kledij van formele snit en voortreffelijke kwaliteit, alsof het niet behoorlijk was in het openbaar te verschijnen in kleding die beneden iemands stand was.

In het voorbijgaan wierpen ze korte zijdelingse blikken op de ruimte-vaarders, om dan ogenblikkelijk hun ogen weer af te wenden opdat niemand hen ongepaste nieuwsgierigheid zou kunnen aanwrijven.

De vier van de *Glicca* richtten hun aandacht op de winkels aan het plein; ze namen nota van de restaurants en cafés maar zagen nergens een etablissement dat de aanwezigheid van een taveerne suggereerde. Myron opperde dat dergelijke gelegenheden misschien tot de zijstraten waren beperkt, of misschien tot een apart district van de stad. Wingo zei instemmend dat het ook een plausibele theorie was en dat het raad-sel te zijner tijd wel zou worden opgelost.

De vier gingen op weg langs de rand van de plaza en kwamen bijna meteen bij een handelshuis, zo te zien een café, dat te herkennen was aan een sierlijk uithangbord met daarop 'De Blauwe Urn'. Drie brede boogramen boden een kijkje op gasten die er aan tafeltjes zaten en diverse soorten verversingen tot zich namen. Aan een tafeltje vlakbij zaten vier heren van middelbare leeftijd en overduidelijk van stand, te drinken uit grote glazen kroezen met een goudgele vloeistof waarop een zichtbare kraag van wit schuim stond. Als één man gingen de vier ruimtevaarders De Blauwe Urn binnen en namen plaats aan een onbe-zet tafeltje.

Een lange statige kelner met grijs haar, in vormelijke kledij van onbe-rispelijke snit, kwam op het tafeltje af. Hij maakte een lichte buiging, als om hun status als buitenwerelders te erkennen, een status die hen gerechtigde tot meelevend begrip. Hij sprak met fraai gemoduleerde stem: "Heren, mag ik vragen wat er van uw dienst is?"

"Dat mag u zeker," zei Maloof. "We hebben een flinke dorst intus-sen! Brengt u ons maar uw beste bitterbier in vier grote kroezen."

De kelner schudde glimlachend het hoofd. "Een dergelijke drank bieden wij hier niet aan, mijnheer."

"O nee?" zei Maloof op hoge toon. "Wat drinken dan die heren daarginds met zoveel geestdrift?"

De kelner draaide zich beleefd om. "Ach, natuurlijk! Ze genieten van onze Speciale Nummer Twaalf, die eerlijk gezegd ook mijn voor-keur heeft."

"In dat geval," zei Maloof, "mag u mij een kroes van die Speciale Nummer Twaalf brengen."

De anderen gaven een gelijkluidende opdracht en de kelner vertrok om de bestelling klaar te maken. Na een poosje kwam hij terug met vier grote kroezen die hij handig voor iedereen neerzette, waarna hij zich terugtrok.

Maloof pakte zijn kroes. "Bij gebrek aan een betere heildronk, drink ik hier op de tienduizend generaties brouwers die, door hun niet-aflatend genie, in feite dit ogenblik mogelijk gemaakt hebben!"

"Een nobele dronk," kreet Wingo. "Sta me toe dat ik er een epiloog aan toevoeg. Gedurende de allerlaatste ogenblikken van ons universum, wanneer de eeuwige duisternis van alle kanten opdringt, zal er vast wel iemand opstaan die roept: 'Wacht nog even met dat einde, terwijl ik eer bewijs aan de fiere brouwers die een weg van gouden glorie voor ons hebben gebaand door de vervagende gangen van de tijd!' En zou het dan niet mogelijk zijn dat er in het donker een helder lichtende opening zal verschijnen, om de brouwers door te laten en hen verder te laten gaan om een fraaier universum te maken?"

"Dat is ook een redelijke conjectuur, zoals er zovele zijn," zei Schwatzendale. "Maar nu!" De vier klonken, hieven hun kroezen op en namen elk een diepe teug.

Op dat ogenblik voer er een schok van verbijstering door Maloof heen, die nooit meer uit zijn herinnering zou verdwijnen. Hij hief langzaam het hoofd op en staarde de kelner aan, die vragend naar hem toe kwam. "Mijnheer?"

Met zachte, onbewogen stem vroeg Maloof: "Wat is deze vloeistof die u ons net hebt voorgezet, toen we om bier vroegen?"

"Heren," zei de kelner gevoelvol, "ik heb u ons beste gortewater geserveerd!"

"Gortewater!" kreet Maloof schor.

"Precies, ik heb u een dienst bewezen! Alcohol is zeer toxisch; het gebruik ervan is verboden op Archimbal."

Schwatzendale zei timide: "Er is dus bier noch pils te bekomen in Organon?"

"Volstrekt niet."

De ruimtevaarders betaalden hun vertering met een sip gezicht en keerden terug naar de ruimtehaven. Een uur later verliet de *Glicca* Organon en ging op weg naar haar volgende haven.

5

De *Glicca* zette haar excentrieke route voort, om uiteindelijk terug te keren naar Coro-coro op Fluter. Meteen na aankomst kwamen de pelgrims wier overtocht naar Kyril gestremd was geweest op de *Glicca* af. Maloof had een bespreking met Perrumptorius Kalash en met Cooner die coadjutor was geworden; hij verzekerde hun dat de eerder gemaakte verplichtingen nog steeds golden en dat de volgende haven Impy's Aanleg zou zijn. Kalash en Cooner spraken hun tevredenheid erover uit en probeerden toen een korting te bedingen op de voorheen afgesproken tarieven, aanvoerend dat ze tot een religieuze organisatie behoorden. Maloof zette uiteen dat naar men wist godsdienst heerste op zekere overbevolkte werelden, maar in de ruimte opviel door zijn afwezigheid; alleen al daarom zou er geen korting worden verleend. Mopperend en in hun wiek geschoten gingen de pelgrims aan boord van de *Glicca* met hun kisten gewijde aarde. En zo vertrok de *Glicca* uit Coro-coro en zette koers naar Impy's Aanleg op Kyril.

Gedurende de overtocht raakte Wingo in kennis met een zekere Efraim Cuireg, een zwervend geleerde die banden had met het Instituut voor Transcendentale Metafysica te Bantry's Moer op de planeet Montroy. Cuireg was een gedistingeerd heerschap. Hij was van gemiddeld postuur of iets kleiner; hij was slank van bouw en kieskeurig netjes in zijn manier van doen. Onder zijn korte, witte haar waren Cuiregs gelaatstrekken scherp gesneden; zijn blik was koel, zijn uitdrukking sober en ietwat ironisch en hij bezat de kaarsrechte houding van een patriciër. Hij reisde alleen en hield zich afzijdig van andere passagiers.

De pelgrims vonden hem neerbuigend en uit de hoogte. Desondanks probeerde de Perrumptorius hem bij de groep te betrekken en nodigde hem uit de ochtendlijke samenspraken bij te wonen, maar Cuireg bedankte voor deelname.

De ondoorgrondelijke Cooner had een diepzinnige theorie ontwikkeld, die het bestaan veronderstelde van een oneindige regressie van steeds ingewikkelder godheden, die stuk voor stuk onderhorig waren aan het wezen dat erachter opdoemde, met het Gaiaanse ras triest voorop. Hij ontvouwde deze theorie tegenover Cuireg, maar stootte op een blik, zo nietszeggend en zo gespeend van belangstelling, dat de zelfverzekerde glimlach hem op de bolle roze wangen bevroor. Cooner had opeens dringend elders iets te doen.

Wingo vond de aanwezigheid van Cuireg een waar enigma, dat aan zijn nieuwsgierigheid vrat. Op een dag nodigde hij Cuireg uit voor een lichte maaltijd halverwege de middag, bestaande uit thee, cake en allerlei bijzondere taartjes. Cuireg, een toegewijd gastronoom, nam de uitnodiging grif aan en verscheen precies op het afgesproken tijdstip. Hij bekeek de lekkernijen op tafel met goedkeuring en nam op Wingo's uitnodiging plaats.

Een poosje lang ging het gesprek over koetjes en kalfjes; op een gepast ogenblik stelde Wingo achteloos een vraag. "In alle oprechtheid gezegd: ik begrijp niet waarom een geleerde met uw achtergrond naar Kyril reist, net als een van die pelgrims, en dus naar we mogen aannemen voornemens is u bij de mars rond het continent aan te sluiten. Kunt u dat eens uitleggen?"

"Natuurlijk," zei Cuireg met een koele glimlach. "Ik ben dat echter niet van plan, aangezien u de achterliggende gedachte beslist te abstract zou vinden en waarschijnlijk voor u niet te bevatten."

Wingo trok ietwat beduusd zijn wenkbrauwen op. Een merkwaardige opmerking en niet bepaald bedoeld om zijn gevoel van eigenwaarde te verhogen. Hij zocht naar een passend antwoord en zei ten slotte: "Natuurlijk hebt u het recht een en ander aan te nemen, ofschoon uw veronderstellingen van mij uit gezien veel te pessimistisch zijn."

Cuireg had weinig belangstelling voor Wingo's mening. "Werkelijk?" Hij nam een citroentaartje van de schaal en hapte het voor de helft weg met een beet van zijn kleine witte tanden. "Nu ja, doet er niet toe."

"Behalve dat, terwijl wij hier schijnbaar op ons gemak gezeten zijn, de communicatie geheel verstoord is."

"O ja?" Cuiregs aandacht was gewekt. "Ik kan u niet volgen."

"Precies!" zei Wingo. "Als mensen gegevens wensen uit te wisselen is duidelijkheid essentieel. Als ze elkaar in de war willen brengen bestaan er andere, uiteenlopende methoden. Men kan in tongen spreken of een primitieve taal van tonggeklak en gegrom bezigen of als laatste redmiddel, het esoterische jargon van het Instituut."

Cuireg stelde er maar matig belang in. "Een bijtende analyse! En waar slaat die op?"

Wingo leunde achterover. "Met betrekking tot uw bezoek aan Kyril vond u dat uw opmerkingen mij alleen maar in verwarring zouden brengen. Ik vermoed echter dat als u normaal Gaiaans idioom zou spreken en een normale zinsbouw zou hanteren, ik best in staat zou zijn de strekking van uw opmerkingen te vatten."

Cuireg zei, op sardonisch geamuseerde toon: "Pas op Wingo! Het oerwoud van de epistemologie is donker en diep! Er zijn daar valkuilen en vreemde zijwegen en in de schaduwen huizen monsters! Een onverschrokken reiziger zoals uzelf zou echter in staat moeten zijn op zijn minst het elementaire dogma te ontdekken, dat onopgesmukt en eenvoudig is en rechtstreeks op ons gesprek slaat. Dit dogma stelt dat exacte communicatie tussen twee individuen nimmer mogelijk is." Hij nam Wingo scherp op. "U twijfelt aan deze stelling? Ik behoef u alleen te verwijzen naar de onzekerheidsprincipes in de natuurkunde, daarbij voorbijgaand, uiteraard, aan het schalkse corollarium dat stelt dat de wetten zelf belachelijk onzeker zijn! De citroentaartjes zijn overigens voortreffelijk."

Wingo dacht even na en haalde toen zijn schouders op. "Dat is allemaal goed en wel, maar ook een beetje abstract. Het lijkt op deze manier dat u de realiteit van de 'Waarheid' ontkent, op welk niveau dan ook."

" 'Waarheid'?" Cuireg maakte een loom gebaar. " 'Waarheid' is een toevluchtsoord voor zwakke geesten. Waarom zou u zich daarom druk maken? Het is een idee dat niet functioneel is, zoals de vierkantswortel van minus oneindig of, zo u wilt, een hersenschim. De geachte Baron Bodissey formuleerde een gezaghebbend dictum: 'De Waarheid is een eendenmossel op de kont van de vooruitgang.' " Hij pakte het laatste citroentaartje van de schaal.

Wingo zuchtte en stond op. Hij vulde de schaal opnieuw en ging weer aan tafel zitten. "Ik zou de regenbessentaartjes met slagroom eens proberen. De geglazuurde éclairs zijn ook erg goed."

"Dank u," zei Cuireg. "Ik begin er meteen aan. Is er nog wat thee in de pot?"

Wingo schonk Cuiregs kop vol, en toen die van hemzelf. "Wel," zei Cuireg, "als u er nog belang in stelt zal ik u vertellen waarom ik naar Kyril ga."

"Net zo u wilt," zei Wingo nogal stijfjes. "Ik wil bepaald niet mijn neus in uw privéaangelegenheden steken, niet in het minst. Mijn benieuwdheid voor zover aanwezig is slechts van oppervlakkige aard."

"In dat geval kan ik deze zaak met vijf seconden afdoen, zoniet korter." Cuireg pakte een regenbessentaartje van de schaal. "Ik bezoek Kyril om de herinneringen aan mijn eerste bezoek te verifiëren."

Wingo keek hem met grote ogen van verbazing aan. Cuireg vervolgde peinzend: "Het is allemaal al zo lang geleden gebeurd, gedurende de romantische fase van mijn leven. Het bezoek aan Kyril leek toen een koen avontuur en dat was het ook." Zijn stem stierf weg en hij scheen na te denken. Na een poosje zei hij: "Er zijn veel te veel herinneringen. Ze komen op in een grote werveling: beelden, stemmen, kleuren, gezichten, landschappen, duizenden episodes; grote tragedies, kleine triomfen." Hij keek zwijgend toe terwijl Wingo zijn theekop volschonk en vervolgde toen: "Kyril is geen vriendelijke wereld. Het pad van de pelgrim voert door dorre woestenijen, duinen, moerassen en heidevlakten en golvende savannes waar niets anders groeit dan doornbomen en koudvuurstruiken. Het weer is onvoorspelbaar: 's ochtends mist en in de middag onweersbuien. 's Nachts dwalen drie sombere manen langs de hemel.

"Nu en dan vindt men langs de weg herbergen of schuilhutten, waar men kan zitten om de pelgrims voorbij te zien trekken in nimmer eindigende verscheidenheid: jong en oud, man en vrouw, kinderen vaak. Soms zingen ze als ze voorbijkomen; soms scanderen ze mantra's. Soms stormt een krankzinnige voorbij, dansend en springend en de hemel vervloekend; zijn kreten versterven in de verte en alles is weer als voorheen.

"In het verre westen staat de Heilige Berg, een stervende vulkaan met een krater aan de top waar rode, hete lava borrelt en ziedt. De weg naar boven is hard en steil. Op plaatsen waar de weg door grindlawines voert, worden laarzen opengehaald door scherpe vuursteensplinters en voeten kapot gesneden; sommige pelgrims zijn gedwongen om verder te kruipen tot hun knieën kaal, bloederig gebeente zijn."

Wingo die leed aan overgevoelige voeten, was ontsteld over zulke schokkende ontberingen te horen. "Wat gebeurt er met deze ongelukkigen?"

Cuireg haalde zijn schouders op, niet al te zeer belang stellend in het onderwerp. "Ze slepen zich omhoog naar de kraterrand waar ze kunnen uitrusten en genezen. Uiteindelijk sluiten ze zich weer bij de anderen aan op de weg rond de rand van de krater.

"Dit is in feite het brandpunt van de pelgrimstocht. Halverwege de rondgang steekt een uitkijkplatform uit boven de leegte, dat een spectaculair uitzicht biedt op de krater en het gloeiende magma beneden. De meeste pelgrims mijden het platform uit angst duizelig te worden. Maar soms wordt er iemand door een aanval van religieuze razernij gegrepen; hij rent het platform op en werpt zich in de ruimte, waarna hij omlaag stort en in de lava verdwijnt. Een enkele keer grist zo iemand zijn kind mee — of het kind van een ander wat dat aangaat — en smijt het de leegte in. Maar meestal wordt hij tegengehouden door andere pelgrims. Het kind wordt terug gesleurd en in veiligheid gebracht, dikwijls gevolgd door de vader die besluit toch maar niet te springen."

Wingo schudde zijn hoofd vol verwondering. "Die pelgrimage is boven alle verwachting intens en dramatisch. Ik begin nu te begrijpen wat u ertoe aanzet naar Kyril terug te gaan." Cuireg lette niet op Wingo's opmerking en probeerde een geglazuurde éclair. "Hoe dan ook, de pelgrims keren ten slotte terug naar Impy's Aanleg. Ze zijn vertrokken naar het westen, ze keren terug uit het oosten; het is een ogenblik van opperste geestesvervoering! Ze lachen, ze huilen, ze vallen op hun knieën en kussen de grond; nimmer hebben ze een zo intense triomf ervaren! De herinnering aan dat ogenblik zal hen altijd bijblijven!"

"Dit alles is zeer duidelijk en dramatisch," zei Wingo. "Het voltooien van de pelgrimage is een daad van persoonlijke genoegdoening. Maar waarom komen ze eigenlijk in de eerste plaats naar Kyril?"

"Het antwoord is eenvoud," zei Cuireg. "Er zijn net zoveel redenen voor als er pelgrims zijn. Sommigen willen hun godheid verzoenen; anderen willen een voorouderlijke geest gunstig stemmen. Velen zijn hermetici die hun lichaam wensen te kastijden. Sommigen hopen boete te doen voor verboden handelingen; anderen proberen een toornige echtgenote uit de weg te blijven."

Ietwat plagerig vroeg Wingo: "En waar bevindt zich op die lijst uw motief om de pelgrimstocht te ondernemen?" Cuireg antwoordde zonder wrok. "Een eenvoudig antwoord heb ik daar niet op. Aanvankelijk was de pelgrimage een uitdaging aan mijn gevoel van eigenwaarde, een uitdaging waarop ik mij verplicht voelde in te gaan. Maar toen, na een dag of drie, vier op de weg, begon mijn standpunt onmerkbaar te veranderen. De uitdaging raakte zijn prikkel kwijt en gleed weg uit mijn geest. Ik merkte dat ik keek en luisterde en voelde met steeds toenemende intensiteit. Ik voelde dat ik me steeds scherper bewust werd van details en texturen en schakeringen. Op een ochtend kwam het weten opeens over me in een uitbarsting van inzicht. Ik zag een zwarte klomp rots bezijden de weg omhoogpriemen tussen de bosjes. Ik bleef staan en zei: 'Rots, ik zie je duidelijk genoeg, maar jij kunt mij niet zien. Waarom niet? Omdat ik over bewustzijn beschik en jij niet! En waarom is dat zo? Heel eenvoudig! Ik kan bewegen en jij bent een roerloze klomp.'"

"Opmerkelijk," zei Wingo. "Hier schuilen elementen van inspiratie in — al lijkt het enigszins zinloos de rots te honen."

"Veel kwaad heeft het niet gedaan." Cuireg stond op. "Bedankt voor de aangename gelegenheid. De taartjes waren boven alle kritiek verheven." Hij knikte hoffelijk en verliet de kombuis. Wingo bleef aan tafel zitten theedrinken en overpeinsde wat hij geleerd had.

6

De reis verliep zonder onaangename voorvallen. De pelgrims hielden zich onledig met studie, discussies over de doctrines en een paar rustige spelletjes Cagliostro, waarvan Schwatzendale was uitgesloten omdat zijn successen uit het verleden de verslagen spelers nog steeds dwarszaten. Cuireg bleef afstandelijk als altijd, meed de ochtendgesprekken en wees al Cooners pogingen om hem in een sektarische discussie te betrekken af.

De bemanning van de *Glicca* voerde haar gebruikelijke taken uit, hoewel Wingo nu veel tijd doorbracht met het overdenken wat hij had vernomen over Kyril en de mars rond het grote continent. Stilaan begon hij Cuiregs waarneming van de pelgrimage, als een metafoor voor een gebeuren van veel grotere betekenis, te begrijpen. Dat is allemaal goed en wel, dacht Wingo, maar hoe staat het met de pelgrims zelf? Welke drang heeft hen er toe gebracht de ontberingen van de grote mars op zich te nemen? De motieven die Cuireg ironisch had geopperd kon men niet serieus nemen; maar wat dan? Na diep nadenken meende Wingo de aanvechting te begrijpen die de pelgrims ertoe bracht hun grote avontuur te ondernemen — een aandrang die oppervlakkig geleek op de aandrang die de lemmingen van de Oude Aarde in grote groepen de zee in dreef. Dit was natuurlijk niet het geval; de essentiële reden, dacht Wingo, was reëel, zij het misschien onderbewust — in de grond een onderstreping van levenskracht en een nogal wanhopige beproeving van het persoonlijk uithoudingsvermogen, in lichamelijke zowel als spirituele zin.

Wat Wingo bezighield had veel meer invloed op zijn gebruikelijke gedrag dan hij zelf besefte. Zijn bruisende opgewektheid werd mat; zijn spraakzaamheid slonk tot afwezig gemompel. De verandering trok de aandacht van zijn scheepsmaten en ten slotte sprak Schwatzendale hem er aan de kombuistafel over aan, en vroeg hem er ronduit naar. Wingo gaf een ontwijkend antwoord maar Schwatzendale hield aan en uiteindelijk deed Wingo tot in de details verslag van zijn gesprek met Cuireg. Hij vervolgde: "Ondanks zijn optreden, dat bepaald niet minzaam is, is hij een zeer complex iemand: een geleerde in allerhoogst aanzien en tevens een epicurist, een cynicus, en in de grond — men gelooft het welhaast niet, een romantisch avonturier!"

"Merkwaardig!" zei Schwatzendale. "Hij maakt de indruk bescheiden en teruggetrokken te zijn met een ietwat zure inborst."

"Dat is een begoocheling," zei Wingo. "Hij wendt een zekere hooghartige afstandelijkheid voor om overmatige gemeenzaamheid te ontmoedigen. De pose maskeert in werkelijkheid een scherp opmerkingsvermogen; wanneer hij verkiest iets te zeggen zijn z'n opvattingen zeer verhelderend. Ik begrijp nu de ware aard van Kyril en de omstandigheden die de pelgrims tegenkomen wanneer ze de grote ronde doen. De mars is niet geheel en al steriel; onderweg kan men verrassingen tegenkomen — niet allemaal prettige, maar diegenen die uiteindelijk terugkeren in Impy's Aanleg, vinden de zegepraal van de prestatie die ze hebben geleverd, een toereikende genoegdoening voor de ontberingen die ze onderweg hebben geleden."

"Bah!" gromde Schwatzendale na een ogenblik. "Als dat ogenblik van opluchting de enige beloning is voor zoveel zwoegen, wat is dan de zin van een pelgrimstocht? Mij lijkt het een zinloze oefening, behalve dan voor hermetici en flagellanten."

"Dat is niet waar!" verklaarde Wingo. "De pelgrimage heeft een onderbewust doel dat niet makkelijk onder woorden kan worden gebracht, dat geef ik toe."

"Mij kost het geen moeite," verklaarde Schwatzendale. "Het is een oefening in opperste futiliteit, die van nergens naar nergens leidt. Onuitsprekelijk zinloos lijkt het mij."

Wingo wist een geduldig lachje op te brengen. "Er zijn aspecten van de pelgrimage die jij niet begrijpt! Ik geef toe dat ze op een onbewust niveau bestaan, maar ze zijn desondanks intens belangrijk! De grote mars is een maatstaf, waaraan de pelgrim zijn persoonlijke waarde kan ijken. Wanneer hij terugkeert in Impy's Aanleg vanuit het oosten, ervaart hij een persoonlijke genoegdoening die de geestesvervoering dicht moet benaderen!"

"Begrijpelijk," zei Schwatzendale. "Ze zijn het wandelen beu."

Wingo schudde zijn hoofd, nog steeds glimlachend. "Cuireg heeft de ronde al eens afgelegd. Hij heeft onweegbare aspecten aan de pelgrimage ontdekt die ik, dat moet ik in alle oprechtheid zeggen, niet geheel doorgrond, maar die ik wel serieus moet nemen."

"Beste kerel, je bent gehypnotiseerd," zei Schwatzendale, terwijl hij opstond. "Ik zie dat ik eens met die geduchte geleerde moet gaan praten!"

Wingo's lachje werd wrang. "Ik vraag me af wie van jullie twee uiteindelijk het meest van zijn stuk gebracht zal zijn."

Schwatzendale zei: "Ondanks al zijn eruditie, trekt Cuireg zijn pantalon nog steeds gewoon aan met één pijp tegelijk." Hij liep de kombuis uit waar hij een Wingo achterliet die eerst zuchtte en toen diep begon na te denken.

Schwatzendale trof de geleerde in een relatief spraakzame bui. Vermaakt beschreef hij zichzelf als niet alleen een geleerde, een lekkerbek en een avonturier, maar ook als een creatief financier die mogelijk zekere commerciële projecten in Impy's Aanleg zou gaan ontwikkelen. In antwoord op Schwatzendale's vragen verschafte hij hem inlichtingen over de pelgrimage, die Schwatzendale soms intrigerend vond, soms intimiderend en soms zelfs macaber.

De tijd verstreek en de reis liep ten einde. Op de dag dat de koude witte vonk van de ster Rhys vooruit verscheen, kwam Wingo de stuurhut binnen waar kapitein Maloof het artikel over Kyril in het *Handboek der Planeten* aan het nazien was. Wingo, van streek en half wanhopig, wond er geen doekjes om. "Kapitein! Na veel innerlijke beroering ben ik uiteindelijk tot een besluit gekomen!"

"Werkelijk!" zei Maloof terwijl hij opkeek en het *Handboek* weglegde. "Met betrekking tot wat?"

Wingo posteerde zich tegenover hem. "In de loop van de laatste paar weken heb ik de balans opgemaakt van mijn leven en heb ik gemerkt dat ik op een tweesprong ben aangeland. In de ene richting zou ik doorgaan zoals tevoren, langs de makkelijke weg. In de andere richting liggen uitdagingen; de weg is moeilijk en dikwijls grauw, maar deze route laat mij aan mezelf zien zoals ik ben. Na beide keuzen te hebben afgewogen heb ik mijn besluit genomen. In Impy's Aanleg neem ik ontslag als bemanningslid van de *Glicca*; daarna vertrek ik naar het westen als alle pelgrims. En uiteindelijk zal ik terugkomen vanuit het oosten, vervuld van een zuivere zegepraal die dicht in de buurt komt van lurulu!" Wingo had een gebalde roze vuist opgestoken en onderstreepte daarmee zijn uitspraken. "Daar komt het dus op neer. U hebt gehoord wat ik u kwam vertellen. Onze vriendschap blijft bestaan!"

"Uiteraard!" zei Maloof. "Misschien zelfs meer dan ooit! Maar mij valt wel iets in. Misschien verlies je hiermee meer dan je wint."

Wingo trok een pijnlijk gezicht. "Ik weet wel wat ik verlies. Het is een kameraadschap die ik inniger koester dan ik zeggen kan! Het zou mijn hartenwens zijn dat we de *Glicca* in Impy's Aanleg neerzetten en dan gevieren naar het westen marcheren, om ten slotte vanuit het oosten terug te komen, waar we onze zegepraal gezamenlijk zouden vieren, het gelukkigste ogenblik van ons aller leven!"

Maloof zei droog: "Ik weet alvast zeker dat we allemaal erg blij zouden zijn dat we weer terug waren." Hij zuchtte. "Zelfs in een droom zou zo'n fantasie als deze bizar zijn."

"Men moet de geest ervoor openstellen!" verklaarde Wingo. "Met enige toewijding wordt het visioen werkelijkheid en zal de zegepraal voor eeuwig in ons voortleven!"

Maloof zuchtte opnieuw en leunde achterover. "Laten we Schwatzendale eens roepen en kijken hoe hij op het plan reageert."

Wingo zei twijfelend: "Schwatzendale is vaak besluiteloos...we moeten hem herinneren aan zijn voorliefde voor koene avonturen."

"Ha hm," zei Maloof. Hij sprak in een microfoon en even later verscheen Schwatzendale. Hij keek van de een naar de ander. "Wat wordt er van mij verlangd?"

"We hebben je raad nodig," zei Maloof. "We staan voor een situatie als we nog nooit hebben meegemaakt. Wingo is voornemens het schip in Impy's Aanleg te verlaten en als pelgrim de ronde van het continent te lopen."

"Echt waar?" Schwatzendale nam Wingo ernstig van hoofd tot voeten op.

"Dat is nog niet alles. Hij wil dat de hele bemanning aan de onderneming deelneemt, zodat we wanneer we vanuit het oosten naar Impy's Aanleg terugkeren onze zegepraal gezamenlijk kunnen vieren. Heb ik dat juist, Wingo?"

"U hebt de zaak juist en beknopt weergegeven," zei Wingo. "Ik kan er nog aan toevoegen dat deze krachttoer wordt gestuurd door een reeks onderbewuste archetypen die ons hele verdere leven zullen kleuren met grandeur."

"Een geheel nieuw idee," moest Schwatzendale toegeven. "Onthutsend, bespottelijk en zo naïef! Het zou bij mij nooit opgekomen zijn — zeker niet na mijn gesprek met Cuireg.

"Kennelijk zijn er negatieve aspecten aan de pelgrimstocht waaraan nooit bekendheid wordt gegeven. Om te beginnen het feit dat slechts een heel bescheiden percentage van hen die van Impy's Aanleg naar het westen vertrekken, daar ooit vanuit het oosten terugkomt. Velen geven het na een dag of wat al op; de route is bijzonder belastend voor lieden met moeilijke voeten vanwege de scherpe rotssplinters in het wegdek."

Wingo keek omlaag naar zijn eigen overgevoelige voeten. "Dat is niet goed om te horen," zei hij bij zichzelf. "Maar het mag niet worden genegeerd!"

Schwatzendale ging verder en sprak over wat hij nog meer van Cuireg gehoord had. "Vele ouderen met weinig levenskracht vertrekken uit Impy's Aanleg en sterven onderweg aan ziekten, honger, dysenterie en mishandeling. Vooral de nachten zijn gevaarlijk; dieven komen dan om laarzen te stelen; ze slaan knieën en enkels kapot met knuppels als je ook maar even piept!"

"Dat is onmenselijk!" hijgde Wingo. "Men moet dus ook alleen maar reizen met vertrouwd gezelschap!"

"Dat klinkt aantrekkelijk maar is niet altijd praktisch. Je moet de voorman een groot bedrag betalen om je bij een groep te kunnen aansluiten. Ze marcheren in hoog tempo en je moet zorgen ze bij te houden, zere voeten of niet, anders word je achtergelaten. Als je al je geld daaraan hebt uitgegeven heb je niet meer genoeg om bij de schuilhutten onderweg voedsel te kopen — mocht je dat willen. Kieskeurige lieden mijden de bleekroze ragout ten koste van alles en foerageren zelf en leven van knollen en zaden. Maar het ergste moet nog komen. Waar de weg door de heuvels gaat is ze geplaveid met de scherpste vuursteensplinters, die je voeten tot bloederige klompen kerven; wat dan?"

Wingo overdacht die onaangename mogelijkheid. "Ik heb geen keus! Ik zal verder moeten op handen en knieën tot de weg weer beter wordt; er is geen andere keuze."

"Alles goed en wel," zei Schwatzendale, "maar de weg is nog steeds niet meer dan een hoop rotssplinters en scherpe keien en uiteindelijk zijn de botten in je knieën helemaal aan flinters; wat dan?"

Wingo zei kleintjes, met gespannen stem: "Zo ver vooruit had ik nog niet gedacht, maar als het dan moet, dan draai ik me om en schuif verder op mijn zitvlak. Het zal traag zijn en pijnlijk, maar beter dan alleen te blijven zitten in de wildernis, in het schijnsel van de drie zwakke maantjes 's nachts. Een blij vooruitzicht is het niet."

"En waar de weg de heuvels verlaat ligt een andere vijand al op de loer. De doornbomen hangen hier over het pad en laten hun doorns op de weg vallen. Door het voortschuiven worden de doorns in je zitvlak gedreven, zodat elke doorn je dwingt stil te houden, hem te zoeken en te verwijderen, voor je volgende dappere schuiver. Ik schat dat iemand in die conditie de ronde wel in tien jaar voltooit en wat winnen ze er dan bij? Glorie? Zegepraal? Een misselijkmakende smart om de ontberingen die ze voor niets geleden hebben is veel waarschijnlijker."

Wingo zuchtte. "Het is me duidelijk geworden — pijnlijk duidelijk! — dat ik niet de persoon ben om mijn standvastigheid op deze wijze te beproeven. Het doet me verdriet, dat zeker, maar ik moet mijn beslissing terugnemen, en blij toe."

Met vriendelijke bezorgdheid vroeg Maloof: "Je verlaat de *Glicca* dus toch niet?"

Wingo zuchtte opnieuw. "Zeer beslist niet. De pelgrimage heeft niets romantisch meer."

"Je hebt een verstandige beslissing genomen," zei Maloof. "Nietwaar, Fay?"

"Geheel en al en in elk opzicht," zei Schwatzendale.

Hoofdstuk X

1

De *Glicca* arriveerde in Impy's Aanleg rond het middaguur, lokale tijd. De pelgrims gingen met onbehouwen haast van boord, aange-voerd door de onmogelijke Cooner. Cuireg volgde in afgemeten tempo en negeerde de anderen alsof het vreemden voor hem waren. Hij begaf zich naar de meest pretentieuze plaatselijke hotels waar hij, als men zijn uitspraken mocht geloven, voorbereidingen zou treffen voor het ten uitvoer brengen van de zakelijke plannen die hem naar Kyril had-den gebracht. Zodra de kisten gewijde grond waren uitgeladen uit het vrachtruim, vertrok de *Glicca* van Kyril naar Tanjeehaven op de wereld Taubry.

Myron had al gemerkt dat Naharius niet ver buiten de rechtstreekse route naar Tanjeehaven lag. Geprikkeld door oude emoties die weer opkwamen voelde hij een sterke aandrang om Naharius te bezoeken, alleen al om er achter te komen welke gedaanteveranderingen, indien daarvan sprake zou zijn, de legendarische plaatselijke therapieën bij zijn oudtante, joffer Hester, hadden bewerkstelligd. Ook kapitein Maloof was benieuwd en zag er geen been in van de voorgenomen route af te wijken, zodat de *Glicca* Naharius kon aandoen.

Het *Handboek der Planeten* had om welke reden dan ook weinig te vertellen over Naharius. Na enkele geofysische cijfers te hebben genoemd, vervolgde het artikel:

De bevolking van Naharius is, door een verscheidenheid aan oorzaken, verhoudingsgewijs schaars en is geconcentreerd in de omgeving van Trajence, een gedeeltelijk versteedste nederzetting grenzend aan de ruimtehaven. Een paar mijl ten oosten van Trajence verheft zich een uitgedoofde vulkaan, de Maldoun, midden in een lage heuvelrug. Langs de berghelling komen drie riviertjes omlaag die, na door beboste valleien te zijn gesijpeld, begroeid met unieke planten en mossen, doortrokken zijn geraakt van opmerkelijke krachten, aldus het plaatselijk bijgeloof.

Krachtiger nog zijn de wateren van de heilige bronnen die aan de voet van deze berg ontspringen. Dit water zou, toegepast in combinatie met de therapieën die men bij plaatselijke praktizijns kan volgen, naar verluidt de aanslag van de tijd neutraliseren en althans het uiterlijk van de jeugd teruggeven. Het moet worden opgemerkt dat berichten met die strekking, of ze nu waarheid bevatten of niet, van heinde en verre zieke en bejaarde personen aantrekken, die hopen deel te krijgen aan een wonder.

Wat is de waarheid? Er zijn anekdotes bekend, maar spijkerhard bewijs is moeilijk te bekomen. Het *Handboek* adviseert terughoudendheid.

2

Na verloop van tijd arriveerde de *Glicca* op de ruimtehaven van Trajence. Andere ruimteschepen stonden geparkeerd aan het uiteinde van het terrein; de *Glodwyn* was er niet bij.

Wingo en Schwatzendale namen de omnibus naar de stad terwijl Maloof en Myron eropuit gingen om te zien wat ze over joffer Hester Lajoie konden vernemen. Ze informeerden eerst bij de drie voornaamste klinieken, en daarna bij minder officiële instellingen.

's Middags op de tweede dag werden ze verwezen naar het Reizigershospitium, een droevige blokkendoos van grauw beton aan de buitenrand van de nederzetting, waar de laatste zorg werd geboden aan ouden van dagen, zieken en nooddruftigen. Een broeder bracht hen naar een hoge holle zaal, schemerig en onplezierig riekend, waar langs de wanden smalle britsen stonden, die op dit ogenblik maar deels bezet waren. Hij wees naar een brits aan het andere eind van de zaal, keerde toen terug naar zijn post en liet hen aan hun lot over.

Maloof en Myron liepen op de aangewezen brits af. Een magere, breekbare gedaante tekende zich nog maar ternauwernood af onder het laken. Een uitgemergeld hoofd, waarvan de huid strak als een trommelvel rond de welvingen van de schedel was gespannen, stak er bovenuit. Armen, broos als twijgjes, die uitliepen in vogelklauwtjes, lagen naast het lichaam boven op het laken.

Myron bekeek het bundeltje botten, terwijl hij de krampen van medelijden en afgrijzen in zijn binnenste met moeite in bedwang kon houden. Een slappe piek bruinrood haar, een lange puntige kin, een scheefstaande spriet van wat ooit een arendsneus was geweest deed haar kennen als een versie van joffer Hester Lajoie.

Een licht op-en-neergaan van het laken gaf aan dat de levenskracht nog niet was uitgeput. Myron keek aandachtig in de doffe ogen en meende een vonkje van herkenning te zien. Haar lippen vertrokken; haar keel spande zich; ze bracht een schor geluid voort. Myron boog zich over haar heen en meende haar te horen zeggen: "Je bent dus eindelijk gekomen." Haar stem verstierf, en toen slaagde ze er opnieuw in iets te fluisteren: "Het is zo laat. Ze hebben me al mijn geld afgetroggeld; toen hebben ze me beschimpt en mijn hoop de bodem ingeslagen en me hier weggestopt, om mijn verrukkelijke leven van me af te pakken."

Myron wist niets te zeggen. Als gedreven door een obsessie wist joffer Hester, hijgend en piepend, het bittere relaas te doen van wat haar overkomen was. In het begin leken de gezondheidspraktizijns, na hun honorarium te hebben opgestreken, tegemoet te komen aan haar verlangens. Er werd begonnen met een standaardtherapie, die een leefregel omvatte die ze overmatig streng vond, maar die men niet bereid was te wijzigen. Ze moest zware lichaamsoefeningen doen; ze kreeg grove zwarte beschuiten voorgezet en waterige grassoep. Elke dag werd ze ingewreven met een paar druppeltjes water van een van de magische bronnen, en dagelijks nam ze een maatje vocht tot zich dat bestond uit water uit de drie van krachten doortrokken rivieren, in een geheime verhouding. Mettertijd streken de praktizijns meer geld van haar op, hoewel ze geen aanmerkelijke veranderingen ontwaarde in haar persoonlijke aspecten. De praktizijns waarschuwden haar dat ze niet ongeduldig mocht zijn en zetten de behandeling voort, maar de metamorfose in een soepele nieuwe jeugd, bleef maar uit.

Ze beklaagde zich maar de praktizijns eisten alleen maar meer geld. Ten slotte besloot joffer Hester van hun diensten geen gebruik meer te maken en begon aan een therapie die ze zelf had bedacht. In plaats van behoedzame wassingen met een paar druppeltjes wonderwater, baadde ze elke dag in een van de bronnen en dronk liters van het legendarische water uit de rivieren. Uiteindelijk bereikte ze daar niets mee, nee, ze werd hangerig en ziek; ten slotte hield haar lichaam het niet meer uit en stortte ze in. De praktizijns weigerden, zodra ze vernamen dat ze geen geld meer had, nog iets voor haar te doen en stelden dat ze deze versterving zelf had aangehaald en dat ze nu zelf maar een oplossing moest bedenken voor haar probleem. Uiteindelijk stuurden ze haar naar het hospitium.

Joffer Hester zuchtte en snakte naar adem. "Het is zo verschrikkelijk geweest!" Ze zweeg en balde gedurig haar klauwen van vingers terwijl ze verder sprak. Nu, zo zei ze, zou alles goed komen, als Myron haar met gezwinde spoed wilde terugbrengen naar Salou Sain, waar ze vast en zeker haar gezondheid zou terugkrijgen en alles weer zou zijn zoals vroeger.

Myron vroeg voorzichtig: "Wat is er met Marko Fassig gebeurd?"

Het broze lijf sidderde. Het schorre gefluister werd koortsachtig, gedreven. "Hij was de ergste verrader van allemaal! Hij stal de *Glodwyn* en ging ermee naar de Zelfkant. Er gaat een gerucht dat hij door piraten is gedood, wat ik nooit zal betreuren; de *Glodwyn* is voorgoed verloren. Geeft niet; eenmaal weer in Salou Sain komt er een nieuwe *Glodwyn*." Ze zweeg; haar oogleden vielen toe. Toen zei ze met hese fluisterstem: "Ik heb je onrecht aangedaan; ik word nu verteerd door berouw. Eenmaal weer in Salou Sain zal ik het goedmaken." De fluisterstem verstierf en opnieuw vielen de oogleden toe. Ze lag heel stil en tekenen van ademhaling leken er niet meer te zijn. Maloof zei met holle stem: "Ze is weggezakt in coma."

Myron bekeek de stille gedaante. "Nee; er is nog iets gaande."

Een ogenblik verstreek. Er voer een stuiptrekking door de stille gedaante; de oogleden werden opgeslagen. Met een kelige, gebarsten

stem zei ze: "Het is dwaasheid! Er is niets meer; mijn doem is aanstaande. Nooit zal ik de zoete lucht van thuis nog inademen. Ik zal nu
doen wat ik dien te doen." Ze stak een trillende arm uit en pakte van
het tafeltje naast de brits een schrijfstift en krabbelde haastig woorden
en zinnen op de blanco pagina van een notitieboekje. Toen ze klaar
was liet ze het notitieboekje los en liet haar arm op de brits terugvallen.
Opnieuw sloot ze haar ogen en lag verder stil.

Myron pakte het notitieboekje op en las wat joffer Hester geschreven had. "Het is een testament," zei hij tegen Maloof. "Ze laat haar hele
bezit aan mij na."

Maloof bekeek het document onderzoekend. "Het is zo te zien wettelijk geldig en ik ben een te naam en faam bekendstaande getuige."

Myron vouwde het document op en stopte het in zijn zak. Een
poosje bleven de twee mannen naar de stille gedaante zitten kijken. De
ogen bleven dicht en het laken ging niet meer op en neer. Maloof zei
ten slotte: "Volgens mij is ze dood."

"Volgens mij ook," zei Myron.

Nog een ogenblik later stond Maloof op. "Met wachten schieten we
niet op."

"Nee," zei Myron. "We hebben gevonden wat we zochten. Het is
afgelopen."

Het tweetal verliet de zaal. Voor in het kantoortje verwittigden ze
de broeder dat degene die ze waren komen opzoeken dood was. De
broeder gaf van verbazing noch medeleven blijk, maar nam de twee
ruimtevaarders eens zijdelings op. "U bent kennelijk bloedverwanten
van de overledene?"

"Volstrekt niet!" zei Maloof. We zijn hier alleen als gunst aan een
vriend, die zelf armlastig is."

"Jammer!" zei de broeder. "Maar voor zestig sol kan ik een mooie
uitvaart regelen met vuurwerk, een priester, atletiekwedstrijden en
dansende kinderen die met kleurige sjaaltjes zwaaien op de tonen van
een belphoorn."

Maloof zei: "Dat soort riten zijn overbodig. De doden zijn, gedurende zowel voor als na de crematie, onverschillig voor dergelijk
vertoon; in mijn ervaring althans. Een eenvoudige ceremonie tegen
minimale prijs is ruim voldoende."

"Bah," mompelde de broeder. "Ik kan een eenvoudige ceremonie regelen voor tien sol. Dan komen er geen dignitarissen bij en de enige muziek bestaat uit vijf mechanisch vastgelegde klaroenstoten. Voor nog een sol extra zorg ik voor drie stokjes wierook."

Myron telde tien sol uit. "Die wierook mag u vergeten."

"Net wat u wilt."

3

Na drie dagen op Tanjeehaven te hebben gestaan, reisde de *Glicca* verder naar Salou Sain, waar Myron nu belangrijke zaken af te wikkelen had, in verband met de boedel van joffer Hester. Opnieuw stemde kapitein Maloof in met het maken van een omweg, bij deze gelegenheid naar de stad Duvray op de planeet Alcydon, de plaats waar het Totaalmuseum voor Schone Kunsten gevestigd was.

Bij aankomst op de ruimtehaven van Duvray, zocht Myron zijn diverse cadeautjes, souvenirs en curiosa bij elkaar en ging per taxi door de elegante stad naar de zeer in trek zijnde wijk Ranglinhoogte, naar de woning van de Garwigs: een imposant herenhuis met een grote tuin ervoor. Myron stapte uit en na met de taxichauffeur te hebben afgesproken dat deze zou wachten, liep hij het pad op dat door de tuin voerde.

Bijna meteen stond hij tegenover een stel objecten aan weerszijden van het pad: standbeelden van drieëneenhalve meter hoog en kennelijk gewrocht in avant-gardestijl door een krankzinnig genie, als beeltenissen die zijn minachting voor de gebruikelijke denkbeelden van een normale samenleving moesten uitdrukken. De objecten waren vervaardigd van ongebruikelijke materialen, metalen staven en kromme en gedeukte vormen die zo verwrongen waren, dat het leek of ze half in een andere dimensie staken. Grijzig-roze buizen die onaangenaam aan ingewanden deden denken kronkelden zich tussen de andere materialen door. Myron bekeek de objecten vol verwondering; de Garwigs maakten kennelijk deel uit van een kliek waar dergelijke uitingen in de mode waren. Merkwaardig, inderdaad!

Hij liep verder het pad af naar de ingang, een zware deur achter in een ondiepe portiek. De deur ontbeerde een knop, greep, klink of ander hulpmiddel bij het openen; vergeefs zocht Myron een belknop of deurklopper. Op de deur was een zwaar demonenmasker van antiek koper bevestigd, een gezicht in reliëf met een grijns die kwaadaardige triomf uitdrukte — of mogelijk ook een andere afschuwelijke gemoedsbeweging. De ogen puilden uit, de oren waren vervormde klompjes; een lange, zwarte tong slierde uit de mond. Myron schudde grimmig zijn hoofd: weer zo'n fase van de avant-gardedoctrine, waarin alles hoog stond aangeschreven, zolang het maar nieuw en schokkend was. Hij vroeg zich af in welke mate Tibbet daardoor geïndoctrineerd was; een neerdrukkende gedachte. Hij zocht opnieuw naar een trekbel, drukbel of ander middel om de aandacht te trekken, maar vond opnieuw niets. Hij beukte op de deur met zijn knokkels, maar bracht niet veel meer voort dan een gedempte bons; hij schopte tegen de deur, met hetzelfde resultaat. Toen trok Myron als laatste redmiddel aan de bengelende tong en ogenblikkelijk klonk er vanbinnen een eigenaardig, hoog, ijl gejodel, een quasi-muzikale reeks dissonanten die elke aantrekkelijkheid ontbeerden maar die Myron toch intrigeerden; hij trok een tweede keer aan de tong en riep een geheel nieuwe maar even willekeurige reeks dissonanten op. Vreemd! dacht hij. Het was geen muziek maar de opzettelijke schepping van anti-muziek: alweer zo'n avant-gardevertoon! Hij stak zijn hand uit om een derde keer aan de tong te trekken maar toen zwaaide de deur open. In de deuropening stond een lange vrouw in het uniform van een dienstmeisje, met een geërgerde uitdrukking op haar gezicht. Ze nam Myron van hoofd tot voeten op met strenge blik en zei: "Wat wenst u, mijnheer?"

Myron raapte de flarden van zijn waardigheid bijeen. "Ik kom voor Vrouwe Tibbet. Wilt u zo goed zijn haar mijn aanwezigheid aan te kondigen."

De dienstbode bekeek hem zonder enig medeleven. "Daartoe ben ik niet in staat, mijnheer. De Vrouwe is niet aanwezig."

"O ja? In dat geval wacht ik wel, als u haar binnen afzienbare tijd terugverwacht."

"Dat zou niet praktisch zijn, mijnheer. Vrouwe Tibbet en haar echtgenoot zijn buitenwerelds, bij de Palisaden op Frantock om scherven te zoeken voor het Museum. Wilt u misschien een boodschap achterlaten?"

"Ja," zei Myron. "U kunt zeggen dat Peter Vogelzang is langs geweest voor iets van gering belang."

"Heel goed, mijnheer."

4

Myron liep terug naar de taxi en liet zich weer naar de ruimtehaven brengen. Aan boord van de *Glicca* waren kapitein Maloof, Schwatzendale en Wingo in de kombuis bezig met een elfuurtje, een tussenmaaltijd bestaande uit thee en gebak. Myron ging stilletjes naar zijn hut, stopte de pakjes weg in een kastje, trok zijn daagse kleren weer aan en bleef toen besluiteloos staan. Uiteindelijk haalde hij zijn schouders op; uitstel hielp hem toch niet. Hij haalde diep adem, rechtte zijn schouders en marcheerde zijn hut uit, de salon door en de kombuis binnen. Hij ging zitten, schonk een kop thee in en nam een citroentaartje van het blad.

Zijn scheepsmakkers namen hem met milde nieuwsgierigheid op. "Je bent vroeg terug," zei Wingo ten slotte. "Hoe is het gegaan?"

Myron antwoordde afgemeten: "Al met al ging 'het' zoals je het noemt, vrij soepel, zij het in negatieve richting." Na kort nadenken voegde hij eraan toe: "Voor wie er belang in stelt kan ik melden, dat er geen band meer bestaat tussen Tibbet Garwig en mijzelf."

"We stellen er natuurlijk uit beleefdheid belang in," zei Maloof. "Het valt me onwillekeurig op dat je vrij beslist bent, wat dit aangaat."

"Beslister kan het niet," zei Myron. Hij nam somber slokjes van zijn thee.

Wingo nam ten slotte het woord. "Mocht je hier verder over willen uitweiden, dan zullen wij met zorg toeluisteren."

Myron zakte onderuit op zijn stoel. "Goed dan; ik geef jullie de feiten in vol ornaat. Ik ging per taxi naar het huis van de Garwigs zonder ook maar een vleugje voorgevoel van de naderende doem. Ik sprak met de taxichauffeur af dat hij zou wachten en toog door de tuin op weg naar het huis. Bijna meteen stond ik voor een tweetal, wat ik maar 'standbeelden' zal noemen; ze waren bijna vier meter hoog en vervaardigd in avant-gardestijl. Niet alleen vond ik ze verre van aantrekkelijk, ze waren ronduit aanstootgevend. Ik was ietwat van streek daardoor;

de Garwigs zouden zo'n plek nooit hebben gekozen voor hun beelden, als ze niet zelf deel uitmaakten van zo'n avant-gardekliek."

Myron beschreef verder de zware voordeur, het koperen demonenmasker met de losse, zwarte tong en de jankende dissonanten die werden voortgebracht als er aan de tong werd getrokken. Hij vertelde over het gesprek met de dienstbode en wat ze te vertellen had over Tibbet. "Ik verborg mijn emoties, ging terug naar de taxi en werd teruggebracht naar de *Glicca*. Op dit ogenblik zijn de meeste gemoedsbewegingen weer bedaard en voel ik hoogstens nog dankbaarheid jegens datgene wat er verantwoordelijk voor is geweest dat ik hieraan ternauwernood ontkwam—het noodlot, lurulu, of gewoon dom geluk."

"Hm," zei Wingo glimlachend. "Myron gebruikt daar het woord 'geluk', wat natuurlijk puur fatalisme is. Maar in wezen erkent hij wel de aanwezigheid van onderbewuste krachten die op zeer delicate niveaus werkzaam zijn." Hij keek Myron aan. "Heb ik gelijk of niet?"

Myron haalde zijn schouders op. "Je kan beter zeggen dat ik in de war ben."

Wingo zei ernstig: "Maar de omstandigheden zijn mysterieus. Het 'noodlot' is iets wat ons overkomt; 'lurulu' is veel genuanceerder en heeft in Myrons geval een beschermende invloed uitgeoefend—hetgeen uiteraard hoogst belangwekkend is."

"Kletskoek," zei Schwatzendale, terwijl hij zijn hoofd schuin hield en zijn wenkbrauwen optrok in verschillende richtingen.

Myron zei: "Tibbet zal zeker in de war raken als ze probeert 'Peter Vogelzang' thuis te brengen."

Kapitein Maloof stond op. "Misschien ben ik dan de enige die niet in de war is, aangezien ik voorlopig een onversneden fatalist ben geworden. Ik zie, geheel en al eenduidig, dat het tijd wordt dat we onze reis voortzetten. Allemaal op post—sluit de sluisdeuren en maak klaar voor het vertrek."

5

De *Glicca* arriveerde op de wereld Vermazen en streek neer op de ruimtehaven van Salou Sain. De dag na aankomst bracht Myron een

bezoek aan de Gemeentelijke Bewaarinstelling, waar joffer Hesters testament gevalideerd werd met een bevredigend gebrek aan formaliteit.
Myron was in een klap de bezitter van een onverwacht grote erfenis,
waaronder ook het grandioze huis Sarbiter, op het Dingleterras.

Myron nam huishoudelijk personeel in dienst en vervolgens trok hij
met zijn scheepsmaten in de weelderige gebouwen van het landgoed,
waar ze al snel een buitengewoon aangenaam leefpatroon ontwikkel-
den. Als het mooi weer was genoten ze van een lang, loom ontbijt in
de tuin. In de loop van de middag slenterden ze soms door de stad,
alleen of als groepje. Maar meestal bleven ze bij het huis, luierden bij
het zwembad, verorberden vruchtenpunch en babbelden met nieuwe
kennissen.

De diners waren vormelijk in de met hout betimmerde eetzaal onder
een kroonluchter met duizend fonkelende kristallen. Altijd waren er
zeven, acht of negen gangen, waaraan luister werd bijgezet door stoffige
flessen die uit de kelder kwamen. Na het diner verhuisde het viertal meestal naar de schemerige oude bibliotheek waar het haardvuur
brandde in de stenen schouw en gemakkelijke stoelen overtrokken
met zacht leer op hun komst wachtten. Karaffen met brandewijnen,
essences en destillaten van beroemde makelij stonden bij de hand.
De gesprekken gingen over alle mogelijke onderwerpen en werden
dikwijls tot in de kleine uurtjes voortgezet. Recente kennissen gingen
over de tong en hun eigenschappen werden geanalyseerd; of ook deed
het gesprek verre havens aan, en de vreemde lieden die in afgelegen
plaatsen huisden. Soms werden de gesprekken heel diepzinnig, meestal
als reactie op Wingo's voorliefde voor onpeilbare filosofie.

Nu en dan viel de term 'lurulu', en naar bleek had elk van de vier
het woord een andere betekenis toegeschreven. In dergelijke discussies had Maloof weinig bij te dragen en Myron nog minder, maar
Schwatzendale verlevendigde zijn vertoog met fantasierijke veronderstellingen, die Wingo zich gedrongen voelde te ontzenuwen of bij te
stellen, voordat hij zijn eigen betoog hervatte.

"Als je het je nog herinnert: we spraken over lurulu. En op het
gevaar af banaal te worden, zou ik erop willen wijzen dat 'noodlot',
'lotsbestemming' en 'lurulu' niet synoniem zijn. 'Noodlot' is zwaarwichtig en donker; 'lotsbestemming' heeft meer iets van een fraaie

zonsondergang. Maar als we het over 'lurulu' hebben zijn dergelijke termen niet van nut; lurulu is persoonlijk, het is als hoop, of weemoedig verlangen, werkelijker dan een droom."

"Bah," mopperde Schwatzendale. "Wingo is een dichter geworden; hij versiert de lucht met gesproken garneringen, op dezelfde manier als hij zijn gebak versiert met fijn glazuur."

Wingo zuchtte. "Ik bedoel niets minderwaardigs daarmee; ik geloof vast dat de kosmos iets is dat vele complexiteiten omvat, waarvan de meeste geen schakel bezitten met de woorden van onze taal en zodoende alleen kunnen worden besproken door middel van zinspelingen."

"Bah!" zei Schwatzendale opnieuw. "Kletsika van het zuiverste water! De taal bewijst ons uitstekende diensten; waarom zouden we hem binnenstebuiten keren om iets te beschrijven dat er om te beginnen niet eens is?"

Maloof schonk wijn uit de karaf in zijn roemer. "Ik val je beweegredenen hier niet aan, maar abstracte taal is niet nodig om over lurulu te spreken, wanneer er vlak naast je — nog geen ellebooglengte van je vandaan — al lurulu zit; ik doel uiteraard op Myron. Hij is sterk, aardig om te zien, met een sterk stel longen; hij is soepel in de omgang en heeft een mooie kop met haar. Hij woont in een paleis; hij heeft meer geld dan hij tellen kan en het ontbreekt hem aan niets. De meisjes vinden hem reuze en fladderen om hem heen in een lichtende wolk van bekoorlijke levenslust. Als Myron een druif geschild wil hebben, of een onhandig jeukend plekje gekrabd moet hebben, hoeft hij maar zijn ene wenkbrauw op te trekken en het is al gedaan. Myron is de belichaming van lurulu!"

Myron leunde achterover. "Dat weet ik zo net niet. Als ik in de spiegel kijk zie ik een heel gewoon iemand, die alleen het geluk heeft gehad het neefje van joffer Hester Lajoie te zijn."

"Van wijlen joffer Hester Lajoie kun je beter zeggen," verbeterde Schwatzendale hem.

Myron knikte. "Precies. Hoe het ook zij, het is niet zo gemakkelijk als jullie misschien denken. De helft van de tijd voel ik me schuldig, alsof ik zal worden betrapt met mijn hand in de suikerpot." Myron keek van de een naar de ander. "Jullie lachen me uit."

"Dat soort gewetensbezwaren behoeft je niet te verbazen," zei Maloof. "Ik zou me er maar niet al te veel het hoofd over breken."

Myron stemde daarmee in. "Maar soms word ik bekropen door een heel andere stemming. Dan ben ik ongedurig of rusteloos en ik heb ook een vaag idee van wat daar de oorzaak van kan zijn." Myron leunde naar voren en staarde in het vuur. "Ik zou me zekerder voelen als jullie er altijd waren om dit lurulu met me te delen."

Een poos lang zat het viertal zwijgend bij elkaar en staarde in het vuur. Toen zei Maloof zacht: "Je hebt gelijk met je idee. Wat men is kan niet worden veranderd. Hoe idyllisch ook, wat jij voorstelt is niet haalbaar. Ik ben geen geboren sybariet, die eeuwig voldaan kan leven in een betoverende droom; ik ben rusteloos en Wingo en Schwatzendale mogelijk ook. De *Glicca* is helemaal nagekeken — ze blinkt van de nieuwe verf en de nieuwe metalen sponningen; de kombuis pronkt met prachtige nieuwe keukenmachines. Op dit ogenblik staat ze aan de zijkant van de werf als een verlaten weeskind." Maloof lachte. "Zou de *Glicca* eenzaam kunnen zijn? Dat is iets dat ik eens moet opnemen met Wingo — hoewel ik al aan zijn gezicht kan zien dat hij zijn twijfels heeft."

"Niet per se," verklaarde Wingo. "Het is een tantaliserend denkbeeld."

Schwatzendale geeuwde en kwam overeind. "Op dit ogenblik geniet ik nog ten volle van mijn decadentie en probeer ik diverse records op dit gebied te breken. Het leven van een volwaardig epicurist, die danst met de bloemen en aan schone dames ruikt, vereist grotere karaktervastheid dan ik op dit ogenblik kan opbrengen! Ik ga naar bed — welterusten allemaal." Hij verliet de bibliotheek en werd algauw gevolgd door Wingo en Maloof en ten slotte Myron, en het vuur flakkerde uit tot smeulende kooltjes in de stille bibliotheek.

6

Bij diverse gelegenheden bezocht Myron zijn vader en moeder in het ouderlijk huis in Lilling. Die bezoeken waren nooit erg prettig, aangezien zijn ouders nooit de hoop hadden opgegeven dat Myron kon worden overgehaald in Lilling te blijven om een post te aanvaarden aan de Beurs, zodat hij een maatschap met zijn vader kon vormen. Een dergelijke stap zou de basis leggen voor een uiterst verdienstelijke loopbaan en zou zeker goed zijn voor Myrons reputatie. Myron wees die voorstellen beleefd van de hand, op grond van verplichtingen in Salou Sain.

Een keer drong Myron er bij zijn ouders op aan een poosje bij hem in Salou Sain te komen logeren. De uitnodiging werd aanvaard en te gelegener tijd reisden zijn ouders naar Salou Sain om twee dagen door te brengen in Huize Sarbiter. Gedurende die twee dagen gedroegen de ouders Tany zich met opperst fatsoen en toonden hun onberispelijke goede manieren, maar in hun hart waren ze ontzet over het informele gedrag van Myron en zijn metgezellen. Dankbaar keerden ze naar Lilling terug, ervan overtuigd dat Myrons vrienden vagebonden waren, die het erop aanlegden hem te besmetten met hun eigen verwerpelijke normen en waarden.

De weken gleden voorbij en er werd nu openlijk gesproken over vertrek uit Salou Sain. Ten slotte werd in de loop van een troosteloos avondmaal een definitieve datum afgesproken, anderhalve week nadien. Nu kregen de dagen een heel ander aspect, elk met een eigen onderscheiden identiteit. Kapitein Maloof, Wingo en Schwatzendale bezochten de *Glicca*, en soms in gezelschap van Myron, maar vaak bleef Myron alleen achter in Huize Sarbiter, met zijn naargeestige gedachten.

Anderhalve dag voor het vertrek bracht een plotselinge inval Myron opeens in beweging. Hij bezocht zijn bank en zijn advocaat, trof maatregelen met een makelaar, ontsloeg het huispersoneel, nam een conciërge in dienst en pakte zijn bullen. Op de afgesproken dag, op het afgesproken uur, vertrok de *Glicca* van de ruimtehaven van Salou Sain, met aan boord kapitein Maloof, Schwatzendale, Wingo en, tot niemands verrassing, Myron Tany.

Jack Vance werd in 1916 geboren in een welgesteld Californisch gezin dat tegen het einde van zijn kindertijd moeilijke tijden doormaakte. Als jonge man probeerde hij een aantal onbevredigende baantjes uit alvorens aan de Universiteit van Californië in Berkeley mijnbouwkunde, natuurkunde, journalistiek en Engels te gaan studeren. Hij ging van school toen de oorlog uitbrak en werd matroos op de koopvaardij. Later werkte hij als rolbrugmachinist, landmeter, keramist en timmerman, voordat hij zich door het produceren van een gestage stroom aan SF, mysterieromans en korte verhalen als voltijds schrijver vestigde.

Hij was meer dan zestig jaar actief als schrijver, en voor zijn werk ontving hij onder andere drie *Hugo Awards*, een *Nebula Award*, een *World Fantasy Award* œuvreprijs, en een *Edgar* van de *Mystery Writers of America*. De *Science Fiction & Fantasy Writers of America* kroonden hem tot Grootmeester, en hij werd opgenomen in de roemruchte *Science Fiction Hall of Fame*.

In zijn werk overschreed Jack Vance vaak de grenzen van het genre: van weemoedige fantastiek (de zeer invloedrijke *Stervende Aarde* verhalen) tot interstellaire space opera (de vijfdelige *Duivelsprinsen* reeks), van heldhaftige fantasy (de *Lyonesse* trilogie) tot de mysterieuze moorden die een sheriff in landelijk Californië moet oplossen (de *Joe Bain* boeken).

Toen hij reeds op leeftijd was, vormde zich een internationale groep van Vance-fans die zich tot doel stelde om het complete œuvre van Vance in de oorspronkelijke staat te herstellen, daarbij tientallen jaren van redactionele ingrepen en ongewenste wijzigingen ongedaan makend. Dit resulteerde in de toonaangevende Engelse *Vance Integral Edition* die als 44 hardcover delen in een beperkte oplage verscheen.

In 2013, kort nadat hij zijn eerste jazz-album had opgenomen, overleed Jack Vance op 96-jarige leeftijd in het huis dat hij eigenhandig had gebouwd in de beboste heuvels buiten Oakland. In het jaar van zijn honderdste geboortedag begint Spatterlight met het uitgeven van een nieuwe Nederlandse editie. In 62 paperbacks verschijnen zowel alle Vance verhalen die al eerder zijn uitgegeven, alsook alle titels die nog niet eerder in het Nederlands verkrijgbaar waren.

Colofon

Dit boek is gezet uit 11,5 pt Adobe Arno Pro.

De tekst van deze uitgave is ontleend aan het digitale archief van de *Vance Integral Edition*, een reeks van 44 boeken die onder auspiciën van de schrijver geproduceerd werden door een wereldwijde groep van zijn lezers. Onze dank gaat uit naar Norma Vance voor haar onschatbare redactionele hulp, en naar het *Department of Special Collections* van de Boston University die ons met hun *John Holbrook Vance* collectie geweldig hebben geholpen.

Deze uitgave kwam tot stand met de hulp van Wil Ceron
en Evert Jan de Groot.

Omslagontwerp: Howard Kistler

Typografisch ontwerp: Joel Anderson

Zetwerk: Koen Vyverman

Management: John Vance, Koen Vyverman